Bruno Vidal · Brandls Albträume

Bruno Vidal

Brandls Albträume

Eine kriminelle Provinzposse

Maximilian Dietrich Verlag

Die Geschichte und alle darin vorkommenden Personen sind frei erfunden.

Druck: Memminger MedienCentrum
Printed in Germany
ISBN 3-87164-159-6

ERSTER ALBTRAUM

Der Bub lag ruhig in dem dunklen Raum. Obwohl er es nicht sah, wusste er, dass sich über ihm das Mobile mit den lustigen Tieren bewegte. Und in Reichweite lag der braune Stoffhund mit der schwarzen Nase. Alles war wie immer und trotzdem war der Bub traurig.

Von draußen hörte er undeutlich, wie durch Nebel, die Stimmen. Ein Mann und eine Frau, er verstand aber nicht, was sie sagten. Trotzdem spürte er die Veränderung. Es tat sich etwas. Er hörte Geräusche vor der Tür, unter der etwas Licht in den dunklen Raum fiel. Das Licht fiel auf ein Paar Fußballschuhe, die wie frisch poliert glänzten. Der Bub streckte die Hand aus, um sie zu berühren. Da öffnete sich lautlos die Tür und er war für einen Moment geblendet von der Helligkeit. Dann kam seine Mutter an sein Bett und legte ein dunkelrotes Tuch über die Nachttischlampe. Obwohl sie nicht sehr groß war, schien sie den ganzen, in warmes Dämmerlicht getauchten Raum zu füllen. Ihre großen Augen, die wie die Augen eines sanften Tieres waren, schimmerten unnatürlich intensiv im Dämmerlicht des Zimmers. Der Bub atmete erleichtert auf und genoss den vertrauten Duft seiner Mutter. Wie eine wohltuende Essenz, die ihn froh machte. Die Erleichterung hielt aber nur kurz an, denn der Bub spürte den Stoff des Mantels, den sie trug. Er wusste, was es bedeutete, wenn seine Mutter diesen Mantel trug: „Mama – gehst du weg? Wohin gehst du so spät noch?" Die nicht sehr große, dunkle Frau strich mit einer weichen Hand über das Haar des Buben. „Gaetano, mi beniamino…" Auch die Stimme der Frau war dunkel. Dunkel und traurig.

Sie sagte lange nichts und dann: „Ich gehe zurück. Ich muss." Der Bub fühlte plötzlich, wie etwas sehr Schweres auf ihm zu lasten begann. „Zurück? Wohin? Und ich?" fragte er tonlos und fühlte Tränen auf seiner Wange, die nicht die seinen waren. Dann öffnete sich im Dämmerlicht des Raumes wieder die Tür, in der der schattenhafte Umriss eines Mannes zu sehen war. Der Schatten sagte: „Bist du so weit? Es ist genug jetzt. Komm." Die Wärme und der Duft der Frau verschwanden mit dem Schatten des Mannes durch die Tür. Der Bub richtete sich auf und rief in das nun sehr dunkle und einsame Zimmer: „Und ich?" Er erhielt keine Antwort und er hörte nur sein Herz laut und schmerzhaft hämmern; das Gewicht auf seiner Brust wurde größer und nahm ihm den Atem.

An dieser Stelle des Traumes erwachte Gaide Brandl immer wieder und dann lag er wach, bis es Tag wurde.

1

Der sehr große und sehr schlanke Polizeikommissar Brandl sah die Dinge sich zuspitzen. Genauer gesagt, er witterte das Unheil. Mit dem Instinkt eines Jägers. Mit dem Instinkt eines Menschen, dessen Beruf es ist, zu spüren, wenn Unheil in der Luft liegt. Brandl nickte: ‚Jetzt – höchste Konzentration', dachte er und ordnete die orangenfarbene Fahne in seiner Rechten. Er wollte bereit sein.

Obwohl das Spiel weit weg von ihm stattfand. Auf der anderen Seite des Platzes. Die Ottobeurer Spieler in den gelben Dressen stürzten sich gerade eifrig auf einen Sulzberger. ‚Eine einsame Mohnblume inmitten einer Wespenschar.' Polizeikommissar Brandl schmunzelte von der Höhe seiner einsfünfundneunzig auf die Fußballwiese hinunter: ‚Wespen und Mohnblumen.' Auf seiner Seite stand nur eine Mohnblume, bzw. ein Spieler der Sulzberger. Der rote Siebener. Ein stämmiger, pausbäckiger junger Mensch mit kurzen Beinen. Ein Rechtsaußen wie er sein soll. Gaide Brandl nickte unwillkürlich anerkennend mit dem Kopf. Der Siebener klebte praktisch an der Kreidemarkierung der Außenlinie. Trabte unauffällig vor Gaide Brandl her, der spielerisch seine Linienrichter-Fahne bewegend, gravitätisch die Linie entlang stolzierte. ‚Vorsicht auf Abseits', dachte er noch, als der Siebener sachte begann, die kurzen Beine in Bewegung zu setzen, immer das Auge auf seinen Kollegen mit der Nummer Zehn gerichtet, der sich immer noch mit den vielen Ottobeurern herumschlagen musste.

Der Pausbäckige verhielt sich unauffällig. ‚Hoffentlich fängt er jetzt nicht zu zappeln an', dachte Brandl. Winken oder Rufen. Das hätte die Ottobeurer Wespen auf ihn aufmerksam gemacht. Auch Gaide Brandl begann seine großen Füße in Bewegung zu setzen. Er war sich sicher, in einigen Sekunden würde es sich entscheiden. Er lockerte die Fahne mit der rechten Hand und ordnete unwillkürlich den Kragen des grünen Linienrichter-Dresses. Wenn der Zehner den Ball jetzt genau in die Schnittstelle – Brandl liebte dieses Wort – in die Schnittstelle der Abwehrkette spielte, dann wäre ‚sein' Siebener völlig alleine. Zwanzig Meter vor dem Tor. Und – schnell genug ist der, mit seinen kurzen Beinen. Gaide Brandls Zunge fuhr rasch über die trockenen Lippen. Da! Der rote Zehner hatte sich tatsächlich aus dem gelben Haufen lösen können. Guckte ohne zu zögern nach rechts zu Brandl und dem Siebener und würde im nächsten Moment den langen Ball spielen, als Brandl jemand am Ärmel zupfte: „Gaide!"

Brandl machte sich mit einer unwilligen Armbewegung frei. Denn jetzt kam der Ball genau dahin, wo die Lücke in der Verteidigung war.

Wieder zupfte jemand am Trikot des Linienrichters Brandl: „Gaide, d'r Williams isch dood." Brandl erkannte die Stimme. Es war sein Kollege Rupert Fuhr. Er schnellte aufgebracht herum: „Was soll denn das? Das da ist ein Fußballspiel."

Der kleine, blonde Fuhr nickte zustimmend und hob trotzdem bedeutsam einen Finger: „D'r Williams isch dood…"

Brandl winkte ab und versuchte sich in Bewegung zu setzen, um rasch wieder auf Ballhöhe zu kommen, aber er hatte den entscheidenden Moment verpasst. Er sah, dass ‚sein' Siebener mit dem Ball auf und davon war und sich gerade anschickte, in den Strafraum einzudringen. Er hörte Stimmen, die aus den Reihen der wenigen Zuschauer kamen: „Abseits! He – du langer Lulatsch! Der war doch abseits!"

Der Kommissar und momentane Linienrichter Brandl überlegte für eine Zehntelsekunde, ob er nicht doch lieber die Fahne heben sollte. Schließlich hatte ihn der Hauptschiedsrichter, Amtmann Fleischer, vor dem Spiel gewarnt: ‚Kollege Brandl, ich sag es nicht gerne, aber einen solchen Schnitzer wie in Durach will ich von Ihnen nicht noch einmal sehen. Sonst muss ich einen Beobachter anfordern.' Die Fahne zuckte, aber es war einfach zu spät. Brandl hätte sich in jedem Fall blamiert. Viel zu spät, um den Siebener jetzt noch zurückzupfeifen. Die Fahne blieb unten. Die Zuschauer pfiffen.

Und Fuhr war wieder da und zupfte ihn am Ärmel: „D'r Williams. Dood omg'falla."

Der Siebener hatte den Ball bereits am Torwart vorbeigespielt und Brandl fühlte eine eiskalte Hand über seinen Nacken streichen: ‚Abseits. Mein Fehler. Schon wieder mein Fehler...'

Er senkte gottergeben den Kopf, hörte Fuhr undeutlich: „Wia vom Blitz droffa..." sagen und dann die Zuschauer schadenfroh auflachen. Er errötete und war sich sicher, sie lachten seinetwegen. Er straffte den Oberkörper und war entschlossen, seinem Schicksal ins Auge zusehen. Es ging aber diesmal nicht um ihn, sondern um den roten Siebener, der vor dem leeren Tor trotz seiner kurzen Beine den Ball verstolpert hatte und dann noch blamabel am Pfosten vorbei getorkelt war. Dabei hatte er sich auch noch eine Knöchelverletzung eingehandelt und humpelte nun äußerst unelegant vom Platz.

Obwohl Brandl kein sehr gläubiger Mensch war, schlug er unwillkürlich kurz die Augen zum Himmel und murmelte etwas wie: „Vergelt's Gott." Das Schicksal ereilte ihn aber trotzdem. In Gestalt von Hauptschiedsrichter Hubert Fleischer, der zügig auf ihn zumarschierte. Stocksteif und gemessenen Schrittes, wie einer, der nicht nur das Tempo seiner Schritte mühsam zügeln muss. Ganz Amtsperson, ganz Vorgesetzter. Er bewegte kaum die Lippen, als er vor seinem Linienrichter zu stehen kam: „Mein lieber Mann, da haben Sie nicht wenig Dusel gehabt. Mein lieber Mann, da wird noch drüber zu reden sein. Und..." er wies mit einer kaum merklichen Kopfbewegung in Richtung des erschreckt zu ihm aufblickenden Fuhr. „Bemerkungen zu Zuschauern oder Unterhaltung mit diesen sind den Schiedsrichter-Assistenten untersagt."

„Richtlinien für die Zusammenarbeit Schiedsrichter – Schiedsrichter-Assistent", murmelte Brandl.

Hubert Fleischer nickte bedeutsam: „Genau. Und das bedeutet: ihre Privatgeschäfte können Sie wohl auch nach dem Spiel erledigen. Oder in der Halbzeit."

Gaide Brandl zuckte resigniert die Schultern. Was gab es dazu zu sagen? Er hätte erklären können, dass er das Spiel zu jeder Zeit im Griff gehabt hatte. Er hätte beschwören können, dass sein kleiner blonder Kollege Fuhr sicher nicht zufällig und aus Begeisterung für den Fußballsport aufgetaucht war. Fußball langweilte ihn nämlich zu Tode und auf einen Fußballplatz konnte man ihn normalerweise nur unter Anwendung gröbster körperlicher Gewalt verfrachten. Wenn er also trotzdem hier aufgetaucht war, dann nur, weil es um etwas sehr Bedeutendes ging. Außerdem hatte er Gaide Brandl in seinem Memminger Dialekt angesprochen. Ein weiteres Zeichen für die Wichtigkeit der Angelegenheit. Denn nur wenn es um Wichtiges ging, war sein Kollege Fuhr, Polizeihauptmeister mit Zulage und Vater von vier Kindern, entsprechend aufgeregt und verfiel postwendend in seinen Unterallgäuer Heimatdialekt. All das hätte er dem Hauptschiedsrichter sagen können... aber weshalb? Fleischer hatte ja Recht. Dienst ist Dienst und Sport ist Sport. Deshalb war es sinnlos sich zu entschuldigen, oder irgendeine Erklärung abzugeben. Außerdem war der Amtmann Fleischer längst wieder aufs Spielfeld geeilt. Gemessenen Schrittes und stocksteif.

Gaide Brandl blickte verstohlen um sich. Ein Zuschauer rief freudig tremolierend: „Anschiss!“ Brandl tat so, als hörte er nichts und strich sich verlegen über die wenigen dunklen Haare auf seinem lichter werdenden Schädel. Neben seiner linken Schulter tauchten die blonden Haare Fuhrs auf. Er öffnete den Mund, aber Brandl ließ ihm diesmal keine Chance: „Hau bloß ab...“

Der kleine Fuhr nickte resigniert und rief im Weggehen: „I wart am Waga.“

2

Der Wagen an dem Rupert Fuhr wartete, war ein Santana 2000. Ein Auto, das außer Gaide Brandl kein Mensch zu fahren schien. ‚So schlecht verdient er doch auch wieder nicht‘, dachte Fuhr und strich gerührt über die babyblaue Lackierung des außergewöhnlich hässlichen Wagens. Natürlich wusste er, dass Brandl diesen Wagen nicht etwa aus Sparsamkeit fuhr. Für wen hätte er auch sparen sollen. Keine Frau, kein Kind, seine engere Familie bestand aus einer Katze namens ‚Kapiertnix‘. Ein krummbeiniges, begriffsstutziges grau-weißes Tierchen, an dem Brandl offenbar mit großer Liebe hing. Manchmal hatte Fuhr den Verdacht, dass sein Kollege die Katze sogar mehr liebte als seine Freundin Rita. Dabei war gegen Rita nichts einzuwenden. Sie hatte einen ordentlichen Beruf und war von nicht unansehnlichem Äußeren. Rupert Fuhr wusste auch genau, dass Brandl eine ausgeprägte Vorliebe für Damen mit ansehnlichem Äußeren hatte. Dennoch hielt sich die Begeisterung für Rita in Grenzen. ‚Die Katze mag sie nicht‘, hatte er einmal beiläufig erwähnt und Fuhr hatte das für einen Scherz gehalten. Wobei es nicht immer klar war, wenn sein Kollege einen Scherz machte. Darum hatte er auch anfangs das seltsame Gefährt, das Brandl fuhr, für eine Art von originellem Understatement gehalten. Bis er verstanden hatte, dass seinem Kollegen Automobile einfach völlig egal waren. Er legte keinen Wert auf Statussymbole dieser Art. ‚Nicht eitel und nicht ehrgeizig', Fuhr nickte. So war Brandl. Zumindest was seinen Beruf anging. Er war knapp vierzig, schon seit fast zwanzig Jahren bei der Polizei, und immer noch Polizeikommissar mit zwei Sternen. Nur Polizeikommissar. Nichts geworden. Null Karriere.

Dabei ahnte Fuhr, dass es um Gaide Brandls Ehrgeiz schon einmal besser bestellt war. Er war nämlich gerne Polizist. Eigentlich. Eigentlich wollte er nichts anderes als Polizist sein. Eigentlich war Polizist Gaide Brandls Traumberuf. Er hatte sich immer gewünscht, Verantwortung zu übernehmen. Die Vorstellung, dass die Menschen kein Interesse aneinander hatten, sich nicht verantwortlich füreinander fühlten, quälte ihn. Rupert Fuhr konnte sich gut an den Abend erinnern, an dem ihm der sonst gar nicht so gesprächige Brandl das alles erzählt hatte. Es war an einem ihrer seltenen, aber immer wieder stattfindenden ‚Männerabende'. Auch ‚Auskotzstunde' genannt. Abende, die in möglichst verrauchten und verruchten Lokalen stattzufinden hatten. Abende, an denen die beiden Kollegen sich ihren Frust von der Seele reden konnten. Vor allem den, der sich in der gemeinsamen Arbeit angesammelt hatte, es durften aber auch – drei Biere später – private Katastrophen beklagt werden. An einem dieser ‚Männerabende' hatte Brandl Rupert Fuhr erklärt, warum er den Beruf ergriffen hatte. Er hatte daran geglaubt, dass er als Polizist am ehesten dazu in der Lage sein würde, dafür zu arbeiten, dass – wenn schon nicht alles – immerhin möglichst vieles seine Ordnung hätte. Dass die wichtigen Dinge ihre Ordnung hatten. Darum war er Polizist geworden, darum wollte er auch Schiedsrichter sein. Die Dinge mussten ihre

Ordnung haben, sonst drohten Chaos und Angst und Dunkelheit. Und irgendjemand musste sich für diese Ordnung verantwortlich fühlen. Deshalb war Gaide Brandl in den Beruf gestartet und deshalb hatte er die zwanzig Jahre durchgehalten. Durchgehalten deshalb, obwohl ihm die Idee seines Berufes schon sehr bald abhanden gekommen war.

Rupert Fuhr nickte nachdenklich und sah im gleichen Augenblick seinen Kollegen auf den babyblauen Santana 2000 zukommen. Fuhr sagte: „Du siehst aus wie eine riesengroße, grade getaufte Maus."

„Woher willst du denn wissen, wie eine getaufte Maus aussieht? Du warst ja nicht mal Ministrant."

Brandl hatte das Spiel ohne weitere Zwischenfälle hinter sich gebracht und sich geduscht und war immer noch schlechter Laune. Hubert Fleischer hatte ihm auf die ihm eigene hinterlistige Art wie immer jede Freude verdorben. Diese Seitenblicke, dieses: ‚Nnna jjjja!' im Vorbeigehen. Man sollte ihm...

Brandl war jedenfalls geladen und warf die Sporttasche auf den Rücksitz seines hässlichen Santana 2000. Dann erst hatte er Zeit für den kleinen Fuhr: „Und?" Fuhr wusste, dass sein Kollege manchmal wie aus dem Nichts wütend wurde. Aber das ging vorbei, man musste ihn nur in Ruhe lassen.

Er tat also so, als wäre gar nichts. „Der Musiker Doc Williams ist heute Nachmittag während des Soundchecks für das Konzert am Abend tot umgefallen."

Gaide Brandl hörte dem Kollegen mit unbewegtem Gesicht zu. Dann musste er, ob er wollte oder nicht, lächeln. Es war einfach zu komisch, wenn Rupert Fuhr amtlich wurde. Brandl grinste immer noch: „Na, es geht doch."

Fuhr glotzte verständnislos: „Was geht?"

„Hochdeutsch."

„Bleed's Gschwätz!" Der kleine Kollege von Gaide Brandl errötete für eine Sekunde und wurde dann wieder offiziell: „Der amerikanische Staatsbürger Robert Gordon Williams ist einem Herzinfarkt erlegen..." Fuhr senkte den Kopf: „Der wahrscheinlich größte lebende – ehemals lebende – Sopransaxophonist ist tot. Einfach tot umgefallen. Und das ausgerechnet bei uns." Er schüttelte den Kopf und sah Brandl mit unverstellter Verzweiflung an. „Eine Katastrophe für das Festival."

„Und für dich?" Gaide, der sich mit Jazzmusik nicht auskannte, sah dass der Kollege wirklich geknickt war.

„Für mi au. D'r Williams war d'r Greeschte. En Ton... so en Ton..." Fuhr winkte ab. Das konnte einer, der sich für diese Musik nicht begeisterte, nicht verstehen. Sie schwiegen eine Minute.

Dann machte sich Brandl daran, die Tür seines hässlichen babyblauen Santana 2000 zu öffnen: „Ich muss jetzt. Rita wartet." Rita war nicht nur seine Freundin, sondern auch eine strenge Sozialarbeiterin, die keinerlei Missachtung ihres weiblichen Selbst akzeptierte. Dazu gehörte auch, dass sie nicht gerne wartete.

Fuhr wedelte warnend mit dem Zeigefinger: „Das geht nicht. Du musst..."

Brandl fuhr herum und strich energisch seine wenigen nassen Haare nach hinten: „Lieber Rupert, sei froh, dass du vier Kinder hast, sonst ginge es dir jetzt an den Kragen. Ich bin nämlich an der Grenze meiner Belastbarkeit. Du gehst mir auf die Nerven. Zuerst kommst du mit deinem Doktor Williams dahergeeiert und musst mir das so dringend erzählen, dass ich um ein Haar das ganze Spiel vergeigt hätte." Brandl wurde in der Erinnerung an das Spiel wieder wütend. „Und: abgesehen davon, dass diese Williams-Geschichte ja wirklich bis nach dem Spiel Zeit gehabt hätte, willst du mir nun auch noch Ärger mit meiner Rita einbrocken. Und du weißt genau was das heißt. Und..."

Der kleine Fuhr schüttelte nachhaltig den Kopf: „Ich will gar nichts. Ich muss. Es ist nämlich dringend. Es ist nämlich dienstlich. Und dringend. Auf jeden Fall dringender, als deine blöde Pfeiferei.“

Brandl lauschte den Worten seines Kollegen einen Moment nach. Genauso hätte es seine Freundin Rita sagen können: ‚Blöde Pfeiferei.‘ Jetzt war es an Gaide Brandl, verächtlich abzuwinken. Keine Ahnung, alle beide.

Rupert Fuhr ließ sich aber diesmal nicht abwimmeln: „Da gibt es gar nichts abzuwinken. Du sollst da nämlich sofort hin...“

Brandl staunte. „Ich? Warum denn ich, das ist doch wohl ein Fall für den Notarzt, aber doch nicht für mich.“

„Denksch du, denk i, aaabr so oifach liegt d'r Fall scheinbar nicht.“

„Aber du hast doch gesagt, es war ein Herzinfarkt?“

Fuhr hob korrigierend den Zeigefinger: „Wahrscheinlich. Wahrscheinlich ein Herzinfarkt. Vielleicht aber auch ein Unfall.“

„Unfall? Wieso denn das? Ist ihm ein Scheinwerfer aufs Hirn gefallen?“

Fuhr kam plötzlich ganz nah heran: „Ich verbitte mir, dass da Scherze gemacht werden. Wenn ein großer Musiker stirbt, dann ist das nicht zum Lachen.“

Gaide Brandl staunte schon wieder. Er wedelte beschwichtigend mit den Handflächen: „Ist ja gut, ist ja gut. Sei doch nicht gleich so aufbrausend.“

„Das sagt grade der Richtige.“ Es dauerte einige Sekunden, bis das Metall aus dem Blick des kleinen Fuhr verschwunden war.

Brandl traute sich wieder, das Wort an ihn zu richten: „Erkläre mir aber bitte trotzdem, warum Unfall?“

Sein Kollege zögerte noch unmerklich, dann beschloss er, einem Musik-Kretin zu verzeihen. „Erstens ist gleichzeitig mit Doc Williams das Licht ausgefallen“, Fuhr kontrollierte misstrauisch, ob Gaide Brandl das schon wieder komisch finden würde. Der verzog aber keine Miene. „Und zweitens hat der Kränzle eine Untersuchung gefordert. Offiziell."

„Und wer ist der Herr Kränzle?"

„Das ist der Chef vom Jazzverein ‚Punktum'."

„Und wo ist der jetzt?"

„Im Krankenhaus."

„Wie bitte?" Fuhr wiegte zufrieden das Haupt. Jetzt wurde seinem Kollegen wohl langsam die Tragweite der Ereignisse klar: „Herzinfarkt. Verdacht auf Herzinfarkt."

Brandl blies die Backen auf: „Der auch? Und was sagt die Kreidlerin?"

„Unsere liebe Frau Polizeihauptkommissarin Kreidler, der wir unser tägliches Brot verdanken, sagt: hol den Brandl."

Der hob das Kinn, als ob ihm nun auf einmal alles klar würde: „Aha. Deshalb."

„Genau deshalb bin ich da und deshalb pressiert's. Und zwar Tempo."

„Presto..." korrigierte ihn Brandl beiläufig und hatte es auf einmal eilig in sein hässliches Gefährt zu kommen. Während er vorsorglich den Kopf einzog und sich umständlich auf den Fahrersitz schob, betätigte er schon sein Handy. Rita musste benachrichtigt werden. Rita hatte keinerlei Verständnis, wenn Verabredungen nicht eingehalten wurden. Nur äußerst dringende Gründe wurden akzeptiert.

Gaide Brandl seufzte, während er die Nummer eingab: „Das ist ein Tag. Erst Fleischer, dann Kreidler, dann Rita..." Er versuchte sich bequem zu setzen, aber das Auto ließ es nicht zu. Er sprach sehr laut in das winzige Telefon: „Hör zu Rita, ich glaube ich kann heute... nein... Rupert hat... die Kreidler will... in Kempten..." Er stammelte noch ein Weilchen in das Handy und nickte dann nur noch resigniert. Rupert Fuhr sah, dass hier nichts mehr zu holen war. Er machte eine Bewegung in Richtung seines wie unter Hypnose nickenden Kollegen, als würde er ein Lenkrad betätigen. „Ich fahr schon mal", sollte das heißen.

Brandl nickte unkonzentriert. Dann öffnete er langsam den Mund, aber er sagte nichts. Das Gespräch war offensichtlich beendet. Im selben Moment kam Hubert Fleischer an dem babyblauen Santana vorbei. Stocksteif und mit ironisch gelüpften Augenbrauen. Er musterte den Wagen und den darin hockenden Brandl und ließ im Vorbeigehen ein langgezogenes: „Nnna jjja" hören. Der Mann im Wagen sah nur kurz hoch. Er wusste: dieser Tag war nicht mehr zu retten.

3

Obwohl Gewitter Anfang Mai selten sind, deuteten die Wolken über dem Kemptener Kornhaus auf ein bevorstehendes Donnerwetter hin. Ein Abendhimmel mit bleischwarzen Wolken über der weißen Fassade mit den ockergelb gerahmten Fenstern des historischen Gebäudes. Es hatte bereits am späten Nachmittag geregnet und nun braute sich schon wieder etwas zusammen.

Am Haupteingang, dem mittleren der drei großen Doppeltore an der Front des Kornhauses, war ein schnell gemaltes Plakat angebracht: ‚Wegen bedauerlicher Umstände muss das Konzert mit Doc Williams am heutigen Sonntag leider ausfallen. Karten behalten ihre Gültigkeit.' Davor standen an die zwanzig lebhaft plappernde Menschen. Dass diese Leute aus einem ganz bestimmten Grund vor dem Tor standen, war schnell zu erkennen. Alle waren auf eine bestimmte Art und Weise gekleidet. ‚Konzertkleidung'. Eine Mischung aus Eleganz und Lässigkeit. Lederhose und bulgarische Stickereien auf dem Hemd; Westchen mit

Hirschhornknöpfen zu den Stiefeletten. Die Damen in Chiffon-Schals und im Schmucke gewagter Broschen und Brillen. Man hatte sich für ein außergewöhnliches Ereignis hergerichtet. Und das war gar nicht so einfach. Wie geht man zum Jazz? Ist das schon richtige Kultur, oder noch leichte Muse? E- oder U- Musik? Wer war überhaupt Doc Williams? Besonders diese Frage kursierte unter denen, die sich da vor dem Haupteingang des Kornhauses versammelt hatten. Alle wollten zu seinem Konzert an diesem Abend, aber kaum einer wusste wirklich, um wen es sich bei diesem Doc Williams gehandelt hatte. Ein Saxophonist – gut. Ein großer Saxophonist – noch besser. Aber warum dieser Doc Williams ein guter, ein großer Saxophonist war – gewesen war... Diese Frage stellten sich die verhinderten Konzertbesucher mit allem Nachdruck erst jetzt, da sie erfahren hatten, dass er tot war. Hatten sie vielleicht wirklich etwas Einmaliges, den Enkelkindern Erzählenswertes versäumt? Und – hätte dieser Williams nicht nach dem Konzert, besser: während des Konzertes tot umfallen können? Leider fragt das Leben nicht, wie man es gerne hätte. Einige aus der Schar sahen trotzdem etwas beleidigt drein. Schließlich hatte man nicht ganz billige Karten erworben und sich den Abend für diesen Herrn freigehalten. Vielleicht sollte man wenigstens versuchen, einen Blick auf den großen Toten zu werfen. Vielleicht ein schnelles Foto, neben der Bahre?

All das wollte besprochen sein und so diskutierte man erregt. Was dient schließlich besser dazu, um die Emotionen in Gang zu bringen, als ein überraschendes dramatisches Ereignis? Die Stimmung war gewissermaßen freudig gedämpft. Bei einigen machte sich sogar spürbare Erleichterung breit, Jazz kann sehr anstrengend sein. Vielleicht war es ja so für alle das Beste? Trotzdem – armer Doc Williams! Aber er soll ja schon länger mit dem Herzen zu tun gehabt haben.

Die Aufmerksamkeit wurde von einem langsam ankommenden Sanka abgelenkt. Es tat sich was! Die Herren griffen mutig zur Zigarillo-Dose. Das wollte man sich nun doch nicht entgehen lassen. Dem Sanka entstieg ein bleicher Herr mit blondem kurzgeschorenem Bart, theatralisch gewelltem Haupthaar und tragischem Blick. Gerd Kränzle. „Um Himmelswillen Gerd! Was machst denn du für Sachen?" rief ein Herr mit sorgfältig zerwühltem Toupet, der irgendwie an den jungen Udo Jürgens erinnerte. Der erste Vorsitzende des Kulturvereins ‚Punktum' winkte nur müde ab und verabschiedete sich per Handschlag vom Fahrer des Sankas: „Danke für's Herfahren, ich komm jetzt zurecht. Es geht schon wieder, war ja nur ein Streifschuss."

Die Gruppe vor dem Tor sah sich bedeutungsvoll an. „Gerd!" rief der zerwühlte Herr wieder und eilte auf den Vorsitzenden zu. „Zwei Worte zur Sachlage. Wir sind alles Mitglieder beim Verein, wir haben ein Recht darauf." Gerd Kränzle war mit seinem Helfer schon fast am Tor des Kornhauses angelangt, als seine Schritte stockten. Er nahm alle Kraft zusammen, er machte dem Mann mit dem Toupet ein Zeichen: er wollte zur Menge sprechen. Trotz allem. Sein Begleiter zischte um Ruhe.

„Danke Rüdiger." Gerd Kränzle hüstelte kraftlos, als wäre er Patient im Lungensanatorium, dann richtete er den Blick verloren auf die gegenüberliegende Lorenzkirche. Er flüsterte: „Es ist eine Katastrophe..." „Bitte lauter! Wir verstehen nichts!" Obwohl Rüdiger mit dem Toupet direkt neben Kränzle stand, hatte er mit der Hand eine Hörmuschel geformt. „Bitte Gerd, lauter!" Der Vorsitzende hüstelte wieder und hob entschuldigend die Hand: „Entschuldigt, ich bin heute nicht so in Form... es war wohl etwas viel." Er nahm nochmals alle Kraft zusammen: „Wie ihr wisst ist Doc Williams..." er atmete tief durch „ist Doc Williams nicht mehr." Alle schwiegen betreten und manche überlegten, ob man eine Gedenkminuten-Pose einnehmen sollte. Aber Gerd Kränzle duldete keinerlei Ablenkung. Er wollte gleich weiterreden. „Es ist ein unglaublicher Verlust für die Freunde unserer Musik. Und es ist besonders tragisch, dass es ausgerechnet bei uns, bei unseren schönen Festivals passieren musste…" Alle nickten und sahen sich mit verbeulten Mündern an. „Ich muss euch nicht erklären, was so ein Unglück für unser Festival bedeutet." Rüdiger hob die Hand wie ein Pennäler und wartete, bis sein erster Vorsitzender ihn aufrief. „Entschuldige, Gerd. Es war aber doch ein Unfall. Es war aber doch ein Herzkasper... was können wir denn da dafür?" Alle nickten und murmelten Zustimmung. Rüdiger sprach ihnen aus der Seele. Gerd Kränzle lächelte gequält: „So einfach ist es leider nicht. Es war irgendwas technisches im Spiel… ein Defekt... ein Kurzschluss oder so."

In die Reihen der verhinderten Konzertbesucher kam stärkere Unruhe. „Technischer Defekt" wurde gemurmelt und „das darf nicht passieren."

Rüdiger mit dem Toupet brachte es auf den Punkt: „Das darf doch nicht passieren!"

Gerd Kränzle rang fast verzweifelt die Hände: „Könnte, hätte, sollte... Rüdiger, Freunde, ich bitte euch! Wer ohne Schuld ist, der werfe den ersten Stein!" Rüdiger guckte besorgt. Aufregen sollte sich der erste Vorsitzende heute wirklich nicht mehr über Gebühr. Auch wenn der Herzinfarkt kein wirklicher Herzinfarkt war, das Schicksal musste man nicht herausfordern. „Was glaubt ihr, wie es unseren Technikern geht? Die Leute vom Sound sind völlig am Boden zerstört... Rudi, Grantler und Spezi – alle völlig am Boden zerstört. Die ham doch über Jahre einwandfreie Arbeit geleistet... ich sag immer wieder: ohne diese Leute hätte ich... hätten wir dieses Festival niemals zu so etwas Großem und Schönen machen können." Gerd Kränzle hatte sich von seinem Schutzengel gelöst und warf mit großer Geste das blond gewellte Haupthaar zurück. „Männer der ersten Stunde. Rudi, Grantler und Spezi. Ich weiß noch damals im Schlössle – vor siebzehn Zuhörern – wir waren kurz davor aufzugeben!“

Unter den Zuhörern machte sich eine leichte Unruhe breit. Die Geschichte kannte man. Die Geschichte hat jeder schon ein Dutzend mal aus Kränzles Mund vernommen. Jetzt kam das mit Brettschneider. Mario Brettschneider war das andere ‚Punktum‘-Gründungsmitglied. Ein lang aufgeschossener Zahnarzt mit lauter Stimme, der vorzugsweise Trenchcoats trug und der schon nach kurzer Zeit aus dem Führungszirkel des Vereins ausgeschieden war. Unter rätselhaften Umständen, wie es damals hieß. Offiziell, weil Brettschneider beruflich zu stark gefordert gewesen sei. Inoffiziell waren die Nachrichten andere. Brettschneider hätte einmal drei Monate in der Psychiatrie zugebracht. Wegen manischer Entgleisungen. Gerd Kränzle sei der Meinung gewesen, ein psychisch derart labiler Mensch könne nicht Vorsitzender sein und hätte dem Zahnarzt ‚dringend‘ geraten, sein Amt zur Verfügung zu stellen. Es gab Freunde Brettschneiders, die berichteten, ihn niemals so gekränkt und enttäuscht gesehen zu haben. „Der Kränzle ist eine hinterlistige Drecksau“, soll er damals vor mehreren Zeugen gesagt haben.

Trotzdem tauchte eben jener Brettschneider immer wieder in den Erzählungen Gerd Kränzles auf. Vor allem, wenn es um sein Lieblingsthema ging: das erste Festival im damaligen ‚Schlössle‘. Mit der Dieter Pelz Bigband, die kein Mensch sehen und hören wollte. Das Publikum umfasste siebzehn Personen und „wir waren kurz davor aufzugeben“. Kränzle winkte ab, als Rüdiger ihn zur Zurückhaltung mahnen wollte. Er war in Fahrt: „Brettschneider, mein guter Freund Brettschneider war am Boden, wollte aufgeben. Alle wollten aufgeben!“ Er lies die letzten Worte dramaturgisch geübt nachvibrieren. Dann verengten sich seine Augen zu kleinen Schlitzen und das verlieh ihm plötzlich das Aussehen eines zwar blonden, aber sehr gierigen und gefräßigen Nagetiers. „Stopp! Ich sag stopp, so leicht geben wir nicht auf! Ich lass mir doch mein schönes Festival nicht kaputt machen." Man sah es ihm an. Er hätte sich sein Festival von niemand kaputt machen lassen.

Gerd Kränzle richtete sich auf und wollte zum Grausen der Zuhörer gerade berichten, wie es damals weiterging im ‚Schlössle'. Wie er das Ruder gerade noch zur rechten Zeit herumgeworfen hatte und allen, die da zauderten und zagten, mit der Macht seiner Argumente und seiner Persönlichkeit neuen Mut eingeblasen hatte. Da öffnete sich hinter ihm ein Flügel des großen Doppeltores und ein mittelgroßer, sommersprossiger Mann mit farblosen Augen, der eine kleine Aktenmappe trug, trat aufgeregt schnaufend heraus. Er war kreidebleich und dadurch fielen mehrere kleine Narben in seinem Gesicht besonders auf. Hastig nahm er eine schwarze Baskenmütze ab und wischte sich hektisch über die kurzen, roten Haare. „Gerd, da bist du ja, wo bleibst du denn? Die brauchen dich!" Der Vorsitzende des Kleinkunstvereins ‚Punktum' wirkte einen Moment sehr rattenhaft und ärgerlich. Dann besann er sich und sackte etwas in sich zusammen. Ganz vom Schicksal gezeichnet und trotzdem dankbar den ihn bereitwillig stützenden Rüdiger tätschelnd: „Dank dir, es geht schon." Und zu dem Mann, der den einen Flügel des Doppeltores immer noch geöffnet hielt: „Gleich Schneider, gleich. Ich bin noch nicht so fit." Er lächelte der Versammlung verzagt zu. Und einige bemerkten zu ihrem Erstaunen, dass ihr Vorsitzender plötzlich sogar ein wenig zu humpeln schien. Als er müde winkend, Schneider ins Innere des Kornhauses folgte. Dorthin, wo es vielleicht noch dramatischer zuging.

Für die anderen gab es nun wirklich nichts mehr zu tun. Man konnte nur warten, und das war im über der

Straße gelegenen ‚Stift' besser möglich. Außerdem: es gab genügend Fensterplätze zur Straße und zum Kornhaus hin. Mit etwas Aufmerksamkeit konnte man alles im Auge behalten. Die Musikfreunde machten sich zufrieden daran, die Fußgängerampel zu überqueren. Sie mussten dabei einem babyblauen Santana 2000 ausweichen, der langsam auf den kleinen Parkplatz vor dem Kornhaus zufuhr. Rüdiger, der Herr mit dem ordentlich zerwühlten Toupet, staunte über das hässliche Fahrzeug und schüttelte beeindruckt den Kopf: „Dass es so was noch gibt."

4

Gaide Brandl und Gerd Kränzle erreichten den großen Saal im Kornhaus fast gleichzeitig. Zum einen, weil Brandl den Wagen direkt auf dem kleinen Parkplatz vor dem Kornhaus abgestellt hatte und seine Chefin, Frau Hauptkommissarin Kreidler, nicht gerne wartete. Zum anderen kam Gerd Kränzle nur langsam voran. Er war schließlich knapp dem Herztod entgangen. Kränzle glaubte das wirklich. Er war, ohne sich groß verbiegen zu müssen, jederzeit in der Lage, eine dramatische Situation liebevoll auszugestalten.

Dabei wollte er niemanden täuschen. Er war lediglich momentan fasziniert von der eigenen Bedeutung. Dramatische Situationen, oder das was er dafür hielt, waren das Salz in der Suppe seines Lebens. Sein beruflicher Alltag war das Passamt. Ausfüllen von Listen und Anträgen und Schicken und Annehmen von Passbildern und Anträgen. Passamt war Langeweile. Gerd Kränzle war sich bewusst, dass auch diese Arbeit getan werden musste und dass es Menschen gab, die diese Art von Arbeit sogar liebten. Er, Gerd Kränzle, verachtete die Arbeit und die, die sie mit Inbrunst verrichteten. Er wollte nie ins Passamt. Er spürte immer die andere Berufung. Die Begabung, die er den mütterlichen Genen verdankte.

Mutter Pauline war eine anerkannte Künstlerin gewesen. Begeistert gefeierter Mittelpunkt aller verwandtschaftlichen Kaffeerunden. Eine Batik-Virtuosin, eine Makramee-Gigantin. „Der Bub hat's mitgekriegt", sagte Pauline oft verträumt und strich dem kleinen Gerd übers goldene Haupthaar. Sie nahm ihn mit zu Flötenkonzerten und Specksteinausstellungen. Er sollte früh mit dem Virus der Kunst geimpft werden. Mit elf beschloss Gerd Kränzle den Lederstrumpf neu zu schreiben. Er verbrachte geschlagene zwei Wochen damit und legte dann den Griffel erschöpft zur Seite. Schreiben, das war wohl nicht das rechte. Ebenso wenig wie Musizieren und das Anfertigen von Stillleben nach Vorlagen. Die Mutter ließ den Mut nicht sinken: „Das wird schon noch. Das muss noch reifen." Irgendwann musste der kleine Gerd dann doch ins Berufsleben einsteigen, um die Zeit bis zu seiner endgültigen künstlerischen Reifung zu überbrücken. Man erwog etwas in Richtung Schaufenstergestaltung, aber auch dafür reichten die Talente von Paulines Spross nicht aus. Die Zeit der Reifung war noch nicht gekommen. Und sie ließ weiterhin auf sich warten. Zwischenzeitlich war Gerd Kränzle über einen Bekannten der Mutter in der Stadtverwaltung gelandet. Mit dem Ziel, eines Tages das Kulturwesen der Gemeinde zu prägen. Leider waren alle Planstellen schon besetzt und so parkte man Gerd Kränzle im Passamt, wo er immerhin schon mal die Zeit hatte, sich das goldene Haupthaar lang wachsen zu lassen. Um seine zukünftige Bestimmung wenigstens über sein Äußeres zu definieren. Ansonsten verstrich die Zeit und Pauline strich ihrem Gerd immer melancholischer über die Locken. Und ihr: „Das wird schon noch...", klang zunehmend brüchiger.

Da schwang das Schicksal sein launiges Szepter und schickte Gerd Kränzle per Entzündung in die Dentalpraxis von Dr. Brettschneider. Einem von den Volkshochschuldamen seiner Mutter Pauline gerühmten Spezialisten in Sachen Wurzelrestaurierung. Kränzle traf also Brettschneider und die Geschichte des ‚Punktum' nahm seinen Lauf. Der während der Behandlung unablässig und laut brabbelnde Zahnarzt suchte schon länger nach verwandten Geistern. Ihm ging es auch um die Veranstaltung musikalischer Ereignisse, eigentlich aber um Auftrittsmöglichkeiten für sein eigenes, von allen Veranstaltern verschmähtes Jazz-Trio ‚Bluenote'. In dem er das Saxophon blies und die Funktion eines musikalischen Direktors innehatte. Man kam über die Kunst im Allgemeinen zu sprechen, wobei Kränzle wegen diverser Klammern und Watten nur nicken konnte. Brettschneider, dem es deutlich an Feingefühl für die sensiblen Signale fehlte, interpretierte das ständige Nicken dennoch als freudige Zustimmung und lud – oder sollte man sagen ‚zwang' – seinen Patienten dazu, seine CD-Sammlung zu besichtigen, bzw. den Proben von ‚Bluenote' beizuwohnen. Gerd Kränzle gehorchte und wurde vom weiterhin ständig redenden und Pläne schmiedenden Zahnarzt völlig seiner Freizeit beraubt. Wenn dieser nicht gerade wieder abstieg von den Stimmungshöhen in die tiefen Täler der sich dann regelmäßig andeutenden depressiven Phasen. Wenn er in einem der tiefen Löcher versackte, die den besonders Energie raubenden Phasen folgen konnten. Dann war die Praxis Doktor Brettschneider plötzlich für einige Wochen – wegen Urlaubs – geschlossen. Bis der manische Dentist wieder erwachte und von neuem begann, seine Kreise zu ziehen.

Für Gerd Kränzle bedeutete dies stundenlanges Anhören von in rasendem Wechsel angespielten Jazznummern. Oder nächtelanges Verharren im Probenkeller von Dr. Brettschneider. Der dann über unendliche Energien zu verfügen schien und noch in sein Saxophon blies, wenn der Rest des Trios längst auf dem Heimweg war. Kränzle hielt oft bis zum Schluss der Klangorgien durch. Weil er es einerseits genoss, im Hause des Zahnarztes zu verkehren und andererseits dessen – wie sich später herausstellen sollte – nicht ganz normale Energie nach und nach für seine Zwecke zu nutzen verstand. Geld war für den Zahnarzt schließlich kein großes Problem und Verbindungen hatte er auch im Übermaß. Und so nahm die erste Veranstaltung langsam Gestalt an. Es war natürlich ein Konzert des Brettschneiderschen Trios. Der alle seine Patienten dringlich dazu aufforderte, unbedingt anwesend zu sein, da sich im anderen Falle ihr persönliches Verhältnis, ob man wolle oder nicht, eintrüben könnte. Wer schon einmal beim Zahnarzt war, dem leuchtet unmittelbar ein, dass man sich diesen besser nicht zum Feind machen sollte.

Lange Rede, kurzer Sinn: der Altstadt-Engel, in dem das Konzert stattfand, war voll. Die Stimmung war gut – zumindest so lange das Trio nicht spielte – und sowohl der manische Zahnarzt, als auch Gerd Kränzle, fanden zu ihrer Bestimmung. Und beide aus dem gleichen Motiv: die Faszination der Bühne. Das Publikum, die mehr oder weniger vielen Menschen, die – zumindest schien es Kränzle und Brettschneider so – gläubig zu dem aufsahen, der da oben wirkte. Und obwohl die Meinungen im Publikum über diesen ersten Konzertabend sehr geteilt waren – für Brettschneider und Kränzle war von Stund an keine Arbeit zuviel, um sich dieses Erlebnis immer wieder zu sichern.

Besonders Gerd Kränzle war nicht mehr zu bremsen und letztendlich waren sogar die manischen Energien des Zahnarztes ihm nicht gewachsen. Brettschneider musste seinen Platz im Vorstand räumen. Nun war der Weg frei, Kränzle hatte die Bühne, die der Verein darstellte, ganz allein für sich. Denn Bühne war für ihn irgendwann nahezu alles. Ob vor Hunderten von Menschen, oder vor den wenigen, die sich am Abend nach dem Unglück mit Doc

Williams im großen Saal des Kornhaus versammelt hatten. Für Kränzle war immer Auftritt.

Der Vorsitzende des ‚Punktum' sammelte sich und wollte gerade den Saal betreten, als ihn ein sehr großer, sehr schlanker Mann mit wenigen Haaren überholte. „Hoppla, hoppla, nicht so eilig junger Mann. Wo wollen wir denn hin?" Kränzle wurde trotz seines ramponierten Zustandes plötzlich sehr energisch. Der sehr schlanke Mann griff in die Innentasche seiner Jacke und zeigte ihm einen Ausweis, ohne ein weiteres Wort der Erklärung abzugeben. Er hatte es offensichtlich sehr eilig.

„Polizei? Na dann..." ‚...ist es was anderes', wollte Kränzle noch sagen, aber der Beamte war schon außer Hörweite. Der Vereinsvorsitzende wurde neugierig und marschierte plötzlich sehr zügig und überraschend elastisch in Richtung Bühne. Wo sich alle um einen kleinen, runden Menschen im grauen Arbeitsmantel geschart hatten.

5

Der kleine, runde Mann war Klaus Zanker, genannt ‚Spezi'. Einer der Soundmacher – während der Konzerte zuständig für die Stromversorgung. Seit über zwanzig Jahren dafür zuständig, dass die Technik klappte. Und die hatte immer geklappt. Ihm konnte man nichts vormachen. Er war ein ‚Schlössle-Mann. Ein Mann der ersten Stunde. Er kannte sich aus.

Eine große, hagere Frau um die Sechzig, im strengen grauen Kostüm schüttelte gerade vorwurfsvoll den Kopf: „Nochmal bitte, ich verstehe kein Wort."

Zanker drehte sich genervt um die eigene Achse und stampfte sogar ärgerlich auf. Dann hob er beschwörend die

Arme und blickte in die Runde. Er sah Grantler mit der großen Brille, er sah die junge Fotografin vom ‚Allgäuer‘, die interessiert das Display ihrer Kamera studierte. Er sah die genervt auf ihre Uhr blickende, mittelgroße, hagere Frau im grauen Kostüm und den jungen Mann, der leise auf sie einredete. Er nahm wahr, dass am anderen Ende des Saals mehrere Leute durch die große mittlere Tür kamen. Er konzentrierte sich und hob die Stimme: „Bitte zuhören: wenn das Kabel o.k. ist, dann kann das Mikrofon... das ja keinen Strom führt – oder? – Wenn das – also das kann dann sogar defekt sein. Es passiert überhaupt nix. Hauptsache das Kabel ist o.k., der Schutzleiter ist in Ordnung. Nicht beschädigt, und also auf dem Gehäuse vom Verstärker ist keine Spannung, also Strom und so weiter...“ Zanker sah die Umstehenden mit großen Augen an. Keine Chance, sie verstanden ihn nicht. Allesamt. Daher nahm er fast dankbar die Ankunft der Neulinge wahr.

Gerd Kränzle grüßte kraftlos und wollte sich an die offenbar wichtigste Person, die Frau im Kostüm wenden, als die an ihm vorbei Gaide Brandl entdeckte. „Da sind Sie ja endlich. Das dauert ja eine Ewigkeit! Das ist doch keine Präzision! Wo ist denn Herr Fuhr...? Ich sollte schon längst...“ Noch während sie sprach, fingerte sie ein Handy aus ihrer Jacke und wählte eine eingespeicherte Nummer. Gleichzeitig versuchte Brandl ihr zu erklären, warum es länger gedauert hatte und dass Rupert Fuhr jeden Augenblick eintreffen müsste, denn schließlich sei der vor ihm weggefahren. Aber seine Chefin, Polizeihauptkommissarin Helena Kreidler, hörte nur mit halbem Ohr zu. Genauer: sie hörte gar nicht zu, sie winkte ab, um ihren Gesprächsteilnehmer am andern Ende besser verstehen zu können. Dann ging sie einige Schritte zur Seite und ließ Gaide Brandl mit dem jungen Mann, der ihr Assistent war, stehen.

Brandl sagte: „Und nun?“ Der junge Mann hieß Schober und trug eine sehr modische blaue Brille. Er war einer dieser jungen Männer, denen man die Bereitschaft Karriere zu machen, geradezu von der Nasenspitze ablesen konnte.

Er zuckte blasiert mit der Schulter: „Ich glaube, sie muss dringend weg“ und „ich glaube, Sie sollen das machen.“

Brandl fühlte eine schnelle, heiße Wut in sich aufsteigen: „Was soll ich machen?“

„Entschuldigen Sie, vielleicht kann ich...“ Das war Gerd Kränzle, der sich seitwärts heranschleppte. „Ich weiß zumindest in groben Zügen, um was es geht...“ Er sah Brandl flehend und leidensbereit an.

Der aber war wütend und konnte die blaue, modische Brille des jungen Schober nicht leiden: „Also bitte, um was geht's?“ Sollte der Schnösel ruhig mal zeigen, ob er irgendwas verstanden hatte. Schober zückte sofort ein kleines Blöckchen, das man nach oben umschlagen konnte. Solche Blöckchen hatten sie in jedem amerikanischen Krimi. „Brauchen Sie dazu ein Blöckchen?“ Brandls Stimme war eisig. „Können Sie sich das bisschen nicht merken?“ Er tippte sich an die Stirn und sah im gleichen Moment, dass die spöttischen Augen der Fotografin auf ihm ruhten. Sehr grüne, sehr aufmerksame Augen. Augen, die ihm sofort gefielen. Krokodilsgrün und spöttisch und gescheit. Augen, die ihn durchschauten. Die sofort erkannt hatten, dass er die Nichtbeachtung durch seine Chefin dem jungen Assistenten zurückzahlte. Seine kleine Wut sank in sich zusammen. Er wandte sich wieder dem verwirrt sein Blöckchen verstauenden Schober zu: „Nehmen Sie's ruhig. Das war nur... manchmal ist man eben... also: um was geht's?“

Schober ruckelte konzentriert an der Brille und sah in seinem inneren Archiv nach. „Bis jetzt wissen wir, dass der Williams gegen vierzehn Uhr einen ersten Soundcheck gemacht hat. Mit seiner Band. Da war alles in Ordnung.

Keine Probleme... dann…" Er sah schuldbewusst zu Brandl hoch und griff nun doch nach seinen Notizen. „Dann wollte er gegen achtzehn Uhr noch mal einen Check. Mit einem neuen Verstärker. Und da ist es dann passiert... Rumms…" „Warum denn das? Nochmal einen Check? Ich kenn mich ja nicht aus, aber: ist das üblich... zweimal?"

Schober bekam wichtige Nasenlöcher: „Das ist überhaupt nicht üblich. Normalerweise. Die sind alle so routiniert, das klappt beim ersten Mal. Aber der Williams wollte scheinbar noch einen anderen Verstärker ausprobieren..."

„Herr Schober! Wir gehen! Sofort! Herr Schober!" Frau Polizeihauptkommissarin Kreidler machte sich nicht die Mühe, die kleine Gruppe noch einmal aufzusuchen. Der Ton in ihrer Stimme war eindeutig: „Herr Brandl, Sie übernehmen das. Das Übliche! Morgen präziser Bericht!"

Der junge Schober sah noch mal pflichtschuldig zu Brandl und verstaute dann sein Blöckchen: „Ich muss, sie wartet nicht gerne."

Brandl sagte: „Ich weiß", aber Schober war schon im Laufschritt seiner Meisterin nachgeeilt. Er konnte dem soeben eingetroffenen Fuhr nur noch schnell zuwinken, dann waren beide verschwunden.

„Und jetzt?" Gerd Kränzle sah die Fotografin an, als wüsste sie die Antwort auf alle Fragen. Aber sie deutete nur, eine komische Grimasse schneidend, auf Brandl: „Da ist der Kommissar." Kränzle nickte und setzte sich in Richtung Brandl in Bewegung. Der wurde aber gerade von einem erregten Rupert Fuhr in Beschlag genommen: „Na, was isch los? Alles klar?" Gaide Brandl war abgelenkt. Er suchte nach den grünen Augen der Fotografin. Sie unterhielt sich gerade mit Klaus Zanker. Fuhr war hartnäckig: „Alles klar? Unfall oder?" „Unfall?"

Gerd Kränzle nutzte die Chance zum Einstieg in das Gespräch geschmeidig. „Entschuldigung. Kann ich das so weitergeben? Tod durch Unfall? Wegen dem Herzschrittmacher? Oder?“

Brandl hob die Handflächen: „Moment. Welcher Herzschrittmacher?“

„Des woiß doch a jed’r, dass d’r Williams en Schrittmach’r hott.“ Fuhr, der wie immer, wenn er erregt war, in seinen Memminger Heimatdialekt verfiel, war fast beleidigt.

„Genau“, stimmte ihm Kränzle zu, „zumindest jeder, der sich mit Jazz auskennt.“

Gaide Brandl blies genervt die Backen auf und verspürte plötzlich Durst. „Wo gibt es denn hier was zu trinken?“ Er drehte sich in Richtung Tür und wäre fast über die Fotografin gestolpert. Die nur einen kleinen Moment erschrak, dann hatte sie wieder diesen grünen Spott in den Augen. Die übrigens gut zum Kastanienbraun ihrer Haare passten, wie Brandl rasch wahrnahm.

„Entschuldigung... Brandl“, sagte Brandl.

Ihre Augen sprühten Funken, dann verbeugte sie sich eine Winzigkeit: „Schalk. Das bin ich“. „Das passt.“

Sie betrachteten sich sehr eingehend, wie es Menschen tun, die sich sofort und spontan sympathisch finden. Und das Gefühl haben, als wären sie schon sehr vertraut.

Fuhr störte die nahezu ungebührlich lange andauernde Idylle: „Was isch jedsd?“

Die Fotografin Schalk sagte: „Ich glaube, der Elektriker will noch was sagen.“

Der Elektriker war ‚Spezi‘ Klaus Zanker. Er wollte tatsächlich etwas sagen. Er wollte schon länger etwas sagen, aber er drang nicht durch. Sowohl akustisch, als auch inhaltlich. Er tat sich schwer, seine Mitteilungen klar zu formulieren. Immer schon. Doppelt und dreifach, wenn es darum ging, einen Unfall mit Todesfolge vom technischen Gesichtspunkt aus zu erklären.

Gaide Brandl winkte ihn zu sich her. „Sie haben noch was auf dem Herzen, wegen der Williams-Geschichte?“

Spezi nickte mit zusammengepressten Lippen: „Ja und ob.“

„Und ob?“ Brandl lächelte verwundert der Fotografin zu, die ihn mit einer auffordernden Kopfbewegung wieder in Zankers Richtung dirigierte.

„Es ist nämlich so“, sagte der, „unter normalen Umständen kann nix passieren. Wir messen doch ständig alles durch. Vor jedem Festival wird alles durchgemessen. Oder Grantler?“ Zanker verrenkte sich den Hals nach seinem Kollegen Grantler. Und wurde von Rupert Fuhr unterbrochen, der eigentlich auch nach Hause zu den vier Kindern musste, seine Frau wollte ins Kino: „Bittschön weiter.“

Zanker rieb sich konzentriert die Schläfen. „Also normalerweise kann nix passieren. Alles abgesichert. Ich weiß nicht, inwiefern sie sich auskennen... soll ich genau alles erklären?“ Gaide Brandl schlug die Augen zum Himmel: „Bitte nicht. Ganz einfach. Nur das was für uns interessant ist.“

Spezi Zanker nickte aufmerksam zu den Worten des Polizisten und rieb sich wieder die Schläfen: „Also: durch ein Mikrokabel kommt kein Strom. Normalerweise...“

Jetzt lauschten alle dem kleinen, runden Mann im grauen Arbeitsmantel, der konzentriert und tonlos um passende Formulierungen rang. Das dauerte eine Minute. Rupert Fuhr wurde ungeduldig: „Ond? Unnormalerweise?“

Brandl übersetzte: „Wann kommt ausnahmsweise doch Strom?“

Zanker atmete auf, als wäre er erleichtert über die Klarheit dieser Frage: „Strom kommt nur, wenn Spannung auf dem Gehäuse ist... und... äh... und... der Schutzleiter defekt ist. Also morsch oder...“

„Oder?“ knurrten Fuhr und Brandl im Chor.

Spezi Zanker beeilte sich jetzt: „Oder jemand macht was dran.“

Er sagte das in einem Ton, dass alle anderen unwillkürlich aufhorchten. Und Gaide Brandl, der vom zustimmend nickenden Gerd Kränzle flankiert wurde, vorsichtig aber eindringlich nachfragte: „Aber das war doch hier nicht der Fall?"

Spezi Zanker, der Mann der ersten Stunde, holte noch mal tief Luft und sprach in die Stille die bedeutenden Worte: „Von wegen meine Herren. Von wegen." Und noch bedeutsamer: „Kommen Sie mal mit, ich zeig Ihnen was."

6

Klaus-Peter Fissler stöhnte. Er setzte sich konzentriert auf dem Bürostuhl zurecht. ‚Neunzig, neunzig, neunzig', hatte der Krankengymnast gesagt. Immer so sitzen, dass alles im neunzig Grad – Winkel zueinander steht: Rumpf zu den Oberschenkeln, Oberschenkel zu den Unterschenkeln, Unterschenkel zu den Füßen. Oder so ähnlich. Auf jeden Fall sollte es dann besser werden mit seinem Rücken. Er bemühte sich, die Hände im korrekten Winkel auf die Tastatur seines PC-Keyboards zu legen. „Auch die Hände können zu Wohl und Wehe des Rückens beitragen." Hatte der Krankengymnast gesagt. Fissler stöhnte wieder. Bisher hatten weder neunzig, neunzig, neunzig, noch optimale Handhaltung zu irgend etwas beigetragen.

Er litt. Nicht nur wegen seines Rückens. Auch wegen des Textes, den er vor sich hatte. Fissler war Kulturredakteur der Allgäuer Zeitung und dazu gehörte das Redigieren von Texten, die allerlei Mitarbeiter einreichten. Freiberufliche Mitarbeiter, die über Vereinsversammlungen, Ausstellungen und Konzerte berichteten. „Der samtene Ton der Gitarre des Künstlers schien wie ein

Feenschleier über den Köpfen der hochrangigen Gäste zu schweben. Gewebt vom unvergleichlichen Roman Reissner. Er zog und zerrte ebenso berserkerhaft wie sachte die goldenen Saiten seiner Gitarre – er entlockte den sechs Saiten geradezu überirdische Töne. Tiefen und Höhen, lang und kurz: ein Hohelied der Harmonik, das Roman Reissner dort oben mit seinem Instrument schuf. Nicht wenige der Anwesenden waren noch Minuten nach dem Ende des Konzertes völlig aufgelöst." ‚Genau wie ich', dachte Klaus-Peter Fissler, nahm die Brille ab und begann sie matt an seinem Hemd zu putzen. Dann beschloss er, zuerst die in seinem Fach gelandete Post zu sichten. Die sich in den letzten Jahren im Vergleich zu früheren Zeiten deutlich verringert hatte. Weil heutzutage jeder seine schriftlichen und fotografischen Sendungen per E-mail versandte. ‚Ein Hohelied der Digitalisierung', schmunzelte Fissler. Die normale Briefpost enthielt im Wesentlichen Veranstaltungshinweise und die Beschwerden altmodischer Abonnenten: ‚Herr Fissler! Das ‚Sehr geehrter' habe ich nicht etwa vergessen, sondern mit Absicht darauf verzichtet. Ihr Bericht über die Ausstellung meiner Frau Helga Streiter war ein handfester Skandal. ‚Bilder von der Brisanz einer frisch gebeizten Garagenwand' – für solche Formulierungen müsste man sie eigentlich gerichtlich belangen! Herr Fissler, wenn Sie schon nicht malen können und offensichtlich auch nichts von Malerei verstehen, dann sollten Sie zumindest darauf verzichten, die Arbeiten einer ebenso integren wie ambitionierten Künstlerin mit Ihrem Unwissen zu besudeln. Mit sehr unfreundlichen Grüßen Alfred Streiter Kunstlehrer i.R. – P.S.: Ihr ‚Blatt' werde ich demnächst kündigen!'

Fissler seufzte: „Ob sich alle Menschen ihr Gehalt so schwer verdienen müssen?" Sein Rücken quälte ihn mit Macht. Eine Botschaft der Psyche an den Knochenapparat. Waren das die unguten Wünsche der versammelten

Streiters? Er nahm den nächsten Brief in die Hand und stutzte für einen Moment. Was war denn das? Die Anschrift war nicht mit der Maschine oder per Hand geschrieben. Sie war aus ausgeschnittenen Buchstaben aufgeklebt. Fissler staunte: ‚Wie in alten Edgar Wallace Filmen.' Er wurde neugierig und überlegte kurz, ob er den Brief einfach so öffnen konnte. ‚Briefbombe', schoss es ihm durchs Gehirn. Er sah sich rußgeschwärzt, wie Lehrer Lämpel, hinter dem Schreibtisch liegen. Aber dann beruhigte er sich. Man war schließlich im Allgäu. Dies war Almenland. Hier herrschten Kuh und Landwirt. Die sicherste Gegend der Welt. Er griff nach dem Brieföffner, schlitzte entschlossen den Umschlag auf und kniff doch unwillkürlich die Augen zusammen.

Aber: keine Explosion, kein Pulver, das ihn töten würde. Nichts als ein Stück Papier, offensichtlich aus einem Schreibblock gerissen. Darauf geklebt die gleichen Buchstaben wie auf dem Umschlag. Klaus Peter Fissler las:

„WENN MIT DIESEM NIGGERGEDUDDLE
NICHT BALD SCHLUSS IST, KRACHT ES!
KEMPTEN IST NICHT CHIKAGO! WIR HABEN
GENUG!“
KMSB

Der Kulturredakteur drehte das Blatt, aber es gab sonst nichts zu lesen. Als erstes fiel ihm auf, dass ‚Gedudle' falsch geschrieben war. Und dann: „KMSB, was soll denn das sein?“ murmelte Fissler, als jemand scheppernd die Glastür seines Büros öffnete. Es war Sissi Schalk, die Fotografin.

Sie war etwas außer Atem: „Aufgemerkt!“ Sie hob einen Zeigefinger: „Neuigkeiten.“

Fissler strahlte. Er konnte die Kollegin gut leiden. Sie war witzig und gescheit. Und nicht unansehnlich dazu. Fissler hatte den Brief mit den Klebebuchstaben sofort vergessen und tätschelte einladend seine Schenkel: „Komm her, zu Herrchen."

Sie winkte amüsiert ab: „Später, erst zeig ich dir was. Da kuck." Sie hantierte mit ihrer Kamera herum, die sie offenbar überall hin begleitete. „Kennst du den?"

Klaus Peter Fissler sah angestrengt auf das Display der Digital-Kamera. „Wen?"

„Na den mit dem Arbeitsmantel?"

„Ich erkenne niemand auf dem winzigen Ding."

Sie tat übertrieben ärgerlich: „Männer und Technik. Das ist wie… wie…"

„Wiener mit Kartoffelsalat?"

Sie sahen sich mit großen Augen begeistert an, dann hielt sie ihm die Kamera dicht vor die Augen: „Jetzt? Geht's Opa?"

Fissler sah den nun vergrößerten ‚Spezi' Zanker. „Klar, das ist doch der Elektriker vom ‚Punktum'."

„Siehst du wohl, genau der. Da brauchen wir ja doch noch keine neue, dicke Brille."

Fissler strahlte wieder und tätschelte erneut seine Schenkel. Aber wieder wurde sein Ansinnen abschlägig beschieden. Sissi Schalk fing vielmehr an, aufgeregt durch den Raum zu laufen. „Dieser Herr Zanker hat nämlich eine Kleinigkeit herausgefunden."

Klaus Peter Fissler, der etwas enttäuscht war, weil die Kollegin nicht spielen wollte, wackelte nachlässig mit dem Kopf: „Nämlich?"

Die Schalk blieb mitten im Raum stehen und stemmte die Fäuste in die Hüfte: „Du hast über die Sache mit Doc Williams schon was geschrieben?"

Fissler nickte souverän: „Klar. Unfall mit Todesfolge. Die Geschichte steht schon brandheiß im System."

Sissi Schalk nickte lobend: „Der Fissler ist ein fixes Bürschchen!"

Er nickte stolz und wollte schon wieder zum angenehmeren Teil kommen, aber seine fotografierende Kollegin war noch nicht fertig: „Die Sache hat aber noch einen Haken."

Der Kulturkollege runzelte die Stirn: „Nämlich?"

„Nämlich, dass das mit Doc Williams kein Unfall war."

„Was denn sonst?"

Sie kraulte mit übertrieben tragischen Bewegungen auf ihn zu und flüsterte gruselig: „Mord." „Du spinnst", Fissler winkte ab.

„Ich spinne nicht, da war ein Kabel manipuliert." Sissi Schalk hob die Kamera: „Der Spezi hat das ganz genau gesehen und dokumentiert. Da gibt's überhaupt keinen Zweifel. So was kann nicht zufällig passieren. Da hat einer dran gedreht." Sie nickte sehr bedeutsam: „Wenn ich du wäre, würde ich mich schnell auf den Weg zum Kornhaus machen und dann vielleicht meine Geschichte neu schreiben..."

Fissler nickte und war auf einmal sehr konzentriert: „Wo sie recht hat, hat sie recht", sagte er und griff nach der braunen Lederjacke und einer Umhängetasche. Da fiel ihm urplötzlich der Brief ein. Er drehte auf dem Absatz um und hätte fast Sissi Schalk umgerannt.

„Das ist mir heute schon mal passiert", maulte sie und „da geht's raus!"

Fissler schob sie zur Seite und griff nach dem Brief. Er wedelte damit vor ihren grünen Augen: „Da. Nicht nur du hast Neuigkeiten."

„Ha, was soll denn das schon sein? Ein Brief von deinem Söhnchen?"

Er nickte äußerst bedeutsam: „Söhnchen, von wegen. Pass auf: ‚Wenn mit diesem Niggergeduddle nicht bald Schluss ist, kracht es! Kempten ist nicht Chikago! Wir haben genug! Kaemmessbeee!'"

Sissi Schalks Mund öffnete sich langsam aber stetig: „Geduddle?"

„Ja Geduddle. Da kuckst du. Ein Drohbrief. Ein Drohbrief wegen der schwarzen Musiker, die während des Festivals in Kempten sind…" Er tippte ihr gegen die Stirn: „Dann kracht es! Da werden wir wohl beide noch zu arbeiten haben. Ich wegen Herrn Zanker und du wegen dem da", er wedelte wieder mit dem Brief. „Foto machen. Das muss morgen mit."

Sie nickte beiläufig und griff sich geschickt den Brief: „Das ist gleich passiert. Aber zuerst kriegt den Brief mein Brandl."

Fissler horchte auf: „Dein Brandl? Wer ist das denn bitte?"

Sie wurde für eine Sekunde rot und winkte schroff ab: „Ach irgend so ein dürrer Polizist."

Ihr Kollege sah sie sehr misstrauisch von der Seite an: „Irgend so ein Polizist... Aha." Er stemmte übertrieben wichtig die Fäuste in die Seite: „Und ich? Was wird aus mir?"

Die Schalk kniff ihn strahlend in die Backen: „Du gehst heim zu deiner Frau. Schließlich habt ihr einen Sohn."

Fissler nickte und sah sie mit betrübtem Hundeblick an: „Aber nur einen ganz kleinen." Sissi Schalk hörte ihm aber schon nicht mehr zu. Sie hatte zu tun.

ZWEITER ALBTRAUM

Der Bub hielt sich an dem rostigen Geländer fest und sah nach unten. Dort unten führte der Schacht unter die Bahngleise. Ein dunkles Loch, in dem es gruselig zuging. Zumindest hatte ihm sein Freund Seppi das berichtet. In dem Schacht unter den Bahngleisen würden allerlei unheimliche Gestalten hausen. Der Bub sah einen sachten Widerschein von Feuer im Schacht. Feuer, das dort brannte und an dem sich die, die da umgingen, wärmten. Bucklige Nikoläuse und verwunschene Zottelbärte, die nur auf kleine Kinder warteten, um sie zu verschleppen. Der Bub fürchtete sich, trotzdem war er plötzlich auf dem Weg nach unten. Durch das Gestrüpp, das den Hang bedeckte. Er kam nur schlecht vorwärts, Dornen hakten sich an seiner roten Cordhose fest. Die rote Cordhose, die sein ganzer Stolz war. Die rote Cordhose von Oma Jorde, mit zwei Taschen hinten. Ganz wichtig, denn in die hinteren Taschen konnte man einen Meterstab stecken, sowie ihn der Vater immer mit sich trug, wenn er Löcher bohrte.

Es ging eigentlich nicht vorwärts und doch kam er dem Schacht näher. Der immer größer und furchterregender zu werden schien. Der Bub hörte Geräusche, das Stampfen von großen Hämmern, von großen Maschinen. Kleine Kinder würden dort in Blechkisten eingeschweißt und verschickt, hatte Seppi gesagt. Er wusste dies alles von seinem großen Bruder. Der war bei der Bundesbahn und kannte sich in den Schächten logischerweise aus. Ja, er war schon persönlich drinnen gewesen und hatte all diese furchtbaren Dinge mit eigenen Augen gesehen. Der Bub fürchtete sich und wollte umkehren, aber es ging nicht. Wie von einem riesigen Magnet, von einer geheimnisvollen Kraft gezogen, bewegte er sich auf den Schacht zu. Der flammende Widerschein war jetzt deutlich zu sehen, sogar die Hitze war spürbar. Und undeutliche Schatten flirrten über die feuergelben Wände. Schatten von großen, unheim-

lichen Gestalten, sehr bedrohliche Schatten. Der Bub rief zuerst: „Hilfe!" Hoch zu den Passanten, die am rostigen Geländer vorbeigingen. Aber sie hörten ihn nicht. Das Hämmern aus dem Schacht übertönte seine Kinderstimme. Da schrie der Bub aus vollem Hals, mit aller Kraft um Hilfe. Eine Frau, eine dunkle Frau blieb stehen, oben am Geländer. Sie sah zu ihm hinunter mit leuchtenden, traurigen Augen: „Gaetano, mi beniamino..." hörte er trotz des metallischen Hämmerns. Er wollte zurück, aber der Sog, der ihn zum Schacht zog, war stärker. Er spürte die Hitze aus der Tiefe unter den Bahngleisen und er sah die dunkle Frau, die ihm winkte und sich von ihm entfernte. Der Bub schrie: „Bitte bleib!", aber die Frau war verschwunden und die Hitze wurde stärker.

Dann wachte Gaide Brandl auf. Er war schweißgebadet und er lauschte in die Dunkelheit des Schlafzimmers. Aber das metallische Hämmern war verstummt.

7

Gaide Brandl rechnete heimlich mit den Fingern. ‚Wenn jeder Besucher achtunddreißig Euro Eintritt bezahlt, dann sind das... vorausgesetzt es sind siebenhundert... ach was das sind achthundert mindestens.' Er konnte sich nicht richtig konzentrieren, die Musik war einfach zu laut. ‚Als ob sie ein Schwein schlachten' und ‚Kapiertnix wäre längst über alle Berge', dachte Brandl und sah seinen empfindsam die Ohren anlegenden grau-weißen Wohnzimmertiger im Geiste unter dem Sofa verschwinden.

Der neben ihm sitzende Kollege Rupert Fuhr schien weit weniger lärmempfindlich zu sein. Ganz im Gegenteil: er genoss das, was der Kommissar als Lärm bezeichnete und bewegte sich wie eine große, ungelenke Schlange träge im Rhythmus. Wie hypnotisiert von dem, was da von der Bühne kam. Ein äußerst wirksamer Zauber schien sich seiner bemächtigt zu haben. Der brave, zuverlässige Rupert Fuhr, Vater von vier Kindern, Polizeihauptmeister mit Zulage, war im Banne eines Dämons und dieser Dämon hieß Jazz. Wobei die Musik nicht auf alle Zuhörer die gleiche Faszination auszuüben schien. Gaide Brandl versuchte seine für die Sitze viel zu langen Beine zu verstauen und reckte etwas den Hals. In der ersten Reihe hielten auffallend viele Herrschaften das Haupt in einer ganz typischen Art und Weise geneigt. ,Wenn die nicht pennen, will ich Kapiertnix heißen', dachte sich Brandl.

In der ersten Reihe saßen, wie immer, die Vertreter der Sponsoren, hatte ihn sein Kollege Fuhr aufgeklärt. ,Die dürfen zuerst die teuren Konzerte finanzieren und dann müssen sie sitzen und zuhören.' ,Geschieht ihnen recht', dachte sich Gaide Brandl und durchforstete das Publikum nach weiteren Opfern der Jazz-Langeweile, die ihm ebenfalls zu schaffen machte. Er wurde schnell fündig. Zwei Reihen vor ihm, der Herr mit dem kantigen Schädel und den sehr kurz geschnittenen Haaren in der Kaschmir-Jacke war definitiv eingenickt und seine neben ihm sitzende Frau beäugte ihn mit gefurchter Stirn. Und hielt schon mal den Ellbogen bereit. Um ihn dem Ehemann unauffällig in die Seite zu rammen, wenn er erstmals zu schnarchen anfangen würde. Brandl schmunzelte, den Herrn kannte er. Sein Zahnarzt. Überhaupt – es waren einige im Publikum, die etwas zahnarzthaftes an sich hatten. So schien es zumindest dem Polizeikommissar. Schon vor dem Konzert hatte Brandl ein starkes Aufkommen an kühl ihre möglichen Opfer taktierenden kantschädligen Herren erblickt. ,Doch, doch', Brandl war sich sicher. ,Träger des Zahnarztgens.' Natürlich waren nicht alle Inhaber des Gens auch Zahnärzte geworden. Und doch einte sie ihre herzlose Erfolgsorientiertheit. Wer sonst wollte sich schon am Leid anderer Menschen bereichern?

Brandl hatte trotzdem nichts Spezielles gegen Zahnärzte, schließlich gab es auch genügend geldgierige Hals-Nasen- Ohren- Spezialisten. Was er den meisten im Dentalgewerbe Tätigen vorwarf, hatte mit seiner eigenen, speziellen Beziehung zu summenden Bohrgeräten zu tun. Und die wurde von einem Gefühl dominiert: Angst. Ein Mensch der Angst hat, sucht Schonung und Zuwendung und keinen Geschäftspartner. Darum hasste er es, wenn er von routiniert lächelnden Helferinnen in eines von mehreren Behandlungszimmern verfrachtet wurde. Er hasste es, wenn ihm ein ständig eiliger Doktor mit wehendem weißem Kittel sozusagen ‚en passant' eine Wurzel entriss oder pfundweise Amalgam verpasste. Das mochte handwerklich alles seine Ordnung haben und doch wollte Brandl keinen Facharbeiter für Brücken und Karieshohlräume; Brandl wollte einen Arzt. Der ihm zu verstehen gab, dass er sehr wohl wusste, dass er ein menschliches Wesen vor sich hatte. Ein schwaches, ein ängstliches Wesen, das im Angesicht des Bohrers nichts nötiger hatte, als einen Rest von Zuversicht und Vertrauen. Zu dem, der sich da mit heimtückisch und gefährlich glitzerndem Gerät im Mundraum breit machte. Und scheinheilig interessiert ‚tut ein bisserl weh heut, gell?' fragte, wenn man – ein bebendes Bündel – schweißgebadet auf die nächste Marterattacke wartete. Zuversicht und Vertrauen und eine bis zum Anschlag mit Betäubungssaft gefüllte Spritze!

Brandl nickte. Doktor Pusch fiel ihm ein. Der Zahnarzt seiner Kindheit. Eine Seele von einem Menschen. In Brandls Erinnerung ein regelrechter Heiliger. Einer, der mit den Patienten litt. Der schon ‚Au! Das hat weh getan!' rief, bevor es der Patient selbst spüren konnte. Brandl kicherte ungebührlich laut in ein gedämpft von der Bühne schwebendes Solo und ein sehr bedeutsam dreinblickender massiver Herr, der neben dem gebannt glotzenden Fuhr saß, machte ein grimmiges Gesicht und zischte: „Bitte

Ruhe, das ist hier kein Bierzelt." Der Kommissar war einen Moment verblüfft und spürte dann die ihm sehr bekannte, rasch aufschäumende kleine Wut: ‚Armselige Wichtigtuer. Als ob irgendeine Art von Musik so wichtig sein könnte, dass man sie nur mit angelegten Ohren konsumieren dürfte', dachte er und wollte den massigen Herrn mit einem eisigen Blick strafen. Der hatte ihn aber schon wieder vergessen und war damit beschäftigt, einen bedeutsamen Eindruck zu hinterlassen.

Brandl seufzte genervt: ‚Bagage! Zahnärzte! Eure eigenen Bohrer sollte man euch in's Kiefer rammen. Ohne Betäubung!' Apropos Betäubung: ‚sein' Doktor Pusch war ein Ass gewesen, wenn es darum ging, Zahnnerven zu betäuben. Er legte nicht nur den Zahn und das umliegende Gebiet lahm – Doktor Pusch betäubte großzügig und großräumig. Bis weit ins Gesunde. Er war eben sehr mitfühlend. Was bei den kleinen Patienten schon zu stundenlang hängenden Unterkiefern führen konnte. Aber: keinerlei Schmerzen während der Behandlung! Natürlich wusste Brandl mittlerweile, dass das Betäuben von Nerven nicht die eigentliche Kunst eines Zahnarztes ist, trotzdem trauerte er um das wohltuende Mitleid seines längst verblichenen Doktor Pusch. Dessen Qualitäten würden wohl von den meisten heute praktizierenden, ‚modernen' Ärzten als unnötige Zeitvergeudung interpretiert.

‚So sehen sie auch aus', dachte Gaide Brandl und nickte zu seinem Nachbarn und Kollegen hin. Er hätte ihm gerne seine Beobachtung mitgeteilt, aber Rupert Fuhr nahm ihn in keiner Weise wahr. Rupert Fuhr war ganz woanders und dafür bewunderte ihn Brandl ein wenig. Offenbar hatte sein Kollege einen Zugang zu etwas sehr Faszinierendem, der ihm selbst fehlte. Deswegen hätte er auch niemals Eintritt für ein Jazz-Konzert bezahlt, aber diesmal hatte ihn Fuhr überredet und eingeladen. Sich einmal, wenigstens ein einziges Mal, diese Musik anzuhören. Live und in voller Länge. Die Faszination dieser Musik in sich aufzusaugen. Dann würde er spüren, was das war: richtige, große Musik. Richtige, große Kunst! Brandl seufzte. Leider nicht. Nichts war zu spüren vom großen Ereignis, vom Atem der Kultur. Die ihn zu einem besseren Menschen machen sollte. Laut Fuhr. Der ihn genau in diesem Moment in die Seite stieß und mit begeisterten Augen zur Bühne wies: „Gigantisch – oder? Geil – oder?" Sein Polizisten-Kollege wollte unentschieden die Schulter zucken, aber Fuhr war schon wieder mental abgereist. Zumal sich dort auf der Bühne etwas anbahnte, das sogar der unmusikalische Kommissar spürte. Eine Zuspitzung der Dinge, ein Mehr an Energie und Emotion und – wie er es lapidar bezeichnen würde – Krach. Die Musiker verrenkten sich in einer Art, dass sogar Brandl staunen musste. ‚Wie Gummipalmen, die zum Lichte streben', dachte er. Und seufzte. ‚Ich sollte Bücher schreiben, anstatt meine Zeit zu vergeuden. Bei der Polizei. Oder bei albernen Jazzkonzerten.' Immerhin schien nun Pause zu sein. Die Musiker machten zumindest noch einmal gewaltig Krach und stellten dann ihre Instrumente zur Seite. Um anschließend freundlich winkend die Bühne über eine der kleinen, seitlichen Treppen zu verlassen. Brandl staunte, wie begeistert die Zuhörer waren und überlegte, ob er sitzen bleiben könnte. Denn alle anderen waren praktisch geschlossen aufgestanden und spendeten den Musikern Beifall. Dank der Aufmerksamkeit seiner Frau, war sogar der gerade noch schlummernde Zahnarzt in der Kaschmir-Jacke rechtzeitig erwacht und ließ es sich nicht nehmen, die großartige Darbietung zu bejubeln. Rupert Fuhr, der als echter Allgäuer nicht zum Überschwang neigte, rief überraschend laut und vernehmlich: „Bravo! Sau Guat." ‚Was die Musik mit den Menschen zu veranstalten in der Lage ist...', dachte Gaide Brandl und wollte schon wieder erstaunt den Kopf schütteln.

Da stieß ihn sein Kollege Fuhr in die Seite: „Bass amol auf! Die Zeit vor dem Beginn des Konzertes hat etwas Weihevolles. Die sich gedämpft unterhaltenden Menschen, das gedämpfte Licht, die behutsamen Gesten..."

Brandl unterbrach ihn: „Geht's dir gut? Hast du Temperatur?" Dann sah er das Programmheftchen in Rupert Fuhrs Hand.

„Frank Kollowitz", sagte der und tippte mit dem Zeigefinger auf das Heft. Dann las er bedeutsam raunend weiter: „Auf der Bühne stehen schon die Instrumente. Schimmerndes lackiertes Holz, poliertes Metall. Magische Gerätschaften, die darauf warten von ihren noch fernen Meistern zum Leben erweckt zu werden. Ein Flügel – eine Kiste aus Holz mit darin gespannten Saiten. Ein Saxophon – ein an sich sinnlos gebogenes, mit Löchern und Klappen versehenes Metallrohr. Das Schlagzeug: mit Kunststofffellen bespannte Holzkessel. Totes Material. Noch. Bis der Meister kommt und ihm glühendes Leben einhaucht. Wenn das ewige Murmeln des Publikums plötzlich schwächer und das Licht auf der Bühne heller wird.

Wenn der Conferencier mit bebenden Händen und mit vor Erregung flatternder Stimme den großen Namen ankündigt. Dann bewegt sich der schwere Vorhang hinter der Bühne und aus seinen Falten tritt der goldene Meister. Treten die düsteren Magier: die Musiker. Die es verstehen, die toten Geräte zu erwecken und den in ihnen verborgenen Dschinn zu befreien…"

Rupert Fuhr sah seinen Kollegen Brandl erwartungsvoll an: „Na, was saggsch?"

„Ja – na ja", Gaide Brandl zögerte und bewegte die Schultern unentschlossen. Er blätterte fahrig in seinem Programm, aus dem der kleine Fuhr vorgelesen hatte. „Dieses magisch und goldene Meister und so... und zum Leben erwecken... das ist mir alles irgendwie zu..."

Fuhr sah ihn an, als hätte er soeben entdeckt, dass sein

Kollege schwachsinnig sei: „Des isch a Tägscht vom Frank Kollowitz, dem Tschääs-Dichter überhaupt. Was passt d'r an dem it?"

„Mir passt alles daran, oder auch gar nichts, er ist mir im Grunde egal, ich kann nichts damit anfangen. Es ist mir nur zu blöd!" Gaide Brandl war in einer Sekunde wütend geworden. Das passierte, wenn man ihm auf ungehörige Art und Weise zu nahe kam. Schließlich hatte er seinem Kollegen schon den Gefallen getan und war mit in das Konzert gekommen. Obwohl ihn Jazz-Konzerte nicht im Geringsten interessierten. Obwohl er Menschen, die in Jazz-Konzerte gehen, eigentlich ziemlich behämmert fand. Dieses Getue, dieses Gestelze und Gespreize. Er sah Rupert Fuhr genervt an: „Wollen wir jetzt hier Musik hören, oder langweilst du mich weiter mit deinem Kollwitz?"

Der war wie immer perplex angesichts der Brandlschen Ausbrüche und traute sich nur matt zu kontern: „Kollowitz... ab'r..."

„Nichts aber", Brandl hatte genug, „dann lass mich mit diesem Gefasel in Ruhe."

8

Der Mann hatte irgendwie Ähnlichkeit mit Gerd Fröbe. Die massige Gestalt, der etwas mürrisch wirkende Gesichtsausdruck und die gleichzeitig wie verblüfft vorgestülpte Unterlippe. Was den Mann aber deutlich von Gerd Fröbe unterschied, war ein seltsam trüb wirkendes linkes Auge und seine Hautfarbe. Der große Mann war schwarz. Beziehungsweise dunkel. Kaffeebraun. Der große, kaffeebraune Mann mit dem blinden Auge bügelte Hemden. Das Bügeleisen sah in seiner riesigen Pranke wie ein Kinderspielzeug aus. Alles sah in diesen riesigen Pranken wie Spielzeug aus. Nur die Hemden, die er mit Sorgfalt bügelte, schienen die für ihn passenden Ausmaße zu haben. Große, bunte Stofflappen, aus denen man für normal dimensionierte Menschen kleine Mäntel hätte nähen können. Der Riese bügelte.

Dennoch gingen die großen Hände des großen Mannes mit den Hemden erstaunlich behutsam um. Er glättete zuerst fachmännisch den Stoff und faltete anschließend vorsichtig Ärmel und Kragen, um dann die fertigen Hemden zu dreien auf kleine Haufen zu stapeln. Aus dem altmodischen, ziegelartigen Radio sendete ein Nachrichtenkanal Nachrichten über den ganzen Tag. Krieg im Irak, Krieg in Afrika, Unruhen in Afghanistan, Unruhen im Kosovo. Arbeitslosigkeit und Pleiten, Betrug und Hinterlist den ganzen Tag. Geldgier den ganzen Tag. Das Gesicht des großen Mannes verdüsterte sich noch ein wenig mehr. Er sah kurz von seiner Arbeit auf und blickte auf den Kalender an der Wand. ‚They never come back.' Boxerportraits in Schwarz-Weiß. Für jeden Monat eines. Joe Louis, Sonny Liston, Muhammad Ali. Für einen Moment wich der düstere Schatten aus dem Gesicht des Mannes. „They never come back", brummte er mit weicher Stimme. „Das waren noch Zeiten." Er seufzte und trug die gebügelten Hemden zum Schrank, als die Flurklingel ging. Der große Mann sah auf seine Armbanduhr. „Frau Betz. Die ist wenigstens pünktlich…" Er ging zur Tür und musste es sich wie immer verkneifen, durch den Spion zu sehen. Er hätte seine Nachbarin, Frau Betz, ohnehin nicht sehen können. Sie war einfach zu klein. Er hätte höchstens ein Haarbüschel seiner kleinen Nachbarin Gerlinde Betz erspäht. Sonstiger Besuch kam nicht in Frage. Er bekam keine Besuche. Keine Arbeitskollegen, die ihn hätten besuchen können. Einmal hatte er Mucki Krüger mitgenommen in die Wohnung. Mucki Krüger verkehrte im Iller-Stüble. Sie kannten sich flüchtig. Wenn der große, kaffeebraune Mann unter Menschen ging, dann ins Iller-Stüble. Kein vornehmes Lokal. Das war ihm gerade recht. Dort ließen sie ihn in Ruhe. Beziehungsweise verehrten ihn sogar noch auf eine seltsam kindliche Weise. Immerhin hatte Charly Semmelrogge damals um den Europameister-Titel geboxt. Und Mucki Krüger wollte unbedingt die Zeitungsausschnitte sehen, die er in einem großen Karton gesammelt hatte. „Warum nicht?“, dachte sich Charly Semmelrogge und nahm Krüger mit in die Wohnung. Der wollte aber nicht nur die Zeitungsausschnitte sehen, sondern war tatsächlich der Meinung, bei einem Ex-Boxer müssten doch Wertsachen zu holen sein. Charly Semmelrogge ertappte ihn dabei, wie er den Küchenschrank durchstöberte und setzte den nicht sehr klugen Mucki Krüger an die Luft. Es war nichts passiert, und doch eine Warnung für den großen kaffeebraunen Mann. Er hätte es wissen müssen, schließlich war er in seinem Leben mehr als einmal beschissen worden. Der einzige, dem er trauen konnte, war sein Bruder. Sein Bruder, der in Mannheim lebte und, seit Charly in Kempten wohnte, erst einmal bei ihm zu Besuch gewesen war. Einmal in zwölf Jahren. Damals hatte er noch so etwas wie eine Familie. Mit Dagmar und den Kindern. Damals hatten sie manchmal Besuch, nun war er schon jahrelang allein, aber sein Bruder würde trotzdem niemals auftauchen, ohne sich vorher anzumelden. An seiner Tür klingelte schon seit langer Zeit nur noch – und das sehr selten – der Postbote. Und jeden Abend die winzige Frau Betz.

Frau Betz, die die Zeitung ‚Leben und Wohnen‘ brachte. Die einzige Zeitung, die der große Mann las. Die Tageszeitung hatte er schon vor Jahren abbestellt. Das Abonnement war ihm zu teuer. Nach achtjähriger Arbeitslosigkeit war ihm alles zu teuer. Sogar das Rauchen hatte er rationiert. Nicht mehr als sechs Zigaretten am Tag. Er hatte sich alles genau ausgerechnet. Sechs Zigaretten pro Tag konnte er sich noch leisten. Wenn der Politik nicht irgendwas einfiel, das seine schmalen Einkünfte noch weiter schmälern würde. Hinweise dafür gab es genug. Schließlich hatte er noch das Radio und den Fernseher. Daraus erfuhr er genug über die schlechte Lage auf dem Arbeitsmarkt. Keinerlei Hoffnungen. Ganz im Gegenteil: es gab nichts zu tun für fünfzigjährige Altenpfleger. Und für einen Ex-Boxer schon gar nicht. Fünfzigjährige Altenpfleger hätten im Prinzip auch tot sein können. Für den Arbeitsmarkt waren sie es schon lange. Lebende Leichen. Zombies im Ruhestand. Ex-Boxer erst recht. Auch wenn sie vor langer Zeit schon mal um den Europameister-Titel geboxt haben. ‚They never come back.‘

Die kleine Frau Betz sah freundlich hoch zu dem großen Mann: „Grüß sie Gott, Herr Semmelrogge. Ich bring die Zeitung.“ Der große Herr Semmelrogge musste schmunzeln. Er kannte Frau Gerlinde Betz seit zwölf Jahren und seit fünf Jahren brachte sie ihm die Zeitung ‚Leben und Wohnen‘ an jedem Donnerstag um Neun. Das war so sicher – noch sicherer – als das Amen in der Kirche. Der große Herr Semmelrogge hätte seine Uhr danach stellen können. Als ob die kleine Frau Gerlinde Betz nichts anderes zu tun hätte, als auf den Donnerstag neun Uhr hinzuleben, um dann pünktlich an Semmelrogges Tür aufzutauchen. ‚Wie eine kleine, geschäftige Maus‘, dachte er. Einmal hatte Semmelrogge so getan, als würde er kurz nach acht das Haus verlassen. Hatte Frau Betz, die aus dem Fenster sah, demonstrativ zugewunken. Dann war Semmelrogge durch den Keller wieder in seine Wohnung geschlichen. ‚Auf solche Ideen bringt einen das Alleinsein‘, dachte er noch. Trotzdem hatte er sich hinter die Tür gekauert und gewartet. Punkt neun Uhr hörte er die kleinen Schritte der kleinen Maus Gerlinde Betz. Sie klingelte wie immer und nach einer Weile schabte etwas sachte an der Tür. Der dahinter kauernde große Mann war überzeugt, dass seine Nachbarin das Ohr an die Tür gelegt hatte. Dann hörte er die kleinen Schritte sich entfernen. ‚Leben und Wohnen' lag auf dem Fußabstreifer.

„Mögen's Bubenspitzchen?" Der große Herr Semmelrogge lachte. Frau Betz war keine Allgäuerin und versuchte sich trotzdem immer wieder im Gebrauch einheimischer Begriffe. „Was soll denn das sein?" brummte er freundlich. Die Nachbarin zeigte eifrig mit dem kleinen Zeigefinger auf: „Kartoffelnudeln. Was ganz was gu-at's." Er zuckte mit den Schultern: „Na ja, warum nicht?" Die Betz nickte geschäftig: „Ich hol sie ihnen sofort." Semmelrogge nahm die schon Abdrehende am Arm: „Nicht jetzt. Bitte. Morgen früh. Ich hab noch was zu tun." Sie sah ihn überrascht an. Als sei es rätselhaft, was dieser große, arbeitslose Mann zu tun hatte. „Hausarbeit", er lächelte verlegen. Sie tätschelte ihn verständnisvoll: „Muss auch sein – ich bring sie dann morgen. Gu-at Nacht." Er nickte: „Schlafen Sie gut." Für die kleine Frau Betz war der Tag gelaufen. Bettzeit. ‚Da geht sie hin, zurück in ihren winzigen Käfig', dachte der große Herr Semmelrogge und schloss die Tür. Auf dem Wohnzimmertisch neben dem Bügelbrett lagen mehrere ‚Leben und Wohnen' Zeitschriften. Die Deckblätter, die aus etwas stärkerem Papier waren, schienen seltsam verstümmelt zu sein. Löchrig, zerschnitten. Der Tisch war voll mit Papierschnitzeln, Klebstiften, großen und kleinen Scheren. Der große, kaffeebraune Mann seufzte und setzte sich an den niedrigen Tisch. Aus einer flachen Schublade nahm er ein Paar Gummihandschuhe, wie sie in Kliniken benutzt werden. Während er sie umständlich über seine großen Hände streifte, begann er, sorgfältig das Deckblatt des neuen ‚Leben und Wohnen' zu studieren. Nach kurzer Zeit wurde er fündig und schnitt mit einer der Scheren einen Buchstaben aus dem Deckblatt. Dann noch einen und noch einen. Zusammen mit anderen, schon geschnittenen Buchstaben, begann er

Worte und Sätze zu bilden, die er auf einen Bogen Papier vor sich ordnete.

Nach einer Weile war der große Mann mit seiner Arbeit fertig. Er legte den Kopf zufrieden schief und las: „DIE ILLER IST NICHT IM KONGO! DEUTSCHE MUSIK FÜR DEUTSCHE LEUTE! WIR HABEN GENUG! KMSB."

Herr Semmelrogge atmete tief durch und überlegte, ob er eine Zigarette rauchen solle. Dann entschied er sich dagegen und begann, die ausgeschnittenen Buchstaben auf den Bogen Papier und den länglichen Umschlag zu kleben. Danach faltete er den Bogen sorgfältig und steckte ihn in den Umschlag, auf dem ebenfalls ausgeschnittene Buchstaben zu der Adresse: „Allgäuer Zeitung. Abteilung Kultur" geklebt waren. Herr Semmelrogge nickte zufrieden. Er steckte den länglichen Umschlag in einen größeren Umschlag. Dann erst streift er die Gummihandschuhe ab, nahm den Umschlag und ging zur Tür. Während er die Prinz-Heinrich-Mütze von der Hutablage nahm, sah er vorsichtig mit seinem gesunden Auge durch den Spion in den Gang. Dann schlüpfte der große Mann aus der Tür. Er musste sich beeilen. Er hatte noch eine kleine Fahrradtour in der Dunkelheit vor. Richtung Heising. In der Heisinger Straße war die Redaktion der Allgäuer Zeitung.

9

Polizeikommissar Brandls Stimmung hatte sich wieder gebessert. Er wusste ja, dass es sein blonder Kollege Fuhr eigentlich nur gut meinte. Dafür, dass er bei dieser Musik nichts empfand, dafür konnte schließlich niemand etwas. Trotzdem gab es momentan nichts zu bereden und so sahen beide schon eine ganze Weile stumm den wenigen, noch im Saal verbliebenen Besuchern zu, die scheu an der Bühne vorbeidefilierten, um einen Blick auf die Musikinstrumente, die Werkzeuge der ‚Goldenen Meister', zu werfen.

Hinter dem Vorhang, der den Raum neben der Bühne vom Zuhörerraum abtrennte, bewegte sich etwas. Zuerst war nur ein Schatten wahrzunehmen. Ein Schatten, der durch eine seltsam abgeplattete Kopfform auffiel. Der dazu gehörende Mensch teilte kurz darauf den Stoff und trat ins Licht. Es war ein mittelgroßer Mann, der eine Aktenmappe trug und dessen seltsame Kopfform durch eine Baskenmütze verursacht war. Als er die beiden Polizisten sah, hob er grüßend eine Hand, stockte kurz und ging dann rasch weiter. Fuhr sah vorsichtig zu seinem Kollegen: „Wer war denn das?"

„Was weiß ich, einer vom Veranstalter."

Rupert Fuhr echote: „Veranstalter?"

Gaide Brandl brummte: „Ja vom Jazz-Verein halt. Der fährt glaub ich, die Musiker durch die Gegend. Vom Bahnhof oder Flughafen zum Hotel. Und so weiter."

„Aha", Fuhr tat so, als sei er zufrieden.

„Schneider heißt er, glaub ich..." Sein Kollege machte ihm ein winziges Friedensangebot. „Das ist der mit den Narben, der war gestern auch dabei... als die Sache mit Doc Williams war."

Fuhr sagte nichts und sah auf die Uhr. Ein Gong ertönte, die Pause neigte sich dem Ende zu.

„Juchhuu, Herr Kommissar!" Gaide Brandl, der noch immer unter Strom stand, schnellte herum, als wäre Fuhr der Rufer.

Der sah ihn mit großen, aber erkennbar heiteren Augen an: „Ich war's nicht. Ich schwöre." Er hob zwei Finger. Dann ließ er einen der Schwurfinger abkippen und deutete in den Bereich hinter Brandl: „Die war's."

Sein wütender Kollege drehte sich kampfbereit um und

sah in die runde Öffnung eines Teleobjektives. „Alle mal lachen“, sagte die Stimme von vorhin und jetzt sah er die kastanienbraunen Haare und ein grünes Auge neben dem Objektiv. Und in einer Millisekunde fiel seine Wut in sich zusammen und er glühte vor Begeisterung. Was er sich aber nicht sofort anmerken lassen konnte. Schließlich: wenn ein Mann wütend ist, dann ist er erst Mal wütend. Er zog also immer noch eine grimmige Schnute, aber Sissi Schalk, die Fotografin schien es nicht zu bemerken. Jedenfalls kam sie strahlend auf die beiden zu und schwenkte die Kamera: „Ich hab was für euch!“ Auch Rupert Fuhr strahlte. Diese Sissi Schalk hatte etwas an sich, das die Männer strahlen ließ, ob sie wollten oder nicht. Sie schlängelte sich geschäftig durch die sich langsam füllenden Stuhlreihen. Das rief bei den schon Sitzenden keine große Begeisterung hervor. Sie mit ihrer großen Fototasche – ständig die Damen und Herren rempelnd.

Sissi Schalk keuchte: „Entschuldigung, Entschuldigung. Es ist wichtig.“ Zum Glück war der Sitz neben Brandl noch frei und sie ließ sich seufzend darauf fallen: „Das ist einfach keine Arbeit für eine alte Frau.“

Der Polizist sah sie nun mit unverhohlener Begeisterung an: „Für eine alte Frau ist sie ganz nett“, murmelte er.

„Wie bitte?“ Die Schalk hatte nicht richtig zugehört; sie kramte in ihrer Fototasche: „Wo hab ich denn den... wenn ich den jetzt... aaah! Da ist er!“ Sie reckte triumphierend den schon zerknautschten Brief, den sie dem Zeitungsmenschen Fissler entwendet hatte, in die Höhe: „Das ist Dynamit.“

Brandl staunte: „Dynamit?“

„So ist es, Herr Kommissar.“

„Na gut, her damit“, Rupert Fuhr hatte sich eifrig in Richtung Sissi Schalk gebeugt. Weniger wegen des Briefes – vielmehr um der charmanten Kastanienbraunen etwas näher zu sein.

Gaide Brandl drängte ihn mit der Routine des im Nahkampf gestählten Polizisten zurück. „Langsam, langsam, hier bin ich der Kommissar. Also: her damit."

Sissi Schalk warf den braungelockten Schädel in den Nacken: „Ha, ha, so haben wir nicht gewettet." Ihre grünen Augen kamen ihm sehr nahe: „Das muss er sich schon erkaufen."

Brandl schluckte, sein Mund war auf einmal sehr trocken: „W... w... w...?" Er wollte eigentlich sagen: „Wie?" Aber die Stimme versagte ihm aufs Jämmerlichste. Er war paralysiert von diesen wunderbaren Augen der Fotografin. ‚Grüne, sehr tiefe Seen...' fielen ihm ein. Er grübelte: ‚Diese Seen am Fernpass. Wenn man nach Südtirol fährt – Fernstein-Seen'. Seen, die ihm sehr viel Zeit ließen, in ihnen zu versinken.

Dann sagte eine ärgerliche Stimme: „Wie lange soll denn das noch so gehen?" Der massige Mann von nebenan. Er hatte seine Pause beendet, war dabei seinen Trenchcoat abzulegen und dröhnte: „Hier sitze ich."

Kurz überlegte sich Gaide Brandl, dass sich nun wohl ein männlicher Ausbruch sehr gut machen würde. Er könnte dem Trenchcoat dramatisch seinen Ausweis unter die Nase halten. ‚Noteinsatz' oder irgendein Schwachsinn in der Art. Aber es war schon zu spät, denn die Fotografin hatte rasch und hastig ihre Tasche geschultert und schob und stolperte durch die Reihen nach draußen. Von da winkte sie noch einmal zum Polizisten-Duo: „Nach dem Konzert! Unten!" Sie warf ihnen tatsächlich eine Kusshand zu und eilte in Richtung Bühne, wo sich die Musiker gerade ihren Weg durch den Vorhang bahnten. Der schwere Herr wickelte sich umständlich aus dem Trenchcoat und nahm mürrisch Platz: „Leute sind das." Er meinte damit zu gleichen Teilen Sissi Schalk und die beiden Polizisten. Die ihn aber keines Blickes würdigten, sie waren vollauf damit beschäftigt, die Fotografin zu beobachten. Rupert Fuhr rieb sich die kleinen Hände: „Das ist ein Weib."

Sein Kollege nickte wie in Trance. „Das ist ein Weib", wiederholte Fuhr.

Der Mann mit dem Trenchcoat nickte ebenfalls: „Ein Weib, das kann man wohl sagen..." Seine Stimme strahlte deutlich weniger Begeisterung aus. Den Kollegen war das aber völlig egal. Sogar Rupert Fuhr konnte sich nur schwer wieder auf das Geschehnis auf der Bühne konzentrieren.

Gaide Brandl lehnte sich behaglich zurück und suchte mit den Augen nach der Kastanienbraunen, die gerade das Einbein-Stativ an die Kamera schraubte. Dieses Parallelprogramm würde ihm die Zeit vertreiben. Er neigte genüsslich das Haupt und wollte gerade stabil die Arme verschränken, als ihn der Brief dabei störte. Der Brief! ‚Ein Brief von ihr, vielleicht eine Botschaft... eine...' Brandl sah sich scheu um. Als hätte irgendjemand seine Gedanken lesen und sich über deren Absurdität lustig machen können. Verstohlen öffnete er den Umschlag und sogar im Dämmerlicht des Kornhaus-Saales konnte er die aufgeklebten Buchstaben gut lesen: „WENN MIT DIESEM NIGGERGEDUDDLE NICHT BALD SCHLUSS IST, KRACHT ES! KEMPTEN IST NICHT CHIKAGO! WIR HABEN GENUG! " KMSB

Brandl starrte auf das Blatt Papier in seiner Hand. Er dachte nichts. Er hatte Mühe von den grünen Augen Sissi Schalks auf den Inhalt dieser sorgfältig ausgeschnittenen und sorgfältig aufgeklebten Buchstaben umzuschalten. ‚Kein Niggergedudle...?' Gaide Brandl schüttelte den Kopf, als wolle er seine durcheinanderwirbelnden Gedanken mit Macht in eine logische Reihenfolge zwingen. ‚Keine Neger' – Brandl sah abwesend zur Bühne und nahm den Musiker wahr, der da vorne an der Rampe stand. Ein schwarzer Saxophonist, der in diesem Moment zum Mikrofon trat und es in Richtung seines Instrumentes bog. Und als wäre im Inneren seines Schädels ein winziges Fotostudio, sah Brandl wie in einem plötzlich aufflammenden Blitzlicht die Szene, die er so nie in der Realität gesehen hatte: der schwarze Musiker Doc Williams in seinem dunklen Anzug, seltsam verkrümmt neben dem umgestürzten Mikrofonständer liegend. Und daneben, neben seiner wie hilfesuchend ausgestreckten Rechten, das im Blitzlicht aufscheinende Instrument. Sein Saxophon. Brandl sah wieder auf den Brief in seiner Hand: „WENN MIT DIESEM NIGGERGEDUDDLE NICHT BALD SCHLUSS IST, KRACHT ES! KEMPTEN IST NICHT CHIKAGO! WIR HABEN GENUG!“ KMSB

Im nächsten Moment schnellte er wie von der Tarantel gestochen, von seinem Sitz hoch und drängte sich, ein langer, dünner Schatten, durch die Reihen der schimpfenden Zahnärzte nach draußen. In Richtung Bühne, von wo ihn die Fotografin Sissi Schalk verwundert kommen sah. „Sie gehen mit mir.“ Sie wollte etwas sagen. Im Sinne von: „Ich muss hier arbeiten.“ Sie wusste aber in derselben Sekunde, dass es nichts fruchten würde. Und so produzierte sie nur ein leises, mühsam ironisches: „Bin ich verhaftet?“

Gaide Brandl nickte trocken: „Kann man so sehen. Ich warte draußen.“

10

Sissi Schalk hatte Mühe, den langen Beinen des Kommissars zu folgen. Der, wie von Furien gejagt, durch den Saal und dann durch die Doppeltüre in den Vorraum stürmte. Die beleidigten

Blicke der Musikbegeisterten, die von dort aus das Konzert verfolgten, beachtete er nicht.Eine der Säulen im Vorraum bremste seinen Elan.

Die dicht hinter ihm laufende Fotografin kam nicht so rasch zum Stehen und rempelte ihn an: „Entschuldigung, Sie waren so schnell und jetzt auf einmal...“

„Ist schon gut. Beziehungsweise spielt jetzt keine Rolle.“ Der lange Kommissar ordnete fahrig die wenigen Haare. „Wo haben Sie das her?“ Er wedelte mit dem Brief.

„Von Fissler.“

„Wer ist das?“

„AZ – Fissler. Der Kulturredakteur.“

„Aha. Aha. Wie kommt der an diesen Brief? Es ist keine Briefmarke drauf.“

„Briefkasten. Vermutlich persönlich eingeworfen.“

„Wer?“

„Keine Ahnung. Vermutlich der Drohbriefschreiber.“

„Welcher Drohbriefschreiber?“

Das war Gerd Kränzle. Brandl hätte sich am liebsten noch im Nachhinein auf die Zunge gebissen, aber der Vorsitzende des ‚Punktum‘ war einfach zu plötzlich, wie aus dem Nichts neben ihnen aufgetaucht. Eigentlich war Kränzle den beiden gefolgt, um sich zu beschweren. Vor allem bei Gaide Brandl. Von wegen des Krawalls, den der durch die Reihen stürmende Kommissar mitten im Konzert veranstaltet hatte. Dann hatte er sich eines Besseren besonnen – denn wer weiß, für was man die Polizei noch brauchen konnte. Um dann, mit dem Instinkt eines Menschen, der immer auf der Hut sein muss, zu ahnen, dass die Beiden sich mit etwas beschäftigten, das für ihn von Bedeutung sein könnte. Kränzle war hartnäckig:

„Drohbriefschreiber? Entschuldigung, hat das was mit – äh – unserem Problem zu tun?“

Brandl zog eine verzweifelte Grimasse und drehte sich um die eigene Achse, als wolle er einen raschen Ausweg aus der Situation finden: „Wer hat was von einem Drohbrief gesagt?“

„Ich dachte, ich hätte...“

„Sie dachten, sie hätten... niemand hat etwas von einem Drohbrief gesagt. Sie sind der Einzige, der was von einem Drohbrief gesagt hat. Haben Sie einen gekriegt?“

Und obwohl sich Brandl um einen ironischen und oberflächlichen Ton bemühte, erschien ihm diese Idee plötzlich gar nicht mehr sehr abwegig. Der Verein wäre als Adressat mindestens so logisch gewesen, wie die Kulturredaktion der Allgäuer Zeitung.

„Und, was ist? Haben Sie?“ Er sah den erstaunt glotzenden Kränzle eindringlich an.

„Eigentlich nicht, aber vielleicht kann ich mal sehen?“ Der Vorsitzende deutete auf den Brief, den der Kommissar immer noch in der Hand hielt.

„Nein, das können Sie nicht.“ Der Polizist ließ den Brief rasch in seiner Jacke verschwinden. Er war wütend. Einerseits über die Aufdringlichkeit Kränzles, andererseits aber über seine eigene Ratlosigkeit. „Das ist Beweismaterial und nicht für jedermann zugänglich.“

„Ach so. Ich meinte nur, wenn es für den Verein von Belang ist, dann könnte ich vielleicht...“

„Für wen was von Belang ist, entscheide ich.“

Brandls Stimme gewann an Schärfe. „Ich muss sie darauf hinweisen, dass Sie mit dem was Sie hier mitgekriegt zu haben glauben, um keinen Preis hausieren gehen dürfen.“

Kränzle zeigte auf die eigene Brust: „Ich? Hausieren?“ Er sah die ihn aufmerksam beobachtende Sissi Schalk empört an: „Ich? Hausieren? Frau Schalk ich bitte Sie. Sie kennen mich.“ Er schloss seine Lippen mittels eines imaginären Reißverschlusses.

Die Fotografin nickte ernst: „Der Kommissar nimmt es eben sehr genau.“

„Genau", Brandl nickte nachdrücklich und winkte den Vorsitzenden des ‚Punktum' nochmals nahe zu sich her: „Von dem", er klopfte auf seine Jacke, da wo sich der Brief befand, „darf nichts nach draußen dringen. Kein Sterbenswörtchen." Er machte große und bedeutende Nasenlöcher und sah streng auf den um einen Kopf kleineren Kränzle hinunter.

„Geht klar, Herr Kommissar… ich meine natürlich mein Ehrenwort." Kränzle sah sich konspirativ um und tänzelte auf Zehenspitzen von dannen. Erstaunt beobachtet von den im Vorraum verteilten Vereinsmitgliedern. Die ihn sofort unauffällig bedrängten, aber Kränzle winkte, mit einem raschen Seitenblick auf den Kommissar, energisch ab. Der riss nochmals dramatisch drohend die Augen auf. „Dem trau ich nicht", murmelte Brandl. „Solche Menschen können ihren Rand nicht halten."

Sissi Schalk nickte: „Apropos Rand halten. Vielleicht sollten wir den Kollegen Fissler in dieser Hinsicht auch informieren."

„Da haben Sie sehr recht. Wenn einer den Rand nicht halten kann, dann ist es einer von der Zeitung".

„Genau. Das ist schließlich denen ihr Geschäft..."

„Was?"

„Den Rand nicht zu halten."

Sie reichte ihm ihr Handy: „Die Nummer ist eingespeichert. Er müsste eigentlich noch da sein."

„Gut", Brandl hielt sich das Handy ans Ohr und stoppte die Fotografin, die sich außer Hörweite begeben wollte, mit einer energischen Handbewegung: „Gehen Sie bloß nicht weg, mit Ihnen bin ich noch nicht fertig."

11

„Komisch“, sagte Sissi Schalk, „Sie haben auch irgendwie was Südländisches an sich.“ „Aha“, Gaide Brandl blätterte konzentriert in der Speisekarte des Lokals ‚Da Giovanni‘. „Beziehungsweise eher etwas Italienisches…“

Er sah sie misstrauisch an: „Wie meinen Sie das? Italienisches…“

„Na so – die überaus schlanke Figur...“

„Was soll das heißen, finden Sie mich zu dünn?“

„Na ja, also mit Übergewicht werden Sie wohl nie Probleme haben.“

„Und das ist typisch südländisch?“

„Ich finde schon, natürlich nicht nur. Vor allem in Verbindung mit der – äh – römischen Nase...“

„Welche Nase?“

„Na die da in Ihrem Gesicht... und die Haare und…“

„Papperlapapp, das ist alles ganz normal.“

„Ich sag ja nicht, dass es unnormal ist, ich sag ja nur, dass Sie was Italienisches haben. Irgendwo. Ist doch nicht schlimm...“

„Ansichtssache...“ kam es kurz angebunden von ihrem Tischnachbarn. Sissi Schalk sah ihr Gegenüber erstaunt an. Sie schwiegen eine Sekunde, dann wedelte Brandl ungeduldig in Richtung des unrasierten Obers, der matt an der Theke lehnte. Der kam, als hätte ihm jemand eine Adrenalinspritze verpasst, plötzlich sehr wach und rasch an den Nischentisch, an dem die beiden saßen. „Sssieaabänbäschdälll?“

Sissi Schalk schüttelte den Kopf, während Brandl zustimmend nickte. Der Ober sah verwirrt auf die beiden. „Jjja oo nnno?"

Auch die Fotografin und der Polizist sahen sich verwirrt an. „Noch nicht“, sagte die Schalk. „Wir wollen.“

„Eben“, ergänzte Brandl. „Dringend. Ich bin ein Leptosomer, wir haben immer Hunger.“

Der Ober fegte geschäftig mit einem weißen Tüchlein über den Tisch: „Bittääá."

„Also", Gaide Brandl fuhr die Speisekarte mit dem Finger ab. Dann fiel ihm ein, dass er in Damenbegleitung war. „Entschuldigung. Ich bin manchmal etwas... sagen Sie zuerst... ich warte."

Sissi Schalks Augen sprühten grüne, spöttische Funken. „Das macht gar nichts, ich bin es gewohnt, dass man mich übersieht. Außerdem sind die Zeiten, in denen sich Männer wie Kavaliere benommen haben, wohl endgültig vorbei. Machen Sie ruhig zuerst."

„Nein, wirklich nicht, ich will..."

Der Ober wechselte ungeduldig das Bein: „Bittäää."

Gaide Brandl sah ihn an und die schmunzelnde Sissi Schalk. Dieses Weib brachte ihn gehörig durcheinander. Er seufzte: „Also gut. Die... Dings... na... die Pizza – er klappte die Handflächen zusammen... Sie wissen?"

Der Unrasierte schüttelte nachhaltig den Kopf und der Kommissar patschte wieder in die Hände: „Ich meine, die zum Klappen..." Die linke Augenbraue des Obers wanderte sachte nach oben. Er und Sissi Schalk sahen sich fragend an. „Wie eine Frühlingsrolle... nur anders..." ergänzte Kommissar Brandl verzweifelt.

Die Fotografin war begeistert: „Frühlingsrolle?"

Gaide Brandl barg verzweifelt den Schädel mit den wenigen Haaren in den Händen: „Natürlich nicht. Das heißt anders. Aber im Moment..."

Der Ober schlug die Augen zum Himmel. Da brach es aus dem Kommissar und der Fotografin heraus: „Calzone!" Sie waren im gleichen Moment fündig geworden. Brandl wischte sich symbolisch den Schweiß ab und die kichernde Sissi Schalk rief aus: „Die will ich auch! Und einen Rotwein!"

Der Ober schlug schon wieder die Augen zum Himmel, da ergänzte die Fotografin: „Della Casa!"

„Ebenfalls", ergänzte der erschöpfte Kommissar und musste weiterhin verzweifelt den Kopf schütteln: „Oh Gott, oh Gott! Was Sie mit mir machen..."

Seine Tischdame stellte für einen Moment das Kichern ein und sah ihm ernst in die Augen: „Das könnte ich Sie genauso fragen – was machen Sie mit mir?" Sie sahen sich stumm an und ertappten sich bei dem Gedanken, dass es wunderbar war, sich einfach nur anzusehen, ohne ein Wort zu sagen. Der Ober kam umgehend mit Gläsern und Weinkrug klirrend anmarschiert und erlöste die beiden aus ihrer Verzauberung. Sie waren fast erleichtert und atmeten tief durch, während der Unrasierte die Getränke aufbaute.

Als er weg war, begann Gaide Brandl geschäftig in der Innentasche seiner Jacke zu kramen und zog letztendlich den Brief mit den aufgeklebten Buchstaben heraus. „Zur Sache", forderte er sich quasi selbst auf. „Wir sind hier nicht zum Spaß."

„Ja genau", pflichtete ihm die Schalk bemüht ernsthaft bei. Der Kommissar entfaltete mit großer Geste das Papier: „Was wir hier haben, nennt man einen Drohbrief."

„Ach ja? So nennt man das?"

Brandl nickte konzentriert. „Einen Drohbrief, den die Allgäuer Zeitung erhalten hat, von einer Gruppe namens KMSB. Was könnte das übrigens bedeuten?" Es war keine wirkliche Frage, mehr eine Art von Kommentar mit Fragezeichen. „KMSB?"

„Kleine Männer sind botent…" Das war Sissi Schalk.

Der Kommissar schüttelte missbilligend den Kopf: „Liebe Frau Schalk. Das ist kein Spaß hier. Hier geht es um Leben und Tod. Wenn nicht sogar um einen Mord. Sie waren ja dabei..."

„Wo dabei?"

„Im Kornhaus. Die Geschichte mit dem manipulierten Kabel. Das war kein Unfall. Da hat wer dran gedreht."

Sie sagte schuldbewusst: „Ja Sie haben recht. Ich bin einfach..."

„Was?"

„...So gut aufgelegt. Im Moment." Die grünen Augen sogen seinen Ärger wie gutes, altes Löschpapier auf, bis nichts mehr übrig blieb als eine tiefe Wärme und der Wunsch sie auf irgendeine Art zu berühren. „Was Sie mit mir machen", sagte er wieder und musste sich räuspern. „Warum ich mit Ihnen jetzt da sitze, hat ja seinen Grund..."

Sie sah ihn mit schiefgelegtem Kopf an.

„Es ist – weil Sie verstehen müssen, dass da nichts nach draußen dringen darf. Darum hab ich dem Kränzle auch vorher, nachdem ich ihn gefragt habe ob er auch so ein Brieflein gekriegt hat, gleich einen Maulkorb verpasst. Und sofort danach Ihren Kollegen Fissler angerufen. Dass der das nicht an die große Glocke hängt."

Sie zog eine erstaunte Schnute: „Versteh ich nicht."

Brandl nickte: „Das brauchen Sie auch nicht zu verstehen. Hier bin ich schließlich die Polizei. Und ich hab diese Untersuchung am Hals. Und ich kann mir gut vorstellen, dass dieser Brief und die Williams-Sache was miteinander zu tun haben. Aber! Das brauchen der oder die eventuellen Täter nicht zu wissen."

„Warum denn nicht", Sissi Schalk konnte ihrem Gegenüber nicht recht folgen.

„Weil solche Leute Aufsehen erregen wollen."

„Und wenn sie es nicht erregen?"

Gaide Brandl hob wichtig den Finger: „Dann melden sie sich noch mal."

„Um sich in Erinnerung zu bringen?"

„Genau. Und je öfter die sich melden, umso größer ist die Chance, dass sie was falsch machen."

„Und was könnte das sein?"

„Irgendwas damit", der Kommissar hob den Umschlag hoch.

„Das muss man sich nur ganz genau ankucken, da findet man immer was."

Die Schalk staunte: „In dem bisschen Brief?"

„In dem bisschen Brief. Fingerabdrücke."

„Von wem?"

„Vom Täter natürlich."

„Und von dem, der die Briefe aus dem Kasten holt, von dem der sie sortiert, von dem der sie..."

Gaide Brandl schüttelte energisch den Zeigefinger: „Nix da. Im Brief drinnen sind nur die vom Täter, bzw. vom Schreiber. Bombensicher, genauso wie die Schleckspuren..."

Sie legte interessiert den Kopf schief: „Schleckspuren?"

„Schleckspuren. Auf der Marke oder auf der Lasche... zum Zukleben. Speichelspuren. Wegen der DNA..."

Sissi Schalk staunte. Sie betrachtete den erregt gestikulierenden Brandl und fand ihn südländischer, bzw. italienischer denn je. Der hielt ihren konzentrierten Blick für schieres Interesse am Thema: „Außerdem: sonst haben wir nichts. Von der ganzen Mordgeschichte. Niemand hat was gesehen. Nicht mal an den Mord selbst kann sich einer genau erinnern." „Das ging zu schnell", bestätigte die Fotografin. „Ich hab natürlich auch erst draufgedrückt, als alles schon vorbei war."

„Draufgedrückt?"

„Ja draufgedrückt", sie imitierte mit dem Zeigefinger das Auslösen des Kameraverschlusses. Brandl zwinkerte ungläubig mit den Augen: „Nochmal – Sie haben das fotografiert?"

„Das Unglück direkt nicht. Das danach."

„Es gibt also Fotos?"

Sie schüttelte den Kopf: „Wir fotografieren nur noch digital. Es gibt Datenmengen auf einem Chip."

„Und den haben Sie?"

„Klar".

„Kann man sehen was da drauf ist?“

„Klar.“

Gaide Brandl schüttelte wieder den Kopf. Fast hätte er wieder: „Was Sie mit mir machen...“ gesagt, da klingelte sein Handy. Er entschuldigte sich und sah auf das Display. „Rita – oh Gott, die hab ich vergessen...“ Für einen Moment überlegte er sich, ob er das Ding nicht einfach ausschalten sollte. Dann drückte er seufzend auf die Taste mit dem winzigen grünen Hörer. Rita war nicht gut aufgelegt. Sie wusste zwar, dass ihr Gaide Polizist war und somit manchen terminlichen Unwägbarkeiten unterworfen, trotzdem fiel es ihr immer noch schwer, darauf Rücksicht zu nehmen. ‚Es gibt Wichtigeres, als Räuber und Schandi zu spielen‘, war ihre gern gebrauchte Argumentation. Sie hatte ja recht und – sie hatte immer recht und Gaide Brandl blieb auch jetzt nichts anderes übrig, als ständig zu nicken und auf eine Lücke in ihrer Argumentationskette zu warten. Die nicht kam. Das Gespräch war beendet und sie hatte ihm noch genau eine Stunde Zeit gegeben, um seine geschäftlichen Angelegenheiten zu regeln.

Brandl verstaute scheu das Handy, als sei es Hehlerware und hob die Augen zu seiner Tischnachbarin, die ihm ernst zusah: „Das war Rita. Meine Freundin.“

Sie nickte: „Die ist streng. Gell?“

„Das kann man wohl sagen.“ Und, als würde das alles erklären: „Sie ist Sozialarbeiterin.“

Sissi Schalk nickte: „Ach so. Ja dann“ und tätschelte ihm die melancholisch gefalteten Hände. „Und was machen wir beide jetzt?“

„Nicht mehr viel“, antwortete Brandl, „wenn ich nicht noch mehr Ärger will.“

Die Fotografin gluckste: „Das kenn ich.“

„Ah – ist Ihrer auch Sozialarbeiter?“

„Nein, der war Architekt. Aber ich hab keinen mehr. Ich weiß nicht mal, ob ich mir noch einmal einen her tu.

Die meisten sind dann doch recht schwierig in der Haltung."

Sie mussten beide kichern. „Es gibt schon Unterschiede. Manche sind so und manche sind so", erklärte der Kommissar fachmännisch. Sie stimmte ihm bedächtig nickend zu. Brandl war schon wieder dabei, in ihren grünen Augenseen zu versinken und war einigermaßen froh, als der Ober kam und die Pizzas brachte: „Aah Calzone", er wedelte sich genießerisch den Duft in die Nase.

„Diese Calzone ist nicht ohne", dichtete seine Tischnachbarin und klappte ihre Calzone auf, um zu sehen, was sie verbarg.

„Halt! Keine Bewegung!" Brandl hob dramatisch seine Gabel: „Wissen Sie, was Sie da tun?" Sie stammelte: „Äh, äh, meine Pizza essen?"

„Viel schlimmer! Aufklappen! Wissen Sie nicht, dass nach einer alten sizilianischen Legende jede Calzone das innerste Innere des Menschen verbirgt, der gerade dabei ist, sie zu essen...?" Sissi Schalk sah Brandl ebenso irritiert wie amüsiert an: „Aha."

„Und – dass manche Menschen in einer Calzone lesen können, wie in einem offenen Buch?" „Was Sie nicht sagen. Und?"

„Ich bin so ein Mensch!"

„Nein!"

„Doch!"

„Also los, dann lesen Sie mal."

Brandl legte dramatisch die Stirn in Falten: „Sie wissen, auf was Sie sich da einlassen, wenn Sie mich auf Ihr Innerstes loslassen?"

Sissi Schalk hob eine Augenbraue: „Es wird schon nicht so schlimm werden."

„Wie Sie wollen." Brandl machte wichtige Nasenlöcher und beugte sich kritisch über den Teller der Tischnachbarin: „Also, was haben wir denn da? Das da..."

„Die Zwiebel?“

„Sie denken, das ist nichts als eine gemeine Zwiebel. In Wahrheit handelt es sich vielmehr um eine ganz typische Glückszwiebel. Die sagt, dass Sie großes Glück haben und vor nicht allzu langer Zeit eine sehr nette Bekanntschaft gemacht haben.“

Sie lächelte und tat nachdenklich: „Wer könnte das wohl sein?“

„Das kann ich Ihnen nicht sagen, ich bin nur für das Wahrsagen zuständig… au, au, au!“

„Au, au, au?“

„Das rote und weiße da: au, au!“

„Wie soll ich denn das verstehen?“

„Na eindeutig: rot und weiß. Rot wie die Liebe und weiß wie der Schnee.“

„Sehr originell. Für mich ist rot und weiß Bayern München oder... mein Berglerhemd das ich beim Wandern trage.“ „Wie bitte?“ Gaide Brandl horchte auf: „Bayern München? Sie kennen sich mit Fußball aus?“

„Nein, nicht wirklich. Mit Wandern kenn ich mich besser aus.“

Er war ein bisschen enttäuscht. Eine Frau, die sich mit Fußball auskennt. Es wäre zu schön gewesen. Was war das andere gewesen? Wandern?

„Wandern? Machen Sie so was wirklich?“

„Und wie“, sie nickte energisch. „Es gibt nichts Schöneres.“

Er verzog den Mund: „Mit so einem karierten Hemd und Knickerbockern?“

„Das sind keine Knickerbocker, das sind Bundhosen. Aber: man kann auch mit allen anderen Hemden und Hosen in die Berge gehen. Da gibt es gar keine Vorschriften.“

Der Kommissar schüttelte erstaunt den Kopf: „Trotzdem, das hätt’ ich nicht von Ihnen gedacht.“

Sie musste laut lachen: „Wandern ist glaub ich nichts Ehrenrühriges."

„Nein, das nicht, aber so langweilig."

Die Schalkschen Augen sprühten wieder einmal Funken: „Langweilig! Ha! Da möchte ich ihn mal sehen. Nach drei Stunden bergauf, ob es ihm da noch langweilig ist!"

Er rollte mit den Schultern: „Drei Stunden! Ha! Ein Klacks für mich! Ich war schon mal dritter Elchinger Schülermeister im Brustschwimmen!"

Sie hatten sich beide weit über den Tisch gebeugt und ihre Augen waren sich sehr nahe. Brandl musste sich schon wieder räuspern und nach einer kleinen Weile stummen Schauens: „Kennen Sie den Fernsteinpass?"

Sie nickte fein lächelnd.

„Kennen Sie auch die Seen da?"

Sie nickte wieder: „Wie kommen Sie jetzt grade auf den Fernsteinpass?"

Er kaute maschinenhaft an einem Stück Pizza: „Die Seen da sind so grün wie..." er unterbrach sich hastig: „Ich bin nur durchgefahren. Nach Südtirol."

Sie sagte: „Da kann man gut wandern. Und ein schönes Hotel ist auch da."

„Ach? Das würde ich gerne mal sehen, dieses Hotel. Und die Seen. Wegen…"

Er stockte und hatte plötzlich das Gefühl, sich auf verbotenes Gelände gewagt zu haben. Sie wusste Bescheid. Sie wussten beide Bescheid. Er senkte den Kopf und murmelte: „Ich würde das gerne mal ausprobieren... das Wandern." Und erleichtert einen Grund gefunden zu haben: „Dann könnten wir uns auch die Fotos, ich meine die Datenmengen ansehen…"

„Beim Wandern?", Sissi Schalk tat so, als würde sie nicht verstehen.

„Nein. Davor oder danach..." Gaide Brandl stockte. Sie wusste doch Bescheid, wie konnte man so was schon erklären? Die Fotografin fuhr sich durch die kastanienbraune Mähne und hob dann ihr Weinglas: „Vielleicht sollten wir das ein andermal besprechen. Ich glaube, wir sollten jetzt essen. Sie können eine paar Gramm auf den Rippen gut gebrauchen und außerdem haben Sie es doch eilig... oder?"

Er furchte misstrauisch die Stirne: „Sie finden mich wohl zu dünn?"

„Nein, um Gotteswillen. Sie sind halt eine sehniger Typ. Ich wollte nur... denken sie an ihre Rita."

Brandl nickte resigniert: „Rita. Genau. Die hab ich schon wieder vergessen."

Sie nickte: „Das darf man nicht, sonst..."

Gaide Brandl hob ebenfalls sein Glas und ergänzte, eine komische Grimasse ziehend: „Sonst gibt's Ärger. Und das nicht zu knapp. Aber für einen Happen und einen Schluck Wein muss noch Zeit sein und..." er hob energisch die Stimme „...das mit dem Wandern wird noch ausprobiert! Abgemacht?" Sie nahm etwas zögernd seine ausgestreckte Hand. Und er hätte sie wohl nicht mehr losgelassen, wenn sie nicht fürchterlich die Augen verdreht hätte: „Bitte! Essen! Ich verhungere!"

12

Klaus-Peter Fissler prüfte mit zusammengekniffenen Augen die Gläser seiner Brille, die er soeben penibel an seinem Hemd poliert hatte. Dann setzte er sich die Sehhilfe behutsam und vorsichtig, als sei das Material sehr zerbrechlich, auf die Nase. Nachdem der Redakteur einen sichernden Blick durch die Mattglasscheibe, die den Büroraum vom davor liegenden Gang trennte, geworfen hatte, begann er mit den Übungen. „Numero eins", brummte Fissler. Dann fuhr er das linke Bein nach hinten aus. Und stemmte den rechten, ebenfalls ausgestreckten Arm gegen die Wand seines Büros, direkt neben der Tür. Er meinte ein sachtes Knirschen zu hören und dachte: ‚Das ist gut, das ist sehr gut. Wenn es knirscht im Gebälk tut sich was.' Er zählte bis fünfzehn und wechselte: rechtes Bein und linker Arm. Immer so weiter. Durch die Mattglasscheibe sah er den Schatten von jemandem der vorbeiging und begann eifrig im großen Bücherregal neben der Tür zu kramen. Brauchte nicht jeder zu wissen, dass es mit seinem Knochengerüst nicht zum Besten stand. Schließlich sitzt man heutzutage wegen geringeren Kleinigkeiten auf der Straße.

Die Tür ging auf und Ruth Panzer stapfte herein. „Ach du bist es", er war erleichtert. Ruth Panzer war ebenfalls Redakteurin, zuständig für Stadt-Land-Fluss, wie sie es nannte.

„Na Kapeee? Heute keine Lust auf Konferenz?" Sie fingerte eine einzelne, schon halb gerauchte Zigarette aus ihrer Umhängetasche und zündete sie rasch hinter vorgehaltener Hand an. Fissler runzelte die Stirn: „Musst du hier rauchen?"

Sie nickte: „Ja, ich muss. Wo soll ich denn sonst? Wir haben ja nicht mal einen Balkon. Soll ich mich aus dem Fenster hängen?" Fissler zog eine Grimasse. Die verzweifelten Versuche seiner Kollegin unauffällig in den Räumen der Nichtraucherredaktion zu rauchen, waren ständiges Thema in der Konferenz. Konferenz? „Wie? Was meinst du mit ‚keine Lust auf Konferenz'?"

„Na die, die jeden Tag stattfindet und zu der auch Leute von der Kultur gehören." Ruth Panzer sog den Rauch tief ein und betrachtete mit Inbrunst den glimmenden Zigarettenstummel. „Okay – ihr seid nicht gerade die Königsdisziplin des Blättchens – aber dennoch. Man hätte mit euch gerechnet." ‚Euch' bedeutete ‚dir'. Mit Klaus-Peter Fissler. Er erbleichte. Die Konferenz, er hatte die Konferenz vergessen. Seit acht Jahren war er bei der Allgäuer

Zeitung und hatte zum erstenmal die Konferenz vergessen. Klaus-Peter Fissler musste sich setzen. Er schüttelte müde den Kopf: „Irgendwie ist das alles zuviel. Das mit dem Kind und alles..." Ruth Panzer, eine sehr stabil wirkende Frau um die fünfzig, legte ihm begütigend die Hand auf die gebeugten Schultern. „Mach dir nichts draus, ich hab dich gerettet. Du hast eine Magen-Darm-Geschichte. Musst immer aufs Klo."

Fissler staunte: „Ich?"

„Ja du – übrigens, ich glaube, du kriegst Besuch."

Sie drückte den Stummel routiniert auf einem Teller mit Speiseresten aus.

„He – das ist meine Brotzeit..." Die Tür ging auf und Ruth Panzer konnte ihren Kultur-Kollegen nur noch flüchtig tätscheln: „Das war deine Brotzeit – Mahlzeit – ah der Herr Kränzle. Schönen Tag!"

Weg war sie, nur ein leichter Schleier blauen Dunstes stand noch im Raum, dem Gerd Kränzle mit kritisch geweiteten Nasenlöchern nachspürte. „Dass man bei euch noch rauchen darf, bei uns im Passamt darf man schon lange nicht mehr rauchen." Er zog ein Gesicht, das sagte: ‚Ich muss mich doch sehr wundern über so viel Unvernunft, aber es geht mich ja wirklich nichts an.' Klaus-Peter Fissler, der den Ausdruck dieses Gesichtes sofort korrekt deutete, machte ein Gesicht, das: ‚Genauso ist es' antwortete.

Er mochte Gerd Kränzle nicht besonders. Nicht, dass irgendwann irgendwas zwischen ihnen gewesen wäre, er mochte Leute wie Kränzle nicht. Zu ‚anpassungsfähig', zu schnell dabei, wenn es galt, die eigene Person ins Zentrum des Geschehens zu rücken, zu geschmeidig, was die eigenen Prioritäten anging. Zu sehr Vereins-Typ. Kränzle ordnete das blondgelockte Haupthaar: „Lieber Herr Fissler!" Er lächelte strahlend: „Gratulation!"

Der Kulturredakteur deutete erstaunt mit dem Daumen auf sich: „Gratulation?"

„Ja – Gratulation zu diesem grandiosen Artikel über die Jam-Session im ‚Point'."

„Point?" Fissler war kurz durcheinander. Dann fiel ihm ein, dass das Lokal des Vereins ‚Point' hieß. Er nickte: „Hat's Ihnen gefallen?"

Kränzle machte große, ehrliche Augen: „Gefallen? Wir waren weg! Die Leute von der Technik, Grantler, Spezi – alle ganz weg. Das kann keiner so wie der Fissler – da sind sich alle einig..." Er sah den Redakteur erwartungsvoll an. Der nun doch etwas verlegen in den Papieren kramte, die auf seinem Schreibtisch lagen: „Na, das ist doch schön." Es entstand eine kleine Pause, dann sah Klaus-Peter Fissler zum immer noch bereitwillig strahlenden Kränzle auf: „Und? Deswegen sind Sie gekommen?"

Der tat, als sei ihm plötzlich der wahre Grund seines Besuches eingefallen und schlug sich theatralisch an die Stirn: „Nein, um Gotteswillen, natürlich nicht! Ich wollte mich eigentlich nur erkundigen, oder mal nachfragen, was... bzw. wie Sie die Berichterstattung – also gestalten wollen."

Fissler setzte sich und zog eine Grimasse. Sein Kreuz schmerzte. Manchmal hatte er das Gefühl, seine Wirbelsäule sei eine Art von Charakterseismograph. Ein sensibles Instrument, das zuverlässig die Werte des Gegenübers aufnahm und wiedergab: je fragwürdiger das Gegenüber auf der Charakterskala, desto heftiger die ausgestrahlten Schmerzen. „Aha", brummte der Redakteur „wie ich die Berichterstattung gestalten will… wie meinen Sie denn das?"

Der erste Vorsitzende des ‚Punktum' zeigte vertraulich auf einen freien Stuhl: „Darf ich?" Er wartete die Antwort erst gar nicht ab und hatte die Sitzgelegenheit rasch an den Schreibtisch gezogen. „Es ist doch so, da sind wir uns doch einig – dieses Drama um unseren guten Freund und großen Musiker hat uns alle bis ins Mark erschüttert…

keine Frage. Ich finde die Berichterstattung sollte sich im Wesentlichen auf die Erschütterung beschränken."

Hans-Peter Fissler runzelte die Stirn. „Aha. Auf die Erschütterung. Wie soll denn das gehen?" Gerd Kränzle ließ ein weit gespreiztes Daumen- und Zeigefingerpaar an Fisslers Augen vorbeiwandern: „Erschütterte Jazzfreunde geben dem großen Musiker das letzte Geleit. Trotz des tragischen Unglücks: es muss weitergehen! Die Witwe lobt die Organisation… so in der Art."

„Aha", sagte der Redakteur, „und wenn es nun gar kein Unglück war?"

„Was denn sonst?" Die Stimme des eben noch sehr freundlichen Gerd Kränzle wurde plötzlich schneidend. „Sie werden sich doch nicht von der Kabelgeschichte oder... diesem komischen Brieflein da aufregen lassen?"

„Sie wissen von dem Brieflein? Das ist kein Brieflein, das ist ein Drohbrief und das Kabel war manipuliert..."

Kränzle zögerte einen Moment, denn obwohl er geahnt hatte, dass der Brief nicht ohne Brisanz war, war er nun doch ein wenig aus dem Konzept geraten. Aber dann entschloss er sich zum Angriff überzugehen und heulte übertrieben auf: „Drohbriiiief! Manipuliiiiert – da macht sich irgend eine Flasche wichtig und eine andere Flasche hat versucht was zu reparieren und hat da was mit den Kabeln durcheinandergebracht. Unter Garantie!"

Er war aufgestanden und wanderte unruhig im Büro umher. „Nein, nein, da ist nichts dran. Diesen Brief hat ein kleiner Wichtigtuer geschrieben. Gefährliche Leute schreiben keine Briefe! Glauben Sie mir, nichts dran. Und das andere, diese Stromgeschichte – das war ein lupenreines Unglück. Tragisch aber nicht mehr zu ändern. Und..." er stürzte auf den Schreibtisch von Fissler los, „da sind wir uns doch hoffentlich einig, es darf im Prinzip kein Schatten auf die Stadt Kempten fallen. Die Williams-Geschichte darf keine Folgen für die Stadt haben!"

„Welcher Schatten... welche Folgen soll das für die Stadt haben?“

Kränzles Augen wurden noch eine Nuance größer. Er flüsterte fast: „Was das für Folgen hat? Für den Verein und für die Stadt? Das kann ich Ihnen genau sagen: ‚Schwarzer Weltklassemusiker ermordet!‘… Oder besser gleich: ‚Neonazis ermorden schwarzen Weltklassemusiker!‘ Na? Wie liest sich das? Was glauben Sie was das für Folgen hat für die Stadt und das Festival?“

Fissler zuckte die Schulter: „Muss man abwarten. Jedenfalls können wir die Tatsachen...“

„Tatsachen?“ Kränzle wischte sich Speichel aus den Mundwinkeln: „Welche Tatsachen? Sie sollten mit unbewiesenem Material sehr vorsichtig umgehen. Dadurch könnte nämlich das Festival Schaden nehmen! Und dass wir klar sehen – diese Stadt ist doch nichts ohne mein Festival.“

Der Redakteur schüttelte sich wie ein Hund, der aus dem Wasser kommt: „Wie bitte? Wer ist nix ohne was?“

„Ohne dieses Festival ist diese Stadt nichts… wer kennt denn schon Kempten? Keine Sau!“ Fissler hob protestierend die Hand: „Moment. Kempten ist immerhin die älteste Ansiedlung…“

„Papperlapapp! Älteste Ansiedlung. Alt im Sinne von vermodert! Da können Sie recht haben, lieber Herr Fissler. Ein größeres Kuhkaff, von dem aus man die Berge gut sehen kann. Kuh wohlgemerkt, nicht Kultur! Kultur gab es hier ü-ber-haupt nicht, bevor es den Verein gab! Kultur war das großartige Stadttheater. Peter Steiner und alberne Freizeit-Heinz Rühmanns. Herzilein und Naabtal-Buben! Das war die Kultur in Kempten! Also Null!“

Der Redakteur hob den Zeigefinger und wollte die allzu düstere Darstellung der Kemptener Kultur etwas ins rechte Licht rücken. Aber sein Gast ließ ihm keine Chance: „Wissen Sie, für was Kempten ein Begriff war? Die Stadt mit den meisten Schuhgeschäften im ganzen

Allgäu. Tolles Renommee. Und: Trachtenhüte und Gummistiefel, Ackerbau und Viehzucht und Traktoren in allen Farben! Die Allgäuer Festwoche! Der Saisonhöhepunkt für die Landfrau. Kempten: der Big Apple der Kuhtreiber! Ha!“ Kränzles Mundwinkel trieften vor Hohn und Verachtung. Er schleuderte seinen Zeigefinger vor Fisslers Gesicht hin und her: „Nein, nein mein Lieber, so haben wir nicht gewettet. Dieses Festival ist der Schutzwall gegen den Mief der Ställe, gegen den großen Misthaufen mit Namen Provinz! Dieses Festival hebt uns wenigstens einmal im Jahr aus der Odelgrube ans Licht der großen Musikwelt! Einmal im Jahr ist Kempten New York!“

Klaus-Peter Fissler überlegte sich, mit was er sich gegen Kränzle zur Wehr setzen könnte, wenn dieser anfangen würde, ihn zu würgen. Vorerst ließ sich der Vorsitzende des ‚Punktum‘ aber nur erschöpft auf seinen Stuhl fallen und wischte sich schwer atmend übers Gesicht: „Das lasse ich mir nicht kaputt machen, nur weil irgend so ein dumpfer Handwerker rumgepfuscht hat und zufällig gleichzeitig ein verblödeter Wichtigtuer mein Festival benutzt, um sich aufzuspielen!“ In Gerd Kränzles Augen lag Besessenheit: „Von wegen, Kempten ist voll mit Neonazis, da müssen schwarze Musiker um ihr Leben fürchten. Da werden die Agenturen hellhörig. Die mögen es nämlich nicht, wenn ihre besten Pferde im Stall auf der Bühne tot umfallen.“

Fissler nickte beruhigend: „Das kann man irgendwie verstehen.“

„Verstehen, verstehen. Ich bin mir nicht sicher, ob Sie das verstehen.“

Der Redakteur nahm die Brille ab und hob die Augenbrauen: „Sie denken ich bin damit überfordert?“

Gerd Kränzles Tonfall schlug in einer Sekunde um. Er hatte sofort gespürt, dass er sich nun auf dünnem Eis bewegte. Der zuvor noch relativ neutrale Gesichtsausdruck des Kulturredakteurs war zunehmend abweisend geworden.

„Natürlich nicht, entschuldigen Sie! Ich bin nur – wenn ich mich in Rage rede – Sie wissen doch, wir Kreativen haben manchmal unseren Output nicht unter Kontrolle!“

„Das sollten Sie aber“, konterte Fissler kühl, „Sie wollen nämlich was von mir, nicht umgekehrt.“

Kränzle tat so, als müsste er herzlich auflachen und beugte sich leutselig über den Schreibtisch: „Natürlich – Sie haben mich durchschaut. Ihnen kann man sowieso nichts vormachen. Es geht mir natürlich auch um den Verein, da hängen schließlich eine Menge Leute ihr Herzblut rein. Aber...“ seine Augen glänzten vor Treuherzigkeit „durchaus auch um die Belange unserer Heimatstadt. Und die sollte uns doch allen am Herzen liegen. Da werden Ihr Chefredakteur und der Herr Bürgermeister sicher ganz meiner Meinung sein...“ Kränzle verzog das Gesicht zu etwas, das einem gutmütigen Schmunzeln ähnlich sah. Der Redakteur sagte nichts und sah ihm nachdenklich zu, wie er sich vom Stuhl erhob und es plötzlich eilig hatte: „Um Gotteswillen, ich muss ja noch… sie wissen ja, wenn das Festival läuft, ist immer was zu tun.“

Er reichte Klaus-Peter Fissler überfallartig die Hand und sah ihn beschwörend eindringlich an: „Ich hoffe, sie haben mich nicht missverstanden... “ und schon an der Tür: „das wäre mir arg.“

Der Kulturredakteur nickte lahm. Dann nahm er die Brille ab und begann sie am Hemd zu polieren: „Keine Angst, ich habe Sie sehr genau verstanden“, aber Gerd Kränzle war schon im Gang vor dem Büro und hatte die letzten Worte nicht mehr gehört.

Fissler erhob sich sehr, sehr langsam, wie ein ziemlich alter Mann und machte sich auf den Weg zur Wand neben der Tür. Er seufzte wieder. Jetzt waren das linke Bein und der rechte Arm dran.

DRITTER ALBTRAUM

Wie immer fürchtete sich der Bub in der roten Cordhose etwas vor dem Steg, der über die Bahngleise führte. Er erschien ihm unendlich hoch und unendlich lang. Durch die Holzbohlen, die auf den Stahlträgern auflagen, sah man hinunter auf die Geleise. Besonders unheimlich war es dem Buben, wenn eine Lok unter dem Steg durchfuhr. Dann wehte ein heißer Wind zum Steg hoch und der Bub war wie gebannt von der Größe und Kraft des Zuges. Und er war froh, wenn er den Steg hinter sich hatte und sah sich erleichtert und etwas ängstlich um. Weiter vorn waren die Gebäude des Bahnhofs zu sehen. Es war niemand da, der Bub hörte nur den eigenen Atem, als er eilig in Richtung der verwitterten Überdachung des Bahnhofsvorplatzes lief. Ein nebliger, grauer Nachmittag, die Sonne schwamm wie ein großes, mattes Geldstück über der Stadt. Es war still, eine unheimliche Stille, die auch über dem großen Bahnhof lag. Am liebsten wäre der Bub sofort wieder heimgelaufen, aber er wusste, er musste auf diesen Zug warten und dann in diesen Zug steigen. Den Zug, mit dem seine Mutter fahren würde. Der große, schwarze und rote Zug. Er würde warten, so lange es auch dauern sollte. Und sich derweil auf die grüne Bank setzen, die direkt neben dem Automaten mit den bunten Kaugummikugeln stand.

Weiter hinten erschien ein Mann in Blau mit roter Mütze. Ein Bahnbeamter. Er bewegte sich rasch und wie auf Schienen fort. Unbeweglich, mit einer Trillerpfeife im Mund und einer rot-weißen Kelle unter dem Arm. Er fuhr auf die grüne Bank und den Buben in der roten Cordhose zu. Und als er anhielt, trillerte er kurz mit der Pfeife und machte dann ein Geräusch, als würde er Dampf ablassen. Der Bub sah vorsichtig zu dem Mann auf und sagte: „Der schwarz-rote Zug. Meine Mutter fährt mit, ich muss…" Der Bahnbeamte in der blauen Uniform hob streng die rechte Hand und zauberte ein kleines, goldenes Büchlein aus einer schwarzen Umhängetasche. Darin suchte er mit schnellen Augenbewegungen und klappte es schließlich entschlossen zu: „Der schwarz-rote Zug ist seit elf Uhr durch." Er zog eine Uhr an der Kette aus der Weste: „Jetzt ist es zwölf Uhr." Der Bub fühlte heiße Angst in sich aufsteigen. „Dein Zug ist schon lange weg", sagte der Bahnbeamte. Dann deutete er mit ausgestrecktem Arm in die neblige Ferne: „Schon lange weg. Weit da hinten." Danach trillerte der blaue Mann mit der roten Mütze noch mal kurz und fuhr wieder wie auf Schienen den Bahnsteig entlang und war verschwunden. Der Bub atmete schwer.

Plötzlich sah er sich von den gegenüberliegenden Gleisen aus sitzen. Sehr klein und rot auf der grünen Bank vor dem großen Bahnhofsgebäude. Niemand war da und es war sehr still und der Bub hatte mit sich selbst großes Mitleid und fühlte, wie ihm die Tränen in die Augen stiegen.

An dieser Stelle wachte Gaide Brandl auf und wischte sich traurig und ärgerlich das Wasser aus den Augen.

13

Es war immer noch Anfang Mai und die Iller tat wie ein richtig wilder Fluss. Schäumte und schob sich wild gischtend unter der St. Mang – Brücke hindurch. Drohende, schmutzigbraune Wirbel gebärend, die für den, der darin versunken wäre, unweigerlich das Verderben bedeutet hätten. Wobei es zu dieser Jahreszeit wenig Sinn gemacht hätte, von der St. Mang-Brücke in die Iller zu springen. Es sei denn, man wollte sich das Leben nehmen. „Nein, Nicht von dieser Brücke." Charly Semmelrogge stülpte verächtlich die Unterlippe vor. Der große, braune Mann lehnte auf dem Geländer der Brücke und sah unbeeindruckt in das schäumende Wasser. Er kannte andere Brücken. Aus Mannheim, aus der Stadt seiner Jugend. Brücken über den Main. Ein schmutziger, aber sehr breiter Fluss. Ein Fluss, auf dem die Lastkähne Kohle fuhren. Charly Semmelrogges erster Traumberuf war natürlich Kapitän zu sein, auf einem dieser riesigen Kähne. Es blieb ein Traum. Ein Traum wie so vieles für den ‚braunen' Charly. Wie sie ihn schon in der Volksschule nannten. Er konnte sich nicht daran erinnern, ob er jemals zu erklären versucht hatte, warum er eine andere Hautfarbe hatte. Dass sein Daddy ein schwarzer G.I. aus Virginia war. Dass er das Ergebnis einer dieser Geschichten war, die sich damals oft abgespielt hatten. In den Jahren nach dem Krieg, als unter den Siegern auch Schwarze waren. Freundliche, gut gelaunte junge Männer, die nach Sonne rochen und nach Lebensfreude. Alle Erklärungen hätten auch viel zu lange gedauert. Und: er hatte seine Herkunft ja selbst lange nicht richtig verstanden. Darum benutzte er andere Argumente, wenn ihn einer als ‚braunen Charly' bezeichnete. Er schlug zu. Und das konnte er gut. Er war schnell und stark und beweglich und er hatte keine Angst. So bekam er den Respekt, den er sich wünschte. Er lernte, dass seine Fähigkeit hart und präzise zuzuschlagen, anerkannt wurde und ihm das Leben leichter machte. Er fing in einem heruntergekommenen Gym ein bisschen zu trainieren an und dort tauchten manchmal Männer in teuren Anzügen auf, die ihr Geld mit undurchsichtigen Geschäften verdienten und die deshalb oft Ärger hatten. Ärger mit anderen Leuten, die ihr Geld mit undurchsichtigen Geschäften verdienten. In diesem Milieu konnte man junge Männer, die keine Angst hatten und die andere eindrucksvoll verprügeln konnten, sehr gut gebrauchen. Obwohl sich Charly nicht gerne ohne Grund prügelte, gewöhnte er sich daran. Er hatte keine Geldsorgen und genügend Zeit, sich dem Boxen als Sport zu widmen. Er war Anfang zwanzig und entwickelte sich schnell. Er kämpfte zwei oder drei Jahre auf Amateurebene, aber das war ihm zu langweilig, zu wenig spektakulär. Auch weil ihm seine ‚Berater‘ zuredeten, ins Profigeschäft einzusteigen. Mit seiner Hautfarbe hatte er die idealen Voraussetzungen zum schwarzen Bomber. Außerdem gab es bei den Profis Geld. Anfangs nicht sehr viel, aber es war ein Argument gegen das brave Amateurboxen. Charly Semmelrogge wurde also Profi und wunderte sich, wie leicht ihm die Umstellung gelang. Seine Kämpfe liefen gut – fast zu gut. Er staunte, wie wenig Gegenwehr ihn erwartete, wenn er in den Ring stieg. Das kam nicht von ungefähr. Seine Auftraggeber, für die er immer noch hin und wieder andere Leute verprügelte, hatten gute Verbindungen und Einfluss im Boxgeschäft. Charly Semmelrogge verstand das alles nicht in voller Konsequenz. Er sah nur, dass es gut für ihn lief. Sportlich und privat. Er lernte die Mädchen aus dem ‚Milieu‘ kennen und sie waren nett zu ihm. Was sie beruflich machten, war ihm egal. Er war nicht so naiv zu glauben, dass er mit einer ‚Anständigen‘ eine feste Beziehung haben könnte. Er war kein seriöser Mensch und kein seriöser Partner. Welcher Schwiegervater wollte schon einen Schläger als Schwiegersohn. Noch dazu, wenn der schwarz war. Dann traf er Dagmar und mit der Zeit hatte er das Gefühl, da ist jemand, der mich so mag, wie ich bin. Dagmar war die Mutter von zwei kleinen Mädchen und eine Art von Sekretärin seines Promoters. Eigentlich aber für alles zuständig und in erster Linie froh, die Kinder ernähren zu können. Lustig und von einer warmen Klugheit, die man sich nicht auf Universitäten aneignet. Charly Semmelrogge war glücklich. Er boxte besser denn je, er schaffte es sogar, seine ‚Förderer‘ davon zu überzeugen, dass sie ihm die Prügeljobs vom Halse hielten. Schließlich waren seine Fäuste und sein Körper sein Kapital als Profiboxer. Schließlich kam er langsam aber stetig in die Reichweite eines Titelkampfes um die Europameisterschaft. Und damit in die Reichweite des großen Geldes. Plötzlich hatte er viele Freunde und viele Frauen, die seine Bekanntschaft suchten. Viele Möglichkeiten für einen, der von unten kommt. Charly konnte nicht immer nein sagen und eines Tages sagte Dagmar: „So was lasse ich mit mir nicht machen..." und dann war sie verschwunden. Mit den Kindern. Und Charly Semmelrogge redete sich ein, dass ihm das egal wäre, denn Weiber gäbe es schließlich genug und was sollte schon sein. Es war aber nicht so einfach, wie er es sich gedacht hatte. Dagmar war weg und mit ihr die Sicherheit und Zuversicht in seinem Leben. Er trainierte weiter wie besessen, aber eine Leere blieb und die Überzeugung, jeden Kampf gewinnen zu können, war weg. Er verlor den Titelkampf und von da an in den folgenden zwei Jahren jeden Kampf, zu dem er antrat. So schnell, wie Charly Semmelrogge ganz oben war, war er auch wieder ganz unten. Nun musste er wieder die Drecksarbeit erledigen und selbst das fiel ihm zusehends schwer. Seine Unbekümmertheit der früheren Jahre war weg. Er hatte gelernt, einen Menschen zu lieben. Und er wusste nun, was es heißt, diesen Menschen zu verlieren. Dass nichts mehr so ist, wie zuvor. Plötzlich war er nicht mehr unverwundbar, plötzlich war ihm klar, dass nicht alles mit ein paar harten Faustschlägen zu regeln war. Er dachte zu oft und im falschen Moment nach. Und so kam es, dass der schnelle, harte Charly Semmelrogge selber verprügelt wurde. So verprügelt wurde, dass man ihn auf die Intensivstation des Mannheimer Krankenhauses einliefern musste. Seine Rippen waren gebrochen, mehrere innere Organe verletzt, auf einem Auge würde er niemals mehr richtig sehen können. Er lag wochenlang und er musste erkennen, dass sich außer seinem Bruder niemand um ihn kümmerte. Seine ‚Berater' hatten kein Interesse mehr an ihm. Charly Semmelrogge war in jeder Hinsicht erledigt.

Und dann, er konnte so grade wieder selbstständig laufen und sich eine halbe Stunde auf eine Bank in die Sonne setzen, kam Dagmar. Sie setzte sich ohne ein Wort neben ihn und strich ihm traurig über sein halbblindes Auge. Dann sagte sie: „Du musst weg von hier..." und nach einer Sekunde Stille: „Wir müssen weg von hier..."

„Genauso hat sie es gesagt – wir müssen weg von hier." Der große braune Mann zündete sich vorsichtig eine seiner sechs täglichen Zigaretten an und sah von der Brücke hinüber zum ‚Iller-Stüble'. Er war von einer seltsamen Unentschlossenheit. Er wollte hin und wieder unter Menschen gehen, das hatte er sich vorgenommen, obwohl ihm die Gesellschaft der Menschen immer weniger bedeutete. Darum auch seine regelmäßigen Besuche im ‚Iller-Stüble'. Er sah wieder in das schäumende Wasser. Im Moment war es schön, hier zu stehen und an Zeiten zu denken, in denen er sich nicht von Brücken stürzen wollte. Und von dieser Brücke schon gar nicht. Wenn schon, denn schon. Es gab in Kempten durchaus eine Brücke, von der es sich zu springen gelohnt hätte. Und er war schon auf dieser anderen Brücke gestanden. Hoch über dem Fluss, in diesem ungewöhnlich langen und heißen Sommer vor zwei Jahren. Damals war Dagmar mit den Mädchen, die mittlerweile keine Kinder mehr waren, zum zweiten Mal gegangen. Als hätte ihr die Hitze den Rest gegeben. Es war natürlich nicht nur die Hitze. Es waren die langen Jahre, in denen nichts passiert war. Die langen Jahre, die Charly Semmelrogge gebraucht hatte, bis er sich von seiner Illusion verabschiedet hatte. Der Illusion, dass er es noch mal packen würde mit dem Boxen. Nach der fürchterlichen Zeit nach der Karriere. Nach den Bierzelten und den halbleeren Eissporthallen im Sommer, in denen er gegen die örtlichen Raufbolde antreten musste, um wenigstens die letzten Reste seines Ruhms in etwas Geld umzuwandeln. Dann gewann der alte George Forman mit über vierzig noch mal den Schwergewichtsweltmeister-Titel und in Charly Semmelrogge keimte eine kleine

Hoffnung: „Warum nicht? Warum nicht ich? Es muss ja nicht gleich die Weltmeisterschaft sein…“ Er war wieder regelmäßig in den Kraftraum gegangen und an den Punching-Ball. Hatte sich sogar ein bisschen Fallobst fürs Sparring organisiert. „Charly Semmelrogge ist wieder da!“ hatte er Dagmar glücklich zugerufen, nach Foremans Sieg.

Es wurde natürlich nichts draus. Sogar in Deutschland klappte es nicht mehr mit einem Titelkampf. Schwarz zu sein und über vierzig langte auch Mitte der Neunziger Jahre nicht, um sich noch mal – wenigstens für kurze Zeit – ins Rampenlicht zu schleichen. Die Energie die Charly Semmelrogge für kurze Zeit wieder zu einem Boxer gemacht hatte, war schnell aufgebraucht. Der große, braune Mann verstand: es ging nichts mehr. Die wenigen Anrufe, in denen ihn drittklassige Promoter auf irgendwelche Vorkämpfe vertröstet hatten, waren nichts als heiße Luft.

Damals stand er zum erstenmal auf der hohen Brücke und sah nach unten, wo die großen, gefährlichen Steine durchs Wasser schimmerten. Es würde vielleicht drei, vier Sekunden dauern, bis er da unten gelandet und aufgeschlagen wäre. Dann hätte er Ruhe und Dagmar und die Mädchen könnten von der kleinen Lebensversicherung eine Weile gut leben. Die Mädchen. Sie würden traurig sein, das konnte er ihnen nicht antun. Noch nicht. Deshalb schlich sich Semmelrogge wieder von der hohen Brücke und sah sich zu Hause stumm die ‚Blätter zum Arbeitsleben‘ an, die ihm Dagmar vom Arbeitsamt mitgebracht hatte. Er ließ sich zum Altenpfleger ausbilden. Es war sowieso alles egal. Und es war besser als gar nichts zu tun. Immerhin musste er zwei Jahre lang zur Schule gehen; irgendwo hin gehen, wo der Tag seinen Sinn hatte. Nach der Ausbildung kehrte aber rasch die alte Trostlosigkeit zurück. Charly Semmelrogge bewarb sich einige Male. Aber er war zu groß und zu braun und mit Anfang Vierzig auch schon zu alt. Auch diese Hoffnung stellte sich als Illusion heraus. Er wurde Hausmann und er lernte bügeln und etwas kochen und er war ratlos und nicht glücklich. Und mit der Zeit begann die Wut in ihm zu wachsen. Eine kleine Glut, die langsam und stetig zu glühen begann. Angefacht vom Neid auf alle, die ‚Glück hatten'. Bei denen ‚alles klappte'. Mit der Zeit sogar Wut auf Dagmar, die zäh und fleißig das Geld ins Haus brachte. Er ging damals häufiger ins ‚Iller-Stüble' und er, der nie Alkohol getrunken hatte, betrank sich hin und wieder. Dann fand er die Reden der versammelten Verlierer gar nicht so unlogisch. Ihr spuckesprühendes Schimpfen auf die ungerechten Umstände und die Ausländer, die ihnen, den Einheimischen, den Eingesessenen die Arbeit wegnehmen würden. Und die Rachephantasien, mit denen sie sich gegenseitig ihre Hilflosigkeit erträglich zu machen versuchten. Einmal das Jazzfestival lief gerade – riet ihm einer, laut grölend, er als ‚Brauner' hätte doch lieber das Trompetespielen anfangen sollen. Man könne jetzt ja an jeder Straßenecke sehen, wie gut es denen ginge. Als Charly Semmelrogge das Wort ‚Brauner' hörte, brachen bei ihm die alte und die neue Wut gleichzeitig durch. Er warf zwei Tische um und einen Stuhl hinter die Theke, und wenn sich der Gröler nicht in der Toilette verbarrikadiert hätte, hätte er um sein Leben fürchten müssen.

Semmelrogge musste beim Gedanken an diese Geschichte schmunzeln. Damals hatte er noch genügend Zorn gehabt, um sich gegen sein Schicksal zu sträuben. Wenn es auch nur im ‚Iller-Stüble' war. Er sah wieder hinüber. Aber mittlerweile war ihm die Lust, dort hineinzugehen, den kalten Rauch zu riechen und die fahlen Gesichter der dort versammelten Verlierer zu sehen, vollkommen vergangen. Er warf noch einen Blick auf die braun schäumende Iller. Dann kehrte er um und ging nach Hause.

14

Frank Schober, der Assistent von Frau Helena Kreidler, rückte die blaue Brille zurecht und sah noch mal genauer hin. Aber eigentlich war er sich sofort sicher gewesen: ein solches Auto, einen solchen babyblauen Santana 2000 gab's nur einmal. Außerdem benutzte nur einer fast immer seinen Privatwagen. Polizisten sind normalerweise außerordentlich geizig und würden nur unter Androhung asiatischer Foltermethoden ihr Privatgefährt abnutzen. Es gab eigentlich nur diese eine Ausnahme: Gaide Brandl. Schober drehte sich zu seiner Chefin um: „Sie sind da." Helena Kreidler sah von der Akte, die sie gerade auf dem großen Besprechungstisch vor sich durchblätterte, nicht auf: „Wer?"

„Die beiden..."

„Welche beiden? Wie oft hab ich Ihnen gesagt, Sie sollen präziser sein, Herr Schober? Also welche beiden?"

„Brandl und Fuhr. Wegen der Drohbriefgeschichte..."

„Na also – d i e beiden..."

Die Polizeihauptkommissarin erinnerte sich dunkel. Brandl. Der dünne, ellenlange Polizeikommissar mit den wenigen Haaren. Nur Polizeikommissar. Schon ewig bei der Polizeiinspektion und immer noch ‚nur' Kommissar. Ein Versager in ihren Augen. Viel zu weich, viel zu wenig entschlossen, viel zu wenig Ehrgeiz. Nicht dumm, aber dünnhäutig. Vor allem dünnhäutig. Eine Spezies von Mensch, die sie misstrauisch machte. Leute wie Gaide Brandl dachten zu viel nach. Sie wusste, das tut keinem gut. Eigene Erfahrung. Nachdenken macht krank. Sie wusste auch, wie man sich gegen das Nachdenken zur Wehr setzt. Es unterdrückt, zudeckt, auslöscht. Mit Arbeit. Viel arbeiten, immer aktiv sein, immer unter Strom sein. Das Adrenalin hochhalten. Das verhindert, dass die Ruhephasen zu lange werden. Wer ruht, der denkt. Sie musste Alfred, ihren Mann anrufen. Alfred musste die Radtour fürs Wochenende vorbereiten. Ein Wochenende ohne Aktivitäten durfte unter keinen Umständen sein. Thilo, ihr gemeinsamer Sohn, kam nämlich manchmal auf seltsame Ideen. Die Eltern zu besuchen, und so. Seit er entlassen war, musste man immer damit rechnen.

‚Die Eltern besuchen.' Helena Kreidler lachte so scharf auf, dass ihr Assistent erschrocken herumfuhr: „Ist was? Soll ich was...?" Sie wedelte beruhigend mit der Hand „vielleicht machen Sie uns Kaffee, kann ja nicht schaden." Schober eilte, er mochte es nicht, wenn seine Chefin lachte. Das bedeutete in der Regel nichts Gutes. An der Tür stieß er mit Brandl, der wie immer vorsorglich den Kopf einzog, und Fuhr zusammen, die sein erschrockenes Gesicht sahen und ebenfalls dicke Luft witterten. Dabei war Helena Kreidler gar nicht schlecht aufgelegt. Es gab schließlich zu tun. Viel zu tun – in dieser Williams-Geschichte, die ihr anfangs keineswegs spannend erschienen war. Ein alberner Stromunfall mit dramatischen Folgen. Gerade richtig für den schläfrigen Brandl und seinen ebenso wenig bissigen Freund Fuhr. Und nun dieser Brief, der alles geändert hatte. Plötzlich war der Stromunfall nicht mehr harmlos, ganz im Gegenteil, da schien sich ein Skandal abzuzeichnen, wie ihn Kempten noch nicht gesehen hatte.

„Kommen Sie rein, meine Herren, Herr Schober macht uns grade Kaffee. Nehmen Sie Platz und berichten Sie." Brandl und Fuhr rafften ihre Jacketts und zwängten sich hinter den großen Besprechungstisch. „Bitte", Helena Kreidler war ganz Aufmerksamkeit, ganz Ohr.

So aufmerksam, dass die beiden Kollegen unruhig auf ihren Stühlen rutschten. Gaide Brandl strich die wenigen schwarzen Haare nach hinten: „Was wollen Sie denn wissen?"

Sie stellte den Oberkörper auf wie ein erstauntes Erdmännchen: „Wissen? Ich will alles wissen, Kollege Brandl, den Stand ihrer Ermittlungen."

Brandl nickte: „Okay, das ist gleich erzählt. Wir wissen, dass ein technischer Defekt die Ursache für den Tod des Musikers Doc Williams war."

„Aha."

„Der endgültige Bericht vom TÜV steht noch aus, aber es müssen mehrere Faktoren zusammenkommen, dass man tot umfällt. Das ist für den Laien ziemlich schwer zu verstehen..."

„Also für Sie..."

„Ja stimmt, für mich besonders... Sicher ist, dass ein Kabel manipuliert wurde. Dass diese Manipulation unter anderem zum Tode des schwarzen Musikers Doc Williams geführt hat." „Aha."

„Wir wissen auch, dass es einen Drohbrief gibt, zumindest so was Ähnliches. Und, dass dieser Brief unmissverständlich auf das Festival und auf schwarze Musiker abzielt."

Die Kreidler zeigte auf: „Ahaaa."

„Wir wissen nicht – wir wissen nicht genau, ob diese beiden Geschichten was miteinander zu tun haben."

„Das wissen wir nicht?"

Rupert Fuhr nickte: „Das wissen wir nicht."

Seine Chefin schüttelte genervt den Kopf: „Was heißt, das wissen wir nicht? Glauben sie im Ernst, dass es sich dabei um einen Zufall handelt?"

Brandl und Fuhr sahen sich vorsichtig an.

„Es könnte..." begann Gaide Brandl, wurde aber sofort von der Dezernatsleiterin unterbrochen:

„Es könnte, könnte... alles könnte. Aber die Wahrscheinlichkeit, dass die beiden Dinge was miteinander zu tun haben, kann ja wohl nicht abgestritten werden? Was sagt Ihnen Ihr Instinkt?" Brandl zuckte die Schultern.

Seine Chefin sah genervt zur Decke: „Ich verstehe, so was haben Sie nicht. Passen Sie auf. Ich möchte, dass Sie in dieser Richtung weiterarbeiten. Wir gehen davon aus, dass Brief und – Unfall – was miteinander zu tun haben."

Sie beugte sich weit über den Besprechungstisch zu den beiden Polizisten, die wie zwei verschreckte Hühner beieinander saßen: „Wenn das mit dem Brief nämlich öffentlich wird, meine lieben Kollegen, und wir können nicht verhindern, dass der Briefschreiber in dieser oder in anderer Form an die Öffentlichkeit geht – also wenn das öffentlich wird, dann muss was passiert sein. Dann muss klar sein, dass wir gearbeitet haben. Dann will ich nicht sagen müssen: wir haben nix!" Für einen Moment schwiegen alle drei, bis die Dezernatsleiterin hörbar ausatmete: „Also, was ist jetzt? Was gedenken Sie zu tun?"

Rupert Fuhr machte ein wichtiges Gesicht: „Wenn wir uns Ihrer Argumentation anschließen…" „und das würde ich Ihnen raten", flocht seine Chefin ein.

„Dann gibt es nur eins – wir müssen rausfinden, wer den Brief geschrieben hat."

Gaide Brandl nickte ihm übertrieben beifällig zu und machte ein Gesicht, das ‚du bist aber ein gescheites Kerlchen' sagte.

Auch Helena Kreidler nickte: „So ist es. Was haben Sie in dieser Richtung unternommen?" „Labor", brummte Brandl.

„Wie bitte?" die Kreidler formte sich mit der Handmuschel ein Hörrohr.

„Kriminaltechnische Untersuchung – ich hab den Brief ins Labor gebracht."

„Und?"

„Es sind Fingerabdrücke drauf. Dutzende... Außen. Innen ist nichts."

„Und die wären logischerweise interessant gewesen. Sonst? Poststempel etc. etc."

„Kein Poststempel. Er wurde direkt an der Pforte der Allgäuer Zeitung in deren Briefkasten eingeworfen."

„Und nun?"

„Wir werden die Leute vom ‚Punktum', die beim

Soundcheck dabei waren, noch mal befragen. Wenn einer dran gedreht hat, am Kabel, muss er schließlich an diesem Nachmittag da gewesen sein. Und wenn es ein Fremder war, dann muss ihn doch irgendwer gesehen haben."

Die Kreidler zog eine kleine anerkennende Schnute: „Richtig. Und wenn es kein Fremder war?" Fuhr sagte: „A Tschäss'r brängt da Williams it om."

Die Kreidler sah ihn fragend an: „Bitte was?"

Brandl übersetzte: „Er meint, ein wirklicher Jazz-Freund, und die Mitglieder vom ‚Punktum' sind ja wohl Jazz-Freunde – würde niemals einen Musiker wie Doc Williams umbringen."

„Nnna," die Kreidler bewegte unentschieden die Handflächen. „Man hat schon Pferde kotzen sehen, meine Herren."

Im gleichen Moment öffnete sich die Tür zum Besprechungszimmer und Frank Schober balancierte ein Tablett mit Kaffeegeschirr herein. Er hatte gerade noch ‚kotzen gesehen' gehört und war schon wieder entsprechend verstört, was die drei am Besprechungstisch nicht wenig erheiterte. „Stellen Sie's her und setzen Sie sich dazu", entlastete ihn seine Chefin „und lauschen Sie, was Kollege Brandl noch vorhat."

Der spürte, dass er ein kleines bisschen wütend wurde: „Was heißt hier vorhat? Der hat nichts mehr vor... außer das mit den Fotos."

„Fotos? Welche Fotos?" auch sein kleiner Kollege Fuhr wurde hellhörig. Brandl winkte rasch ab: „Ach diese Fotografin vom Allgäuer hat an dem Nachmittag fotografiert… die will ich mir noch mal ansehen..."

„Die Fotografin?", fragte Helena Kreidler verständnislos. Und erstaunt registrierte sie einen zufrieden feixenden Rupert Fuhr und einen sanft errötenden Polizeikommissar Gaide Brandl, der sie nun ziemlich wütend ansah. „Natürlich nicht. Die Fotos, die sie gemacht, beziehungsweise die Datenmengen, auf denen die Fotos drauf sind, beziehungsweise..." Er sah sich hilfesuchend um. Rupert Fuhr feixte immer noch, Kreidler und Schober glotzten ihn fragend an. Die Wut von Gaide Brandl wurde größer. Obwohl er momentan keinerlei Lust auf schöne Vergleiche und Bilder hatte, fiel ihm ein passendes ein: der Vulkan stieß kleine, noch lustige Wölkchen aus, er würde aber jede Sekunde Lava spucken. Wenn er sich nicht schnellstens auf die Socken, bzw. aus dem Staube machte.

Brandl sagte: „Rupert wir gehen, ich muss noch die Katze füttern und außerdem haben wir zu arbeiten. Wir sind ja schließlich nicht zum Kaffee trinken bei der Polizei." Sein Kollege rollte entschuldigend mit den Schultern, aber eine Widerrede gab es in diesem Stadium nicht. Das schienen auch Brandls Chefin und ihr Assistent zu verstehen. Sie versuchten jedenfalls nicht, den nun mit großen Schritten und vorsorglich eingezogenem Kopf durch die Tür hinausrauschenden Kommissar aufzuhalten. Sein kleiner Kollege folgte ihm eilig und winkte nochmals beschwichtigend in den Raum: „Er beruhigt sich gleich wieder."

Schober ruckelte vorsichtig empört an seiner blauen Brille: „Katze? Wie... äh... das ist ja... so kann man doch nicht..."

„Doch, doch man kann", Helena Kreidler blickte fast zufrieden auf die Tür, hinter der Brandl und Fuhr verschwunden waren. „Offenbar hat er eine Katze und: immerhin kann er richtig wütend werden. Das ist doch schon mal was."

Und in Richtung Schober: „Rufen Sie meinen Mann an und fragen ihn, ob das klar geht, wegen der Radtour."

Der Assistent verschluckte sich fast an dem Kaffee, den er eben behutsam zu schlürfen versucht hatte: „Ich? Ich meine – macht das normalerweise nicht die Sekretärin..?"

Seine Chefin sah ihn zustimmend an und klappte die Akte zu: „Normalerweise schon."

15

Gaide Brandl sah an sich hinunter und wippte vorsichtig auf den Zehen. Er genierte sich etwas, wegen seiner uralten Fußballschuhe. Gelbe Streifen auf schwarzem Grund: ‚Adidas Beckenbauer', Größe siebenundvierzig. Tausendmal hatte ihm Rita gesagt: ‚Wenn du dich schon als Schiedsrichter zum Idioten machen musst, dann besorg dir wenigstens neue Schuhe! Da gucken ja schon die Zehen durch!' Das war natürlich – wie immer – extrem übertrieben. Aber irgendwie hatte sie auch recht. Wie immer. Seine Sportschuhe waren wirklich ganz schön aus dem Leim. Brandl machte ein paar unbeholfene Kniebeugen und dehnte sich unbeholfen. „Nnna jjja! Da könnte einer gut noch ein paar Gramm mehr auf den Rippen vertragen."

Das war Hubert Fleischer, der an ihm vorbeitrabte. Stocksteif – wie immer. Fleischer war heute sein Assistent an der Linie. Trotzdem konnte er sich dieses „Nnna jjja!" nicht verkneifen. Gaide Brandl stemmte erbost die Fäuste in die Hüften. Hubert Fleischer konnte ihm in Minutenschnelle die Laune verderben. Sogar wenn er fünfzig Meter entfernt auf der anderen Seite des Sportplatzes Aufstellung nahm. Die Silhouette Fleischers schien ein einziges ‚Nnna jjja' zu sein. Schon die gesamte erste Halbzeit war ihm der stocksteif die Linie auf und ab marschierende Fleischer ein Dorn im Auge gewesen. Welche Entscheidung er auch traf, Fleischer schüttelte missbilligend das Haupt. Das hätte Gaide Brandl eigentlich völlig egal sein können. Heute war es aber nicht egal, denn auf einem der wenigen Sitzplätze kauerte Robert Mang. Ein Schiedsrichterkollege und heute in der Funktion des Beobachters im Stadion. Ausgerechnet heute war Fleischer sein Assistent. Heute, wo es darauf ankam. Eines der Spiele, die darüber entscheiden sollten, ob Brandl weiterhin Bezirksliga pfeifen durfte, oder zurückgestuft würde. Wegen instabiler Leistungen. ‚Instabile Leistungen!' Ha! Gaide

Brandl hätte um eine Haar drohend die Faust geschüttelt. Wegen dieses Abseitstores in Heimertingen und einmal hatte er den falschen Spieler vom Platz geschickt. Der dummerweise der Neffe von Robert Mang war. Bingo! So macht man sich Freunde in der Exekutive. Jedenfalls waren starke Kräfte daran interessiert, ihm einen Denkzettel zu verpassen. Nicht etwa wegen seiner Leistung an der Pfeife. Die war mehr oder weniger makellos. Fand jedenfalls Brandl.

Was konnte er schließlich mehr tun, als so gerecht und objektiv zu sein, wie es ihm möglich war. Manchmal war er sogar nahezu im Übermaß gerecht. Er neigte nämlich dazu, Mannschaften und Spieler, die ihm spontan sympathisch waren, zu benachteiligen. Nicht massiv natürlich, aber in diesen vielen nebensächlichen Situationen, die in jedem Spiel vorkamen und in denen man sich als Schiedsrichter trotzdem für oder wider eine Mannschaft, für oder wider einen Spieler entscheiden musste. Um niemand zu bevorteilen, der ihm sympathisch war, entschied sich Brandl dann immer für die ihm nicht so sympathische Seite. Damit bestrafte er sich irgendwie für seine eigene unterschwellige Parteilichkeit und ließ den ihm Unsympathischen Gerechtigkeit widerfahren. So erklärte sich Brandl jedenfalls seinen Fairness-Fimmel. Der immerhin neben der Tatsache, dass er selbst nur saumäßig Fußball gespielt hatte, der wichtigste Grund war, warum er Schiedsrichter sein wollte. Die Freude an der Vorstellung, Gerechtigkeit walten lassen zu können. Und sei es auch nur in den neunzig Minuten, die ein Fußballspiel dauert. Gaide Brandl wusste natürlich, dass Gerechtigkeit ein sehr abstraktes Ideal war. Das hatte er in seinem Beruf mehr als einmal erfahren müssen. Die Momente, in denen er plötzlich verstanden hatte, dass ihm die eigene Ehrlichkeit und Gewissenhaftigkeit nicht hoch angerechnet wurde. Dass es Kollegen gab, die ihn deswegen regelrecht lächerlich fanden. Dass auch seine Vorgesetzten diese Eigenschaft nicht etwa zu schätzen wussten, sondern in einem solchen Mitarbeiter eher die ständig lauernde Bedrohung ihrer eigenen Interessen fürchteten.

Deswegen machte Gaide Brandl keine Karriere. Obwohl er sich einige Jahre bemühte, obwohl er hoffte, dass sich über Versetzungen und damit neue Vorgesetzte und Kollegen neue Chancen eröffnen würden. Es war auch überall ein wenig anders, doch im Grunde wiederholten sich alle Enttäuschungen mit beängstigender Zuverlässigkeit. Seine beruflichen Ambitionen versandeten mit der Zeit ebenso, wie seine Vorstellungen von Ehrlichkeit und Gerechtigkeit. Und er fragte sich immer öfter, was ihm von seinen Idealen geblieben war und was er eigentlich bei der Polizei noch zu suchen hatte. Die Antwort war sehr einfach: er wusste es nicht. Und doch fielen ihm keine Alternativen ein. Er war Polizist geworden, weil er mit Menschen arbeiten wollte, die sich wie er darum kümmerten, dass die Welt nicht aus den Fugen gerät. Das war ihm eben wichtig, auch wenn er vorgab, nicht zu wissen warum. Aber manchmal spürte er ganz weit hinten, dass es damit zu tun hatte, dass seine eigene Welt schon sehr früh aus den Fugen geraten war.

Gaide Brandl sah auf seine Uhr und tat dann so, als müsse er seine Schuhbänder nachziehen. Dabei rieb er rasch mit einem Tempo-Taschentuch über seine ‚Adidas Beckenbauer'. Na ja. Diese eine Halbzeit würden sie mit Sicherheit noch halten. Außerdem war der Boden ideal. Frühlingswetter. Der kleine Sportplatz lag in einer sanften, sattgrünen Senke und hinter den wenigen Sitzplätzen am Hang fing schon ein wunderbar schattiger Mischwald an. Wenige, wie aus blütenweißer Zuckerwatte sorgfältig geformte Wolken standen am Himmel. Die Luft glänzte wie ‚frisch lackiertes hellblaues Metall.' Brandl nickte und sah verträumt über den Platz. Drüben, auf der anderen

Seite bewegte sich etwas hektisch. Gaide Brandl runzelte die Stirn und erkannte Hubert Fleischer, der die Fahne wild auf und ab bewegte und mit großer Gebärde seinen Unterarm betrachtete.

‚Was will der denn?' rätselte Brandl und weil ihm Robert Mang auf der Tribüne einfiel, rief er sich kurz die ‚Richtlinien für die Zusammenarbeit zwischen Schiedsrichter und Schiedsrichter-Assistent' in Erinnerung.

Paragraph 7: ‚Die Schiedsrichter-Assistenten müssen darauf achten, dass der Schiedsrichter die von ihnen gegebenen Zeichen sehen kann. Hält der Schiedsrichter bei einer zu treffenden Entscheidung eine Rückfrage beim Schiedsrichter-Assistenten für notwendig, soll er zum Assistenten laufen und vor seiner Entscheidung dessen Wahrnehmung erkunden.' Entscheidung? Welche Entscheidung? Brandl sah wieder, dass Fleischer mit dem Unterarm fuhrwerkte und endlich fiel sein Blick auf den eigenen Unterarm und damit auf die Armbanduhr. ‚Um Gotteswillen!' Gaide Brandl schreckte zusammen. Auf einmal nahm er die Spieler wahr, die vorwurfsvoll um ihn herumstanden. Einer der Spielführer knurrte: „Wird des heit no was? I muass en zwoi Stond en da Schdall." „Du kommst noch früh genug zu deinen Kühen", antwortete der nur kurz verblüffte Brandl und bemühte sich, ernst und seriös zu blicken. Und nicht wie einer, der einfach ins Grübeln gekommen war und darüber die Zeit vergessen hatte. Er scheuchte die Spieler zum Anstoßkreis, pfiff rasch die zweite Halbzeit an und trabte dann geschäftig über den Platz. Trotzdem konnte er sich einen suchenden Blick in Richtung Robert Mang nicht verkneifen. Er sah, dass der eifrig in ein kleines Büchlein schrieb. ‚Das kann ja heiter werden', dachte Gaide Brandl düster und sah sich im Geiste wieder in den Niederungen der Kreisklasse versumpfen. Traurige Sonntage auf ungepflegten, löcherigen Äckern, wo die Treter und Kopfschlächter ihr Unwesen trieben. Arme, unselige Wesen, wie es dem Schiedsrichter Brandl damals schien, die unter der Woche eingesperrt waren und nur am Sonntagnachmittag ab 14.30 auf dem Sportplatz an die Luft durften, um dort ihr Unwesen zu treiben. Notdürftig bewacht von ihren Frauen, die in langen Kolonnen unermüdlich Kinderwagen um den den Platz schoben. Welche schon wieder die nächste Generation von Tretern und Kopfschlächtern bargen. Derweil torkelten deren stolze Erzeuger mitleidlos und mit möglichst langen Stollen bewaffnet, auf ihre schutzlosen Opfer los. Das war nicht so schlimm, wenn ihre Opfer ebenfalls der Spezies der Treter angehörten. Schlimmer erging es den gutgläubigen, naiven Menschen, die da dachten, der Sonntagnachmittag und der Ball seien zum Spielen da. Auch Brandl war dieser Meinung und deshalb in der Kreisklasse so beliebt wie Fußpilz. ‚Da kommt der Herr Doktor', lauteten die höhnischen Kommentare, nur weil er darauf bestand, dass auch in der Kreisklasse ein gestrecktes Bein eine Regelwidrigkeit darstellt.

Aber Brandl hielt durch und ließ sich nicht beirren. Zu was hatte er schließlich die elend langweiligen Regelschulungen in rauchigen Nebenzimmern von vergessenen Landgaststätten mitgemacht. Die kleinen Turniere, der langsame Aufstieg bis zur Bezirksliga, wo dann so langsam etwas wie richtiger Fußball stattfindet. Wo die Schiedsrichter nicht mehr unmittelbar um Leib und Leben fürchten müssen.

Gaide Brandl seufzte. Er musste sich zusammenreißen, konzentriert und präzise arbeiten. Die Geier in Gestalt von Robert Mang und Hubert Fleischer kreisten schließlich, schon hörbar mit den Flügeln schlagend, über ihm. Er fühlte die ihm gut bekannte, plötzliche scharfe Wut in sich aufsteigen. ‚Auf geht's Gaide, zeig's ihnen', feuerte er sich an und da kamen ihm zwei sich mäßig umeinander schubsende Spieler gerade recht. Sie staunten nicht schlecht, als

Brandl wie eine dünnbeinige, kurzbehoste Furie über sie kam und ihnen mit sofortigem Platzverweis drohte, wenn sich Ähnliches auch nur im Ansatz wiederhole. Sogar Fleischer stand sekundenlang erstarrt angesichts der vom Kollegen praktizierten wild wütenden Gerechtigkeit. Der nahm das erstaunte Gesicht seines Assistenten mit Genugtuung wahr und war schon bereit, voller Tatendrang in den weiteren Verlauf der Halbzeit zu starten, als er hinter einem der Tore einen ihm irgendwie bekannt scheinenden blonden Haarschopf leuchten sah. Gaide Brandl erstarrte und war von nun an nur unter Aufbietung höchster Konzentration in der Lage, dem Spielverlauf zu folgen. Was da hinter dem Tor stand und zwar vorsichtig, aber hartnäckig seine Aufmerksamkeit zu erregen versuchte, war niemand anders als Kollege Rupert Fuhr. Und wenn der auf dem Fußballplatz auftauchte, konnte das alles Mögliche bedeuten. Nur nichts Gutes.

16

Direkt neben der Eingangstür zum Sportheim war die Theke. Fichte natur. Darüber das geschmiedete Leuchterarrangement mit den drei heimeligen Lampen. Plus Bierreklame. Weiter hinten der Gläserschrank mit Durchreiche. Darunter ein Büffet, das in seinen zahllosen Schubladen die unverzichtbaren Utensilien beinhaltete: Besteck, Flaschenöffner, Bierdeckel, Zündhölzer, Karten für Schafkopf, Skat und Sechsundsechzig, Würfelbecher. Zwischen Büffet und Theke stand ein Klotz von einem Mann im karierten Hemd.

Rupert Fuhr, der schon eine Weile auf der abgeschabten Eckbank saß und ihn unauffällig beobachtete, fragte sich, ob er wohl stumm sei. Denn der Mensch hinter der Theke gab keinen Laut von sich. Auch nicht, als zwei Herren um die fünfzig, die komplett in leuchtend roten bzw. giftgrünen Trainingsanzügen steckten, die Sportgaststätte betreten und ihm ein herzliches „Servus Reini!“ zugerufen hatten. Auch nicht, als Fuhr mit seinem besten ‚ich würde gerne eine Bestellung aufgeben‘-Gesicht vor ihm aufgetaucht war. Der Herr, den sie Reini riefen, obwohl er anhand seiner Statur eher ein Reinhold war, hatte Fuhr wie etwas äußerst Lästiges und Überflüssiges angeschaut. Überhaupt schien er Gäste für eine sehr aufdringliche Spezies zu halten, die zu nichts anderem gut war, als ihm die Zeit zu stehlen und denen man es deswegen nicht zu gemütlich machen sollte.

Schließlich hatte Reini sich doch entschlossen, Fuhr wahrzunehmen und hob kurz und stumm das Kinn in seine Richtung. „Was willsch?“ Der Herr im giftgrünen Trainingsanzug war plötzlich hinter Fuhr aufgetaucht und hatte die Bewegung des Kinns bereitwillig übersetzt. Er war um gute Stimmung bemüht, schließlich wartete er selbst auf eine Chance, Reinis Aufmerksamkeit zu ergattern. Fuhr war etwas zusammengezuckt und hatte sich um raschen Vollzug bemüht. „Ein Bier wär glaub ich…“ Da war sein Blick auf die Bierreklame mit dem Hinweis, dass dieses Lokal ‚Memminger Bier‘ führte, gefallen und die Bestellung ging in einem plötzlichen Hustenanfall unter. Als er sich wieder beruhigt hatte, krächzte er: „Äh ein Spezi wollt ich sagen, ich bin ja leider im Dienst...“

„Grade noch mal gut gegangen“, dachte sich Rupert Fuhr auf seiner Eckbank. Obwohl er selbst aus Memmingen stammte, war sein Magen für Memminger Bier nicht gemacht. Memminger Bier bedeutete für ihn drei Tage Sodbrennen. Erleichtert nahm er einen Schluck aus dem Spezi-Glas und studierte die Pokale an der Stirnwand des Schankraumes. Sonst gab es nicht viel zu sehen. Der Raum war leer bis auf ihn, den stummen Reini und die zwei Herren in den interessanten Trainingsanzügen. Dabei war, wenn man ihre Körper-Silhouetten betrachtete, sofort klar: die Zeiten, in denen sie sich regelmäßig bewegt oder gar trainiert hatten, waren lange vorbei. Zudem rauchten beide, während sie stumm aus dem großen Fenster zum Sportplatz sahen, zügig und ohne große Unterbrechungen filterlose Zigaretten. Ab und an erhob sich einer der beiden Trainingsanzüge ächzend und wankte, verschwörerisch dem Mann hinter der Theke zublinzelnd, zur Toilette. Nicht ohne eine abschätzige Kopfbewegung in Richtung des Sportplatzes zu machen: „Des wäad nix mehr."

Rupert Fuhr lächelte still. Obwohl er in Memmingen geboren war, musste er immer wieder über die weit verbreitete Meisterschaft seiner Artgenossen staunen, wenn es darum ging, Missmut zu verbreiten. Nicht umsonst taten sich Menschen, die nicht im Voralpenland heimisch waren, schwer mit der Art der Eingeborenen. Selbst sein Kollege Brandl, der sich ‚eigentlich' als Württemberger bezeichnete, hatte Jahre gebraucht um sich in Kempten heimisch zu fühlen. Wobei Fuhr, wenn er es sich recht überlegte, nie verstanden hatte, was dieses ‚eigentlich' zu bedeuten hatte. Entweder man war ein Württemberger, was sicher nicht einfach war, oder eben nicht.

Brandl war in der Nähe von Ulm aufgewachsen. Informationen zu seiner Kindheit und Jugend waren nicht einfach aus ihm herauszuholen. Das mochte er offenbar gar nicht. Trotzdem hatte er etwas genuschelt von Elchingen oder so. Fuhr kannte die Autobahnausfahrt. Das war nicht weit von Bayern weg, oder gehörte sogar rein geographisch noch dazu, aber so nahe bei Ulm: das war Württemberg. Ende und Aus. Und: ein Mann hatte zu seinem Schicksal zu stehen. Fuhr nickte zu seinen Gedanken, als die Tür aufging und mehrere Jugendliche in den Raum drängten. Das Spiel war offensichtlich beendet und dem Publikum gelüstete es nach Erfrischungen. Trotzdem gingen alle wegen des schönen Wetters, oder des unfreundlichen Mannes hinter der Theke, mit ihrem Getränk sofort wieder nach draußen. Gaide Brandl, der sich nur eine Trainingsjacke übergeworfen hatte, war das recht, er kam mit vorsorglich eingezogenem Kopf durch die Tür und setzte sich ungeduscht neben Rupert Fuhr. „Was ist los?“

„Grüß dich Gott lieber Kollege, dass du dir fei keinen abbrichst, vor lauter Freundlichkeit...“ Fuhr zog eine betont süßliche Grimasse, aber Brandl hatte keinen Sinn für ironische Variationen. Das Spiel war nicht gut gelaufen für ihn. Der stocksteife Fleischer und Robert Mang mit seinem kleinen Büchlein hatten ihm die Stimmung verdorben. Und er war – auch als Schiedsrichter – ein Stimmungsmensch. Er musste mit sich und der Umwelt im Reinen sein – sich sozusagen geliebt fühlen – um eine souveräne Leistung abzuliefern. Es war nicht gut gelaufen. Brandl strich seine wenigen Haare nach hinten: „Komm bitte zur Sache. Rita wartet.“

„Rita wartet wohl immer?“

„Lieber Kollege“, Brandls Stimme wurde schneidend „das geht dich gar nix an.“

„Ist ja gut, ist ja gut, sei doch nicht immer so… allgäuerisch...“ Fuhr schmunzelte frech und kramte eine Plastikhülle aus der Innentasche seiner Lederjacke. „Jetzt pass auf. Gute Nachricht.“ Er legte eine kleine, die Größe des Augenblicks hervorhebende Pause ein. „Wir haben die Adresse des Drohbriefschreibers.“

„Welcher Drohbriefschreiber?“ Gaide Brandl war in Gedanken immer noch beim Spiel und musste sich erst gedanklich umstellen.

Fuhr war sauer: „Welcher Drohbriefschreiber? An was arbeiten wir denn die ganze Zeit?“

„Ja, ja, ich weiß schon, der Neonazi.“

„Neonazi hast du gesagt“, stellte Fuhr richtig. „Jedenfalls haben wir ihn.“

„Okay, sag schon, wie geht das?“

Der blonde Rupert Fuhr nestelte an der Plastikhülle und kippte daraus einige kleine Papierstücke auf den Tisch. „Da.“

„Was ist das?“ Gaide Brandl drehte die Papierstücke um und sah, dass Buchstaben darauf waren. „Das sind doch die aus dem Brief...“

„Eben“, sein kleiner Kollege, der wie immer, wenn er aufgeregt war, zunehmend in seinen Heimatdialekt verfiel, lächelte stolz. „Dia vom Briaf. Und jetzt schau mol gnauer naa. Vor allem auf d' Rückseite.“

„Da sind auch Buchstaben drauf, und eine Zahl.“

„Jjjaa!“, jauchzte Fuhr. „So ischt es. Buchstaben. Ond a Zahl. Und die Zahl ischt eine Hausnummer und dia Buchschtaben gehören zu einer Adresse. Und die Adresse ischtt en Thingers in Kempten und genau da wohnt d'r Drohbriefschreiber.“

„Wie bitte? Wie kommt ihr denn darauf“, Gaide Brandl verstand noch gar nichts.

„Pass auf“, Rupert Fuhr hob wichtig den Zeigefinger: „Dai Neonazi hott seine Drohbriaf-Buchschtaba aussera Zeitong g'schnitta. Aus einer abonnierten Zeitong! Verschtoohsch?“ Brandl blinzelte. „Du meinst, er hat den Aufkleber mit der Adresse mit ausgeschnitten, ohne es zu bemerken?“

Sein Kollege nickte weise und wohlwollend zu ihm hin: „Braaav. Em Brenziip hosch es.“

Der Kommissar in Schiedsrichterkleidung drehte die Papierstücke unentschlossen zwischen den Fingern: „Weiß die Chefin schon Bescheid?“

Fuhr nickte: „Klaar. Was moinsch du, waromm i di scho wieder vom Fuassball abholl?“

„Ich wusste doch, wenn du auftauchst, heißt das Arbeit.“

„Sei froh, dass g'sond bischt ond a Arbatt hoscht.“ Der kleine Blonde zeigte wieder wichtig mit dem Finger.

Trotzdem war sein Kollege wenig beeindruckt: „Danke für deine weisen und wertvollen Ratschläge. Dann werd ich mich mal umziehen."

Fuhr schüttelte energisch den Kopf: „Nix da, keine Zeit. Die Chefin will uns sofort. Rita absagen und dann los!"

Brandl sah trübe in den Schankraum: „Was ist das bloß für ein Leben." Dann folgte er dem Kollegen zur Tür und wunderte sich, wie der sich vertraulich vom Mann hinter der Theke, der keine Reaktion zeigte, verabschiedete: „Servus Reini! Danke für alles!"

„Kennt ihr euch?"

Fuhr schmunzelte: „Eigentlich nicht. Aber ich bin überzeugt, wir könnten die besten Freunde werden. Irgendwann."

Gaide Brandl beschloss nicht über diese rätselhaften Worte nachzudenken. Er musste Rita anrufen. Dieses Problem reichte ihm für den Moment.

17

Rudi Kargus schob den Höhenregler entnervt nach oben und sah aus dem Fenster der Kabine über den Rand der Balustrade. Er konnte die drei Musiker auf der Bühne am anderen Ende des Saales gut sehen und auch gut hören. Gut genug jedenfalls, um sofort zu bemerken, dass zuviel Höhen drin waren. Rudi Kargus saß in der Soundbox, die auf der Empore des Kornhaussaales installiert war und maulte: „Wenn es der Herr so will. Bitteschön. Wenn der Herr es mag, wenn's pfeift. Bitteschön." Soundchecks mit Amateuren waren die schlimmsten. Denen konnte er es niemals recht machen. Amateure wussten alles besser und ließen sich niemals etwas sagen. Kargus schüttelte sich nervös eine Zigarette aus der Packung und suchte nach Feuer.

„Scheiß Job. Scheiß Amateure. Alles Amateure." Was die Einteilung nach Profis und Amateuren anging, war der Soundmann des ‚Punktum' äußerst streng. Im Prinzip waren für ihn alle Amateure, die keine Weltklasse waren. Anfänger, für ihn, der es mit den ganz Grossen zu tun gehabt hatte. Max Roach. McCoy Tyner. Dave Bruebeck. Abdullah Ibrahim. Und so weiter und so weiter. Meine Güte, was sollte einem Mann, der die ganz Grossen abgemischt hatte, schon noch begegnen an musikalischer Klasse. Und – darauf legte Rudi Kargus Wert – die ganz Grossen waren im Umgang immer sehr problemlos. Wirklich problemlos. ‚Ruudi', hatte Max, Max Roach damals zu ihm gesagt, damals in den Neunzigern. Kargus konnte sich sehr gut an den Abend erinnern, ein Abend den keiner vergessen würde, der dabei war. Also Max hatte damals nach dem Auftritt zu ihm gesagt: ‚Ruudi you gotta go to New York. You're a top man.' Wie oft hatte er diesen Ausspruch schon zitiert, wenn man zusammensaß und die Festivals passieren ließ: ‚Ruudii, you gotta go to New York…' Er hatte sich ein T-shirt mit ‚TOP MAN' bedrucken lassen und es wochenlang getragen. Ein halbes Jahr oder so, war er wie in einem sanften Traum gewandelt, nur noch sehr halbherzig seiner Arbeit bei Radio Allgäu nachgegangen. Eigentlich war er schon in New York. Music City. Er hatte sich jede TV-Sendung angesehen, jeden Artikel in jeder Zeitung über die Stadt gelesen. Er war schon fast ein New Yorker. Schließlich hatte ihn Max Roach quasi eingeladen… ‚Ruudii, you gotta go…' Rudi Kargus sah sich schon im ‚Blue Note' oder im ‚Tramps' hinter dem Mischpult sitzen. Auf Du und Du mit den berühmten Marsalis-Brüdern. Er wusste: ‚ich muss da hin!' Und im Herbst nach der Max Roach-Geschichte machte er sich, zusammen mit ‚Grantler', tatsächlich auf die Reise zum Big Apple. Mitte der Neunziger konnte man noch für 700 Mark nach New York fliegen.

Als sie über Manhatten kreisten und unter sich bis zum Horizont nichts als Häuser sahen, wurde ihnen etwas mulmig zumute. Grantler ruckelte an seiner großen Brille, als ob er nicht glauben konnte, was er da sah. Rudi Kargus staunte nicht weniger: „Hast du so was schon mal gesehen?“ Sie waren sehr beeindruckt. Sie landeten in Newark und setzten sich in einen Bus, der sie zur Pennsylvania Station brachte. Im Taxi zum Washington Square klebten sie stumm an der Scheibe, bis sie in Greenwich angekommen waren, wo sie in einem nicht allzu teuren Hotel wohnten. Abends machten sie sich auf den Weg, um die Stadt unsicher zu machen. Aber die Stadt war ihnen über. Zu groß, zu laut, zu unberechenbar. Natürlich waren sie in einigen Clubs, wie dem Village Vanguard, natürlich streiften sie ein wenig durch den Central Park, aber es war ihnen in der Seele nicht recht wohl. Sie sahen mit offenem Mund Obdachlose, die ihre gesamte Habe in einem Einkaufswagen mit sich führten und sie wurden auf offener Straße von Kleindealern angemacht: „Smoke? Smoke?“ Und als Rudi Kargus freundlich seine Zigarettenschachtel zeigte: „Thank you, I have to smoke“, mussten sie sich giftsprühende Beschimpfungen gefallen lassen und machten, dass sie schnell weiterkamen. Rudi Kargus und Grantler wurden mit jedem Tag einsilbiger und nachdenklicher. Sie frühstückten immer im selben Cafe und die Bedienung nannte Grantler schon am zweiten Tag ‚Honey‘. Der fand das reichlich übertrieben, schließlich kannte man sich kaum. Und mochten die riesigen Wolkenkratzer auch noch so ungeheuer über ihnen aufragen – sie vermissten dennoch den Blick auf den Sendemasten am Grünten.

Nach einer Woche waren Rudi Kargus und Grantler die glücklichsten Menschen der Erde, als sie wieder im Taxi zur Pennstation saßen und von da wieder im Bus nach Newark. Und von da im Flugzeug in die Heimat. Obwohl sie über Rom fliegen mussten und die gesamte Reise inmitten von drei Dutzend italo-amerikanischen Jugendlichen verbrachten. Die den für junge Menschen und dazu noch italienische Menschen üblichen Radau veranstalteten. Rudi und Grantler war es egal: Hauptsache heim! Sie waren für ihr Leben kuriert von der Sehnsucht nach der großen Jazz-Welt. Von nun an würde es ihnen genügen, wenn die große Jazz-Welt einmal im Jahr zu ihnen nach Kempten kam. Rudi Kargus ‚TOP MAN' T-shirt durfte nur noch selten aus dem Schrank. Trotzdem fühlte er sich nach diesem Abenteuer mehr denn je mit allen Wassern gewaschen, die das Geschäft zu bieten hatte. Wasser, von denen diese Amateure, die ihm die Arbeit am Mischpult erschwerten, keine Ahnung hatten. „Mehr Höhen, Rudi!" Natürlich fing das Mikro zu pfeifen an. Die Akustik im Kornhaussaal ist nicht gut. Da führt kein Weg dran vorbei. Da müssen Fachleute ran. Kargus saß in seiner Soundbox auf der Empore, sah auf das Mischpult und die Monitore und war wütend. Er wollte sich entnervt die Zigarette anzünden, die er schon eine Weile kalt zwischen den Lippen hatte und fand kein Feuerzeug. Plötzlich flammte ein Zündholz neben ihm auf und er erkannte Schneider mit der Baskenmütze. Schneider mit den vielen kleinen Narben gab ihm Feuer. „He Schneider, danke. Bist du schon länger da? Hast du dir wieder was abgeguckt?" Er wusste, dass der rothaarige Schneider sich brennend für die Technik des Mischpults interessierte. Wann immer es ging, fragte er Rudi Kargus über die Details der Bühnentechnik aus. Dabei war er aber sehr zurückhaltend und bemüht, keinesfalls den Ablauf des Soundchecks oder des Auftritts zu stören. Kargus lächelte gutmütig. Er vermutete schon längst, dass ihn Schneider eines Tages am Mischpult in der Soundbox zu beerben gedachte. Kein Wunder. Schneider war schon sechs Jahre Mitglied im ‚Punktum' und immer noch nur für den Musikertransport zuständig. Vom Flughafen in München oder Stuttgart nach Kempten und abends ins Hotel. Nahe genug an den großen Musikern, nahe genug an der großen Musik, aber keine wirklich wichtige Funktion. Auch in einem Kleinkunstverein musste man sich hochdienen und die üblichen Sprossen auf der Hierarchie-Leiter nehmen. Die Chancen für einen schnellen Aufstieg hatte sich Schneider wahrscheinlich schon vor einiger Zeit verscherzt, als er den – wie ihn Rudi Kargus nannte – ‚Großen Vorsitzenden' einen ‚wichtigtuerischen Linkmichl, dem die Musik am Arsch vorbeigeht', genannt hatte. Nicht etwa in Anwesenheit von Gerd Kränzle – aber vor Zeugen. Und in den meisten Vereinen bleibt dem Vorsitzenden wenig verborgen. Das gehört zum Wesen des Vereins, zum Wesen der üblichen vereinsinternen Macht- und Positionskämpfe. Gerd Kränzle hatte Schneider wegen der Linkmichl-Äußerung nie zur Rede gestellt. Sein Verhalten gegenüber ihm veränderte sich kaum spürbar, aber auf die Dauer nachhaltig. Schneider war nach und nach für alles zuständig, was ihn von den Konzerten fernhielt. Wo doch alle genau wussten, wie sehr er, der früher selbst Musiker war, den Jazz liebte. Kargus erinnerte sich noch gut an die Sache mit dem von Schneider abgöttisch verehrten Dave Bruebeck. Das Konzert hatte gerade angefangen, als Schneiders Handy zu vibrieren anfing. Kränzle war am anderen Ende und untröstlich, aber leider musste jemand sofort zu der Tankstelle am Allgäuer Tor fahren um Heineken Bier zu besorgen. Weil Dave Bruebeck kein anderes Bier akzeptieren würde und der Manager sei schon auf hundertachtzig. Schneider raste auf die Autobahn und zur Tankstelle am Allgäuer Tor. Die hatten noch nie Heineken Bier und auf den verzweifelten Anruf von Schneider hin, musste sich Gerd Kränzle korrigieren: er hatte natürlich die Tankstelle am Berliner Platz gemeint. Als Schneider wutschnaubend wieder am Kornhaus ankam, war das Konzert zu fast vorbei. Wie sich später herausstellte, trank Dave Bruebeck überhaupt kein Bier.

„Wie findest du den Sound? Zu viel Höhen, oder?" Kargus wusste genau, dass zuviel Höhen drin waren, aber er wollte Schneider eine Freude machen. Der schien schon die ganze Woche nicht sehr glücklich zu sein, und nach dem Tod von Doc Williams war er praktisch nicht mehr ansprechbar. „Höhen raus? Gell?" Schneider rückte seine Baskenmütze zurecht und nickte unaufmerksam. Er reckte den Hals und sah nach unten in den Saal. Durch eine der großen Doppeltüren waren offenbar Leute hereingekommen. Rudi Kargus kniff die Augen etwas zusammen: „Ist das der Spezi?" Einer aus der Gruppe war tatsächlich Klaus Zanker, genannt Spezi, der etwas rundliche Techniker. Er eilte mit kurzen, geschäftigen Schritten durch den Mittelgang in den Saal, drehte sich um und winkte nach oben.

„Der will was von uns..." Schneider reckte sich noch mehr, um besser zu sehen.

„Du sei so gut und schau, was der will", knurrte Rudi Kargus ärgerlich. Er mochte es gar nicht, wenn man ihn beim Soundcheck störte. Besonders beim Soundcheck mit Amateuren, das zog sich nach seiner Erfahrung immer unendlich in die Länge. Er saugte genervt an der Zigarette: „Und – was gibt es?"

Schneider war zurückgekommen, nahm fahrig die Baskenmütze ab und wischte sich über die Stirn: „Wir müssen runter. Die wollen was von uns wissen..."

„Ausgerechnet jetzt, hat das nicht Zeit?" Kargus deutete verzweifelt auf die Monitore und Regler. Dann sah er die weit geöffneten Augen Schneiders und wusste, dass es wohl ernst war: „Was ist denn mit dir? Du bist ja käsweiß."

„Kripo. Es ist scheinbar wegen der Doc Williams-Geschichte."

„Na logisch. Aber das ist doch nicht tragisch. Wir haben doch niemand umgebracht. Oder?", lachte Rudi Kargus ohne auf eine Antwort zu warten und machte sich auf den Weg nach unten. Schneider biss sich auf die Lippen, sah ihm ernst und traurig nach und folgte nur zögernd.

18

Das ‚Cafe Art' lag im Kornhaus direkt neben der Eingangshalle. Nur durch eine Glastür getrennt, konnte man vom Cafe aus gut hinübersehen. Rupert Fuhr setzte sich so, dass er den Eingangsbereich des Kornhauses im Blick hatte. Er hatte eigentlich noch seinen Kollegen Brandl erwartet, aber vielleicht war dem wieder mal seine Rita in die Quere gekommen, er war jedenfalls noch nicht aufgetaucht. Fuhr schmunzelte leicht vor sich hin und klopfte dann energisch auf den ovalen Tisch, um den die Soundleute des ‚Punktum' und Helena Kreidlers Assistent Frank Schober saßen. „Herrschaften – bitte, wir sind hier nicht zum Spaß!"

Die wie erregte Hausfrauen plappernde Runde verstummte fast erschreckt und sah den Polizisten mit großen Augen an.

„Frank, sie nehmen sich die Herren Schneider und Zanker vor", dirigierte Fuhr den jungen Schober mit einer kurzen Handbewegung an einen Tisch weiter hinten im Cafe. „Wir", er deutete auf Grantler und Rudi Kargus, „machen es uns hier gemütlich. Apropos gemütlich – noch ein Apfelsaftschorle!" Er winkte etwas übertrieben in Richtung der hübschen Bedienung, die neugierig die sich nun umsetzende Gruppe betrachtete und schnell und beflissen zu Fuhrs Tisch kam. Sie ahnte, es war Interessantes im Gange.

Als alle bestellt hatten, legte Rupert Fuhr konzentriert den Zeigefinger an die Nase: „Wir wissen, glaub ich, alle, um was es geht. Sonntagabend vor drei Tagen. ‚Doc' Williams fällt während eines Soundchecks tot um. Es schien sich zuerst ganz eindeutig um einen Unfall zu handeln. Kurzschluss mit fatalen Folgen sozusagen... aber... wie sie wissen, deutet zwischenzeitlich einiges darauf hin, dass es bei dem sogenannten Unfall nicht mit rechten Dingen zuging." Grantler ruckelte unbehaglich an seiner großen Brille und sah sich vorsichtig um. „Man hört so dies und das", murmelte er undeutlich in seinen Schnauzbart. „Nichts Genaues, halt was der Spezi so rausgelassen hat... Da ist was manipuliert worden, oder?"

Fuhr nickte, er wusste natürlich, dass die Informationen, die Klaus Zanker an die Polizei weitergegeben hatte, den anderen nicht verborgen geblieben waren. „Genaugenommen wissen wir noch nicht mehr, als dass ein Kabel manipuliert wurde. Das steht wohl außer Zweifel. Euer Kollege Zanker meint, das muss jemand mit Absicht gemacht haben, das war keinesfalls eine morsche oder sonst wie fahrlässig gemachte Isolierung, die den Kurzen ausgelöst hat."

„Ein astreiner Mordanschlag also", Rudi Kargus fingerte sich eine Zigarette aus der Packung und suchte nach Feuer.

„Das ist die Frage", Rupert Fuhr sah mit gefurchter Stirn auf den seine Rauchutensilien Zusammensuchenden und rümpfte die Nase, als würde Kargus schon den ungeliebten Rauch zu ihm hin blasen: „Wegen so einer Sache muss man nicht tot umfallen..."

„Einer, der einen Herzschrittmacher hat, aber schon..." murmelte Grantler wieder in seinen Bart.

„Und dazu nasse Schuhe..."

Rupert Fuhr staunte in Richtung Kargus: „Woher wissen Sie denn das?"

„Na, es hat geregnet. Ich bin doch grade noch trocken reingekommen und Williams ist ein paar Minuten nach mir rein. Pitschnass. Ein richtiger Profi."

"Was hat das mit Profi zu tun?"

Rudi Kargus reckte sich: „Weil er mit seinem Verstärker nicht zufrieden war und sich noch einen besorgt hat, und ihn unter allen Umständen noch vor dem Auftritt ausprobieren wollte. Im Publikum hätte kein Schwein den Unterschied gemerkt, aber – ihm war es wichtig, weil er einen erstklassigen Sound haben wollte. Ein Profi halt."

„Haben Sie das gewusst, mit dem anderen Verstärker?"

Kargus schüttelte den Kopf: „Erst eine halbe Stunde davor. Da hat mich sein Road-Manager angerufen. Dass ich noch mal kommen muss. Ich hab keine Sendung gehabt, im Radio, und bin gleich los..."

„Es hat also keiner außer Ihnen gewusst, dass ein zweiter Soundcheck fällig wird?"

„Keine Ahnung. Es könnte ja sein, dass der Manager schon vorher rumtelefoniert hat... keine Ahnung..."

Grantler ruckelte wieder an seiner Brille: „Ich habs jedenfalls nicht gewusst und von den anderen", er wippte mit dem Schädel in Richtung der weiter hinten sitzenden Gruppe „glaub ich, auch keiner."

„Na, das werden wir ja dann vom Kollegen Schober hören. Jetzt bleibt nur noch die wichtigste Frage: hat einer von Ihnen während des ersten oder zweiten Soundchecks jemand gesehen, den er nicht kannte?"

Kargus saugte enttäuscht an seiner immer noch nicht brennenden Zigarette und sah konzentriert zu Boden.

„Da sind immer einige Leute, die ich nicht kenne", brummelte Grantler. „Die bauen da ihre Bücherstände und CD-Tische auf... dann kommt mal jemand von der Zeitung, oder einer, der einen sucht... da ist immer ein Kommen und Gehen..."

Fuhr hatte verstanden: „Es wäre für einen, der da was drehen wollte, nicht schwer, in den Saal zu kommen und ein Kabel auszutauschen?"

„Das ist gleich passiert", nickte Kargus.

„Unter einer Voraussetzung..."

„Und die wäre?“

„Er muss sich auskennen mit der Anlage. Und zwar gut.“

Fuhr zog eine kritische Schnute. „Wer kennt sich denn am besten aus?“

Grantler rollte wie schuldbewusst mit den Schultern: „Na, wir natürlich...“

„Ja schon. Klar, aber einer, der sich insgesamt mit dieser Art von Technik beschäftigt, kann das auch, wenn er eine Weile aufmerksam zuguckt...“, stellte Rudi Kargus richtig. „Außerdem“, er lachte gekränkt auf „wer von uns sollte einem Musiker schaden, oder ihn gar umbringen wollen? Die Musik und das Festival ist doch unser ein und alles.“

Rupert Fuhr nickte nachdenklich: „Eigentlich gehen wir nicht davon aus, dass die Mitglieder des Vereins, zumindest der kleine Kreis, der direkt mit den Musikern zu tun hat, da die Finger drin hat“.

„Na, da sind wir ja beruhigt, wäre ja auch der Gipfel. Da bemüht man sich jahrelang darum gute Musik nach Kempten zu holen und wird dann noch des Mordes beschuldigt...“ Grantler machte jetzt seinem Namen alle Ehre. Er war richtig grantig. „Arbeitet für nichts praktisch rund um die Uhr und muss sich dann noch... hier wegen Mordes rechtfertigen...“

„Langsam, langsam, von Mord war nicht die Rede. Aber dass irgendjemand die Finger drin hat ist doch wohl eindeutig und deswegen...“ Fuhr reckte den Hals, als er bemerkte, dass die Runde am hinteren Tisch sich offenbar aufzulösen begann. Frank Schober verabschiedete Schneider und Zanker und begann sofort eifrig in sein Blöckchen zu schreiben.

‚Hoffentlich hat es einen Wert‘, dachte Fuhr. Dann wandte er sich an Rudi Kargus: „...Weil die Ursache ein technischer Defekt war, müssen wir die Techniker natürlich besonders genau im Blick behalten. Aber ich glaube trotzdem, dass wir, was die Williams-Geschichte betrifft, mehr oder weniger miteinander fertig sind. Vielleicht brauch ich noch den einen oder anderen technischen Tip von Ihnen."

„Was die Technik angeht, können Sie jeden von uns fragen. Auf irgendeine Art kennt sich jeder von uns aus."

„Mit Ausnahme vom Schneider", knurrte Grantler „der kennt sich bloß mit Autos aus."

„Täusch dich nicht", Rudi Kargus wackelte mit dem Zeigefinger „der Schneider informiert sich über die Technik, wo er nur kann. Der will bereit sein, falls er mal einspringen muss. Der hat viel mehr Ahnung, als man denkt. Gell Herr Schneider?"

Der Angesprochene war gerade am Tisch angekommen und hatte nur die letzten Worte gehört: „Bitte was?"

Kargus lächelte: „Nichts Wichtiges, ich hab dich nur grade gelobt."

Schneider zuckte ratlos die Schultern und sah vorsichtig zu Polizeihauptmeister Fuhr hin. Der machte sich gerade auf, um seinen jungen Kollegen am anderen Tisch abzuholen und verabschiedete sich mit einer alle Anwesenden einschließenden Geste: „Danke für die Mitarbeit und – trotz der traurigen Geschichte – viel Erfolg fürs Festival."

Die Herren bedankten sich und gingen durch die Glastür hinüber, um ihrer eigentlichen Bestimmung nachzugehen. Frank Schober hatte derweil immer noch einiges zu schreiben.

„Und?" Fuhr musste wieder etwas schmunzeln und dachte kurz an seine eigene frühe Zeit bei der Kripo: „Haben Sie was Wichtiges in Ihren Notizen?"

Schober blätterte rasch hin und her: „Eigentlich... also gesehen... also Unbekannte – haben die beiden bewusst niemand. Es sind halt immer Leute unterwegs... die die Stände mit den Büchern aufbauen..."

„Ich weiß, ich weiß", unterbrach ihn sein älterer Kollege „gibts was interessantes zur Technik?" „Nö, eigentlich nicht. Zanker kennt sich sehr gut aus. Das ist ja kein

Geheimnis. Und der andere, der Schneider sagt, er hätte überhaupt keine Ahnung. Kann nur die Musiker durch die Gegend fahren. ‚Ein technischer Steinzeitmensch' hat er gesagt. Wörtlich".

„Seltsam", Fuhr legte die Stirn in Falten, „der Kargus scheint dem – wie heißt er? – Schneider – da mehr zuzutrauen. Technisch gesehen."

Schober verstaute sein Blöckchen und war zum Aufbruch bereit: „Na ja, das wird der Schneider wohl am besten wissen, ob er sich auskennt oder nicht."

„Genau. Aber der Schneider ist einer, der sich nichts zutraut. Bisschen verdruckt..."

„Das ist vielleicht auch wegen der Narben im Gesicht... das kann einen Menschen schon hemmen", Schober machte wichtige Nasenlöcher.

„Die Narben. Ja. Wo hat er die eigentlich her?"

Der junge Kollege zuckte die Schultern: „Keine Ahnung. Ein Unfall wahrscheinlich..."

Rupert Fuhr sah wieder auf seine Armbanduhr: „Au verreck, jetzt wirds aber Zeit , die Kreidler wartet nicht gerne."

„Präzise", sagte Frank Schober mit bedeutungsvoll gelüpften Augenbrauen.

VIERTER ALBTRAUM

Ein Wunder! Ein leibhaftiges Wunder! Der Bub konnte sich nicht satt sehen an dem goldenen Kleid und den goldenen Handschuhen, die bis zu den Oberarmen der wunderschönen, dunkelhaarigen Frau reichten. An den glitzernden großen Ohrringen und der matt glänzenden Halskette. Unwillkürlich atmete der Bub tief durch die Nase ein: wie sie wohl riechen würde...? Die Frau kam mit schwingenden Hüften und sehr anmutigen Schritten über den Steg des Bootes an Land. Sie sang: „Presto, presto, do your very besto, don't hang up like a shy little kid..." Der Bub konnte die Zeile auswendig mitsingen. Er getraute sich aber nicht so recht, als würde er damit den Zauber zerstören, den die Szene ausstrahlte. Alles war so unwirklich, auch der blonde Junge, der die Frau auf seiner Mundharmonika begleitete: „Presto, presto..." Wie er ihn beneidete. „Mama, wie heißt die Frau?", fragte er seine Mutter, die neben ihm auf dem Sofa saß. „Das ist Sophia, mein Sohn", antwortete die Mutter sanft. „Sophia Nationale." „Nationale?", er verstand nicht, aber es war nicht wichtig. Wichtig war, dass er und seine Mama und die Katze ‚Kapiertnix' auf dem grünen Sofa saßen und ihr Lieblingsfilm lief – Hausboot.

Wie schön, sie hatten sich so auf den Film gefreut und nun war alles noch schöner! Sie brauchten gar keinen Fernseher! Der Film lief mitten im kleinen Wohnzimmer. Sophia und der blonde Junge und das Hausboot waren Wirklichkeit. Das Wasser plätscherte an die Tapetenwand und im Teppichboden waren die Abdrücke der Schuhe der schönen Sophia zu sehen. Sophia hob die Arme und dirigierte: „Avanti! Cantare!" Und dann sangen sie alle miteinander „Presto, Presto do your very besto, don't hang up like a shy little kid..." Es war ein Wunder. Besonders als Sophia, Sophia Nationale auf den Bub zukam, mit ausgestreck-

ten weichen Armen und goldenen Handschuhen. Sogar ‚Kapiertnix', die sonst lange brauchte, um etwas zu verstehen, legte den kleinen, grau-weißen Kopf begeistert schief.

Dann legte sich ein Schatten über Sophia und das Hausboot und die Katze und den Buben. Die Stimme seines Vaters sagte: „Muss das sein, immer dieser italienische Kram. Hast du noch nicht genug davon?" Seine Mutter antwortete matt und seltsam müde: „Das ist ein amerikanischer Film. Das einzig italienische daran ist Sophia Loren..." „Ich mag es aber nicht, wenn in dieser Wohnung italienisch gesungen wird." Der Bub spürte, wie ihn der Mann hochhob und fest an sich presste. Er spürte die Bartstoppeln an seiner weichen Wange und spürte die Kraft, die ihn hilflos machte. Als ihn der Vater durch die Tür trug, sah er seine Mutter immer noch auf dem grünen Sofa sitzen.

An dieser Stelle stöhnte Gaide Brandl unruhig im Schlaf. Wenn er aufwachte musste er lange an seinen Vater denken, den er nie richtig kennen gelernt hatte, obwohl er ihn viele Jahre gekannt hatte.

19

Es dämmerte schon, aber man konnte das ‚Dr. Mario Brettschneider – Alle Kassen', auf dem rauchgrauen Kunststoffschild neben der dunkelbraun gebeizten Tür noch gut lesen. Eine sehr solide Tür, ein sehr dunkles Braun, wie es in den Siebziger-Jahren beliebt war. Gaide Brandl klingelte ein zweites Mal. Aus der Tiefe des Hauses, das etwas zurückgesetzt an der Haubenschlossstraße lag, klang deutlich Musik. Wahrscheinlich hatte der Hausherr die Glocke nicht gehört inmitten der Klangorgie, die da irgendwo im Haus stattfand.

‚So sind sie, die Musikfreunde', dachte Brandl. ‚Gedudel wo man geht und steht.' Und Brettschneider war ein anerkannter, sozusagen amtlich bestätigter Musikfreund. Schließlich war er – neben Gerd Kränzle natürlich – das einzige wirkliche Gründungsmitglied des ‚Punktum'. In dem von ihm ursprünglich ‚erfundenen' und maßgeblich ins Leben gerufenen Verein, hatte der Zahnarzt allerdings keinen Platz mehr. Es hatte schon vor langer Zeit ‚Unstimmigkeiten' mit Kränzle gegeben. Obwohl niemand aus dem jetzigen Verein genau wusste, was damals vor über fünfzehn Jahren passiert war: seit damals war Kränzle für Brettschneider ‚gestorben'. Zumindest ignorierte er ihn für jeden ersichtlich und mit beeindruckender Hartnäckigkeit schon seit vielen Jahren. Auch wenn sie sich während des Jazz-Frühlings oder bei anderen Veranstaltungen trafen, die der ‚Punktum' veranstaltete.

‚Todfeind. Der ist dem Gerd sein Todfeind...' hatte Klaus Zanker während der ersten Vernehmung, kurz nach Doc Williams Tod gemurmelt. Als Gaide Brandl die Frage stellte, wer wohl dem Verein unfreundlich gesinnt sei. Dieses ‚Todfeind' war dem Kommissar eingefallen, als es darum ging, eine nochmalige Vernehmung der ‚Punktum'-Mitglieder zu organisieren, die zur fraglichen Zeit am Tatort waren.

Polizeikommissar Brandl seufzte und drückte noch einmal, diesmal sehr lange und energisch, auf den kleinen Klingelknopf. Jetzt tat sich was. Im Hausgang ging das Licht an und kurz darauf öffnete eine etwa sechzigjährige Frau mit beinharter Dauerwelle die Tür. Sie hob erstaunt die Augenbrauen, als sie den ihr unbekannten Mann sah: „Sprechstunde ist zur Zeit keine. Um die Zeit schon gar nicht."

Gaide Brandl hielt seinen Ausweis hoch: „Ich hab nichts mit den Zähnen. Ich bin von der Kripo Kempten und wollte den Herrn Brettschneider sprechen."

Die Frau musterte ihn von oben bis unten, als sei es ihr ein Rätsel, dass jemand von der Polizei so groß und dünn sein könne: „Herr Doktor Brettschneider ist im Moment glaub ich nicht zu sprechen. Er hat zu tun."

„Das hört man", der Kommissar legte ungeduldig den Kopf schief. „Würden Sie ihm einfach Bescheid sagen? Es geht um den Tod des Jazzmusikers Williams und um den ‚Punktum' allgemein."

„Na gut, wie Sie wollen." Die Dauerwelle verschwand im Haus und ließ Brandl vor der Tür stehen. Kurz darauf rumpelte es im Gang und mit großen Schritten kam Mario Brettschneider zur Tür: „Wer ist da?" röhrte er .

„Kommissar Brandl, von der Kripo Kempten. Ich hab Ihrer Frau..."

„Das ist nicht meine Frau, das ist Frau Wegerich, meine Haushälterin. Was wollen Sie?" Brettschneider baute sich nicht sehr gastfreundlich vor dem Kommissar auf. Der in ihm sofort den massigen Mann im Trenchcoat aus ‚seinem' Konzert erkannte. Dem Konzert, in das ihn sein Kollege Fuhr gelotst hatte. „Ich hab es Ihrer Frau Wegerich schon gesagt. Es geht um den Tod von Doc Williams..."

„Aha, und was hab ich damit zu tun?", unterbrach ihn dröhnend der Zahnarzt.

„Es ist so, dass noch nicht genau geklärt ist, ob es sich um einen Unfall gehandelt hat. Wir brauchen einfach noch Informationen aus dem Umfeld des ‚Punktum'..."

„Und da fragen Sie mich? Wenn jemand nicht zum Umfeld des Punktum gehört, dann bin ich das!" Von hinten rief die Haushälterin: „Wollen Sie nicht lieber hineingehen, meine Herren? Das muss die Nachbarschaft ja wohl nicht alles mitkriegen."

„Mir doch egal", rief Doktor Brettschneider mit Stentorstimme. Er winkte Gaide Brandl aber trotzdem herein und ging mit großen, schnellen Schritten voraus. In das Zimmer, aus dem Jazz-Musik in voller Lautstärke dröhnte. Ein Zimmer voll mit Notenblättern, Schallplatten und CDs, die scheinbar wahllos über den Teppich verstreut waren. Mehrere Saxofone lagen auf dem Sofa. Der Polizist hätte sich liebend gerne die Ohren zugehalten, aber er zügelte seinen Impuls und bemühte sich um so etwas wie eine interessierte Mimik. Sofort begann der Doktor begeistert mit dem Kopf zu wackeln und tauchte großäugig direkt vor dem Kommissar auf: „Da! Hören Sie das? Das ist Musik! Das ist große Musik!"

„Können Sie bitte trotzdem ausmachen? Ich verstehe nämlich sonst kein Wort!"

Murrend drehte der erregte Zahnarzt an einem Regler der Anlage. Jetzt war es für Brandl zumindest erträglich.

Brettschneider brüllte: „Sie mögen Jazz?"

„Hin und wieder, kommt drauf an", log der Kommissar.

„Jazz mag man nicht hin und wieder. Entweder man liebt ihn, oder man hasst ihn. Ich liebe ihn!"

„Deswegen kann ich nicht verstehen, warum Sie nicht mehr Mitglied beim ‚Punktum' sind." Brandl fand den Augenblick günstig, um wieder auf das eigentliche Thema seines Besuches zu kommen.

„Das kann ich Ihnen ganz genau sagen", Brettschneider kam wieder ganz nahe heran, „weil der ‚Punktum' ein Sauhaufen ist. Und an seiner Spitze steht die Obersau."

„So? Wenn Sie von Herrn Kränzle reden, dann sehen das ja wohl nicht alle Leute in Kempten so." „Die Leute haben keine Ahnung. Wenn die wüssten, was der H e r r Kränzle für einer ist, würden die Leute keinen Euro mehr in den Verein tragen." Er flüsterte bedeutungsvoll: „Keinen einzigen Euro."

„Was ist denn der Herr Kränzle für einer?" Brandl senkte, dankbar für die akustische Beruhigung, ebenfalls die Stimme.

„Eine Drecksau, hab ich doch gesagt. Hab ich das nicht gesagt?"

„Doch, doch schon – bloß warum?"

„Weil es ihm nur um eines auf der Welt geht: dass er toll

dasteht! Immer mittendrin! Immer ‚Grüß Gott, Herr Bürgermeister', ‚Grüß Gott, Herr Landrat' – Haha!" Der Zahnarzt hatte leichte Schaumbläschen im Mundwinkel. „Dafür würde der H e r r Kränzle sogar die Existenz anderer Leute zerstören! Ohne mit der Wimper zu zucken!"

„Zum Beispiel?"

„Zum Beispiel meine!" Brettschneider stand mit in die Höhe gereckter rechter Faust mitten im Zimmer. „Nur weil ich damals eine kleine Krise hatte, damals vor fünfzehn Jahren, wollte mich der H e r r Kränzle ans Messer liefern! Von wegen, ich sei krank und wenn ich mich nicht aus dem ‚Punktum' zurückziehen würde, dann würde das alle Welt erfahren und dann sei ich erledigt!" Mit jedem Wort war die Ansprache lauter geworden und mit dem letzten Wort drehte der Zahnarzt entschlossen die Musik wieder lauter und begann wild mit den Fingern zu schnippen. Hinter seinem Rücken öffnete sich vorsichtig die Tür und die Betonfrisur von Frau Wegerich erschien. Sie machte dem Kommissar rasche Zeichen, die ihm wohl bedeuten sollten, dass es nun genug für Brettschneider wäre. Das Gefühl hatte Gaide Brandl allerdings auch. Er erhob sich inmitten der tobenden Musik, winkte dem weiterhin wild schnippenden Brettschneider beruhigend und das Halten eines Telefonhörers darstellend, abschließend zu und verließ die dröhnende Jazz-Höhle.

Draußen wartete die bleiche Haushälterin: „Er dreht grade wieder auf. Jeden Tag mehr. Krach von früh bis spät."

„Wie oft hat er denn das?"

Frau Wegerich zuckte die Schultern: „Zwei bis dreimal im Jahr. Je nachdem, wie er sich hält und wie er seine Medikamente nimmt."

„Und das schon seit fünfzehn Jahren?"

„Ja, ja schon lange. Schlimm ist es meistens während dem Jazz Frühling. Da brechen die alten Wunden wieder auf..."

„Die Geschichte mit Kränzle?"

„Ja, den hasst er mit Inbrunst. Genaues weiß ich auch nicht, aber was man sich halt so zusammenreimen kann aus dem, was er immer umeinander brüllt, wenn es wieder so weit ist." „Und das wäre?"

„Na, dass ihn der damals vor die Wahl gestellt hat. Entweder er hält sich aus dem Punktum heraus, oder er, der Kränzle, macht publik, dass der Herr Doktor... äh... also dieses Problem hat." „Vielleicht wollte er ihn nur schützen. Vor zusätzlicher Belastung oder so..."

„Das glaub ich kaum. Er muss dem Doktor schon ganz massiv gedroht haben. Nicht sehr schön. Nicht sehr gentlemanlike."

„Wenn der Doktor... so ist", Brandl bemühte sich um einen neutralen Tonfall, „zu was ist er da in der Lage?"

Frau Wegerich sah ihn erstaunt an: „In der Lage? Wie meinen Sie das?"

„Na ja, wenn man so beleidigt oder gar erpresst wird, könnte man doch auf die Idee kommen, sich zu rächen. Grade in der Zeit, wenn das Festival stattfindet. Man könnte auf die Idee kommen, jemandem wie Herrn Kränzle die Suppe zu versalzen..."

Jetzt verstand die Haushälterin:

„Sie meinen üble Nachrede? Sie meinen Informationen an die Zeitung?"

„Ich meine technische Sabotage." Brandl sah die Ratlosigkeit in Frau Wegerichs Gesicht: „Irgendwas kaputt machen, dass die Technik nicht mehr geht. So was in der Art."

„Ach nö. Das nicht. Niemals. Der Doktor ist ein großer Krakeeler, wenn er... das Problem hat, aber er tut keiner Fliege was zu Leide."

„Drum mein ich ja. Vielleicht macht er was kaputt...?"

„Nein, das glaub ich nicht, das kann er auch nicht. Der ist technisch völlig ungeschickt. Ich kenn ihn nun seit dreißig Jahren. Der kann nicht mal eine Sicherung eindrehen. Außerdem sein Zorn auf den Kränzle ist längst nicht mehr so tragisch. Zu lange her. Die Zeit heilt alle Wunden…" „Sie meinen..?"

„Er kann einfach nicht mehr zurück. Er ist schon zu lange beleidigt."

Der Kommissar nickte. Dieses Phänomen kannte er gut von sich selbst. Wenn ein Mann beleidigt ist, muss es sehr gute Gründe geben, um diesen Zustand zu verlassen. Aus dem Musikzimmer begann nun zusätzlich ein Saxofon zu quietschen und quengeln. Die Geräuschkulisse wurde fast unerträglich.

„Ich geh dann mal lieber", Gaide Brandl reichte der Haushälterin, erleichtert, dass er den Ort der grauenhaften Töne verlassen konnte, die Hand. Die nickte ihm resigniert zu: „Sie haben es gut. Am liebsten würde ich mitgehen, das können Sie mir glauben."

„Das glaube ich Ihnen aufs Wort," schmunzelte der Polizist und ging zur Straße, wo ihn sein babyblauer Santana 2000 erwartete.

20

Polizeikommissar Brandl saß erschöpft in seinem hässlichen Automobil und war froh, dass die Ampel an der Kreuzung beim Hotel Peterhof Rot zeigte. Einen Moment Ruhe nach einem langen, mühseligen Tag. Ärger, nichts als Ärger. Schon in aller Herrgottsfrühe hatte die Katze auf den Teppich gekotzt. Auf den hellgrauen Teppich. Kapiertnix hatte noch nie gekotzt. Die Katze war nicht sonderlich klug, aber sie wusste, wo sie hinkotzen konnte, und wo nicht. Er hatte sie geschimpft und über das Geländer des Balkons geworfen. Der Balkon war ebenerdig und ein ‚Sturz' aus dieser Höhe war für eine Katze kein Problem. Trotzdem tat sie ihm jetzt Leid. Das arme, krummbeinige Ding, das so leicht zu erschrecken war. Konnte leicht sein, dass sie sich jetzt drei Tage irgendwo verstecken würde, aus

Kummer. Er musste sie jetzt unbedingt suchen und ihr über den grau-weißen Kopf streicheln. Damit sie wusste, es ist alles wieder gut. Kapiertnix war doch so empfindsam.

Ganz anders als seine Chefin, die Kreidlerin. ‚Ein zäher Brocken'. Brandl schüttelte fast anerkennend den Kopf. Ein zäher und unglaublich ehrgeiziger Brocken. Eine Frau, die wenig von einer Frau nach Brandls Geschmack hatte. Er mochte an Frauen vor allem, dass sie ganz anders als er selbst waren. Träger eines geheimnisvollen Wissens und einer für die Männer niemals nachvollziehbaren Logik. Sie waren Wesen von einem anderen Stern. Und sie waren den Männern überlegen. Definitiv. Die Überlegenheit der Polizeihauptkommissarin Kreidler war dagegen von anderer Natur. Sie hatte nichts von der geschmeidigen Geschicklichkeit, mit der ‚richtige' Frauen Probleme lösten. Die Kreidler traute dieser Fähigkeit nicht – wenn sie überhaupt darüber verfügte – sie agierte mit der allgemein bekannten, mit der männlichen Variante. Mit Härte, Konsequenz und manchmal fast verzweifelter Verbissenheit, wenn es darum ging, einen Fall zu lösen.

Besonders diesen, den Williams-Fall. Den sie noch vor kurzem kaum wahrgenommen hatte – weil ihr ein tödlicher Unfall auf Grund eines technischen Versagens zu popelig erschienen war. Plötzlich war Politik im Spiel. Und plötzlich war die Geschichte heiß. Brennendheiß. Ein Fall, an dem man sich die Finger verbrennen konnte, aber auch ein Fall, um sich ins Rampenlicht zu katapultieren. ‚Genau richtig für die Kreidlerin', Gaide Brandl fuhr sich seufzend durch die wenigen schwarzen Haare. Und wenn etwas richtig für seine Chefin war, dann bedeutete das Einsatz aller verfügbaren Mittel und aller verfügbaren Energien. Und vor allem: Ergebnisse um jeden Preis! Brandl war sich sicher, dass ihm die Polizeihauptkommissarin Kreidler den Fall nie anvertraut hätte, wenn sie die Brisanz dahinter geahnt hätte. Ein Fall für ihre Bluthunde Kromschröder oder Pröll. Nichts für ihn, den Mann ohne Ehrgeiz! Und – sie würde ihn bei der ersten Gelegenheit ausbooten. Wenn sich die allerkleinste Möglichkeit ergeben würde – ein Fehler – ein nachweisbarer Fehler! Und er würde wieder da sein, wo er keinen Schaden anrichten konnte.

Gaide Brandl lachte gekränkt auf. Er wusste, dass noch weitere schwere Tage auf ihn warten würden. Tage wie heute. Tage, an denen ihm Helena Kreidler Druck machen würde:

‚Was sagt das Labor?'

‚Nichts.'

‚Wie – nichts?'

‚Es gibt keine Fingerabdrücke und die DNS ist nicht bekannt'.

‚Was ist mit den Buchstaben?'

‚Wir gehen der Sache nach.'

‚Sie gehen der Sache nach? Na wunderbar! Was glauben Sie, für was Sie hier Gehalt bekommen?'

‚Um Sachen nachzugehen?'

‚Eben. Also – was ist mit den Buchstaben?'

‚Der Aboservice sagt, im Bereich dieser Hausnummern in Thingers gibt es nur eine Abonnentin von ‚Leben und Wohnen'...'

‚Das glaub ich gerne. Wer da wohnt, hat andere Sorgen... und?'

‚Und?'

‚Und – wer ist die Abonnentin?'

‚Eine Frau Gerlinde Betz...'

‚Aha.'

‚Nichts – aha. Frau Gerlinde Betz ist neunundsechzig Jahre alt...'

‚Was soll das bedeuten?'

‚Dass sie wohl kaum die von uns gesuchte Person sein kann.'

‚Sein kann, sein kann... irgendwas hat sie damit zu tun! Man hat schon Pferde kotzen sehen! Reden sie mit der Frau!'

‚Das tun wir.'

‚Wann?'

‚Morgen.'

‚Morgen früh und dann präzisen Bericht an mich. Aber tempo.'

‚Presto…'

‚Wie bitte?'

‚Nichts, ich habe verstanden.'

Brandl atmete tief durch, als er an die Unterhaltung dachte. Was für ein Tag. Und dann noch Brettschneider mit seinem Gedudle. Und eigentlich sollte er noch zu Rita… Wollte er wirklich zu Rita?

Ohne nachzudenken, war der Polizist, als die Ampel auf Grün schaltete, angefahren und hatte seinen Wagen in Richtung Kornhaus in Bewegung gesetzt. Rita wohnte aber ganz woanders. Richtung Sankt Mang. Er hatte aber heute keine Lust auf Rita. Rita war einfach... sie hatte zu oft Recht. Außerdem musste er in letzter Zeit öfter als notwendig an die grünäugige Fotografin Sissi Schalk denken. Die sich immer öfter in seinen Phantasien tummelte. Ob er wollte oder nicht. Phantasien, die nichts im engeren Sinne mit Polizeiarbeit zu tun hatten. Phantasien, in denen Sissi Schalk sehr nett zu ihm war. Sehr, sehr nett. Er schmunzelte. Was dieses Weib mit ihm anstellte...

Er war jetzt an der Kreuzung vor dem Kornhaus angekommen und sah Licht in allen Fenstern. Festbeleuchtung. ‚Ein Konzert', schoss es ihm durch den Kopf und ‚wo ein Konzert ist, wird auch fotografiert.' Und sofort waren die grünen Augen wieder da. Sein hässliches Auto fuhr wie von selbst auf die freie Fläche vor dem Kornhaus. ‚Manchmal ist es doch praktisch, wenn man bei der Polizei ist', dachte Brandl und schleuderte seine langen Beine beschwingt aus dem Wagen. Er wollte sich gerade zum Außenspiegel bücken, um die wenigen Haare zu richten, als die ersten Besucher das Kornhaus verließen. Das Konzert war offensichtlich aus.

Man plauderte angeregt und unternehmungslustig und Brandl wischte nur kurz über die Haare und kämpfte sich dann gegen den Strom ins Innere des Gebäudes vor. Nicht ohne, wie unabsichtlich, seinen Blick über die Menschen gleiten zu lassen. Auf der Treppe, die hoch zum Konzertsaal führte, hatte der Publikumsverkehr schon etwas nachgelassen. Er sah Klaus Zanker von weitem und nickte ihm fahrig zu. Als würde er dringend und äußerst dienstlich jemand suchen. Er suchte auch jemand, aber alles andere als dienstlich. Es suchte Sissi Schalk und fand sie nicht. Nicht auf der Treppe, nicht im Vorraum zum Saal, wo die Stände mit den Büchern und den CDs aufgebaut waren. Brandl wurde ein wenig traurig. Er hatte sich gefreut auf die Grünäugige. Er wollte gerade umdrehen, um wieder die Stiege nach unten zu nehmen, in sein blaues Auto zu steigen und nach Sankt Mang zu fahren, als er die schneidend scharfe Stimme hörte: „So geht das nicht mehr, mein Lieber. Das machst du genau noch einmal, dann bist du draußen! Du bist hier, um die Leute zu fahren, nicht um dich wichtig zu machen."

„Ich habe lediglich dem Kollegen mein Instrument angeboten..."

„Kollegen? Bist du noch ganz bei Trost? Der Brönner ist ein weltberühmter Trompeter und du bist ein N i c h t s! Eine Flasche, die früher mal Trompete gespielt hat und sonst nichts!"

„Ich habe zwei Jahrzehnte..."

„Das interessiert kein Schwein, was du zwei Jahrzehnte rumgetrötet hast. Entweder du tust deine Arbeit, oder du bist draußen!"

Grantler mit dem Schnauzbart kam vorbei und zog eine

beeindruckte Schnute: „Anschiss..." Er nickte mit dem Kopf in Richtung der großen Saaltür. Gaide Brandl kannte diesen Ausdruck ‚Anschiss'. Und er mochte ihn nicht. Die schneidende Stimme sagte kalt und zufrieden: „Lieber Schneider. Ich war immer der, der dich gestützt hat, obwohl du nicht immer sehr loyal warst..."

„Ich? Wie kommst du…?"

„Ich kann auch anders und ich lass mir den Verein nicht kaputtmachen, von Flaschen wie dir..."

Dann war es still. Brandl spürte die ihm so gut bekannte heiße Wut in sich aufsteigen. Er ging rasch auf die große Doppeltüre zu, aus der ihm Schneider mit der Baskenmütze entgegenkam. Brandl nickte, aber der Mann mit den vielen kleinen Narben ging wortlos an ihm vorbei. Dahinter tauchte Gerd Kränzle auf und sah mit einer Mischung aus unverhohlener Verachtung und tiefer Zufriedenheit hinter Schneider her. Sein Blick streifte auch Brandl, aber er nahm ihn nicht wahr. Er war sichtlich stolz auf sich und reckte sich unmerklich etwas, als er in Richtung des Catering-Raumes, der hinter den Bücherständen lag, ging.

„Einen Moment... Herr..." Brandl tat mit Absicht so, als hätte er den Namen des Vereinsvorsitzenden vergessen. Der drehte sich irritiert in seine Richtung und runzelte angestrengt die Stirn. „Ja? – Ach Sie sind doch der von der..."

„Kripo", half ihm Gaide Brandl auf die Sprünge.

Sofort hellten sich die Züge Kränzles auf: „Die Polizei, dein..."

„Sagen Sie jetzt nur nicht ‚Freund und Helfer'", unterbrach ihn der Kommissar.

„Doch genau, das wollte ich... eigentlich..."

„Helfer – muss ich wohl manchmal sein. Aber: wessen Freund ich bin, das würde ich mir schon gerne selbst aussuchen."

Brandl sah mit Vergnügen, dass Kränzle den scharfen Unterton sehr wohl registriert hatte. Und: wie die Alarmglocken schrillten. Weil die Stimmung nicht gut war. Was ihn normalerweise nicht sehr bekümmerte, solange das Gegenüber ihm nicht schaden konnte. Brandl konnte. Und Kränzle wusste das und reagierte schnell. Er legte sofort den Schalter um und sein schönstes ‚ich freue mich ja so sie zu sehen'-Lächeln auf und hakte den verblüfften Kommissar unter und schob ihn durch die Tür zum Catering-Raum: „So, jetzt werden wir beide mal ein schönes Pilschen zischen."

„Ich bin eigentlich im Dienst", brummelte Brandl, aber Gerd Kränzle ließ keinen Einwand gelten. „Papperlapapp. Um halb elf hat auch der eifrigste Polizist Feierabend – oder Grantler?" Der schnauzbärtige Techniker saß allein an einem Tisch und der Vereinsvorsitzende dirigierte Brandl ohne viel Federlesens zu einem der freien Stühle: „Helga! Bitte eine Runde! Wir sind durstig!" Er strahlte, als hätte er soeben seinen besten und ältesten Freund wiedergetroffen.

„Du kennst den Hauptkommissar – Grantler… wer kennt ihn nicht? Ein Topman würde Rudi sagen!" Kränzle lehnte sich in offensichtlich bester Stimmung zurück und lachte mit weit offenem Mund: „Ein Topman! Kennen Sie die Geschichte? Wie Max Roach zu Rudi Kargus gesagt hat: You are a Top man?" Der Vorsitzende krümmte sich vor Heiterkeit und musste sich Tränen aus den Augen wischen und sogar Grantler verzog, um Loyalität bemüht, ein wenig das Gesicht. Gaide Brandl betrachtete die beiden ernst und ohne erkennbare Gemütsbewegung. Er überlegte, ob er Kränzle wohl auch deswegen nicht leiden konnte, weil der über diese vielen blonden gewellten Haare verfügte, während er seine immer lichter werdende Abdeckung beklagte. Er überlegte gründlich. Schließlich war das Prinzip der Fairness ihm auch als Polizist die höchste Tugend und er wollte Gerd Kränzle nicht unrecht tun. Obwohl ihn der ‚Anschiss' Schneiders mit kalter Wut erfüllt hatte, und er Kränzle noch weniger leiden konnte als zuvor. Schließlich war er eine Amtsperson und damit zur Neutralität verpflichtet. Was Kränzle mit seinen ‚Punktum'-Freunden anstellte, ging ihn überhaupt nichts an. Er musste sich um Gerechtigkeit und Ernsthaftigkeit bemühen.

Brandl nahm das frisch gezapfte Pils entgegen und hob es in Richtung des fröhlichen ‚Punktum'-Gründers: „Erstens zum Wohl und zweitens bin ich nicht hier um lustige Geschichten zu hören." Kränzles Wangen erschlafften und der Kommissar konnte sich einer ihn überkommenden stillen Befriedigung nicht erwehren. ‚Manchmal ist es doch ganz schön, bei der Kripo zu sein', dachte es wieder in ihm. Er sah, wie sich Gerd Kränzle wand und fieberhaft an einer neuen Strategie bastelte. Frohsinn war eindeutig fehl am Platze. Nicht in diesem Moment, nicht mit diesem Gesprächspartner. „Sie haben eine Spur, Herr Kommissar?" Wäre Brandl ein Musiker gewesen, er hätte erkannt, dass sich die Stimmlage Kränzles um ungefähr eine kleine Terz nach unten verschoben hatte. Schluss mit Lustig. Jetzt reden die Erwachsenen. Er nickte seinem Pils nachdenklich zu: „Und ob, lieber Herr Kränzle. Und ob." „Ist es...?" der Vorsitzende ruckelte unsicher auf seinem Stuhl umher. „Ist es... was Ernstes?" „Was Ernstes? Wie meinen Sie das? Ist ein Mord nicht immer ernst?"

Kränzle erstarrte: „Mord? Wie bitte?" Er trank hastig und in großen Schlucken und fand nicht einmal die Zeit, sich den Schaum vom Mund zu wischen: „Mord? Sie wollen damit offiziell sagen, dass jemand Doc Williams..?" Seine Zunge wischte wie ein emsiges kleines Tier von einem Mundwinkel zum anderen. „Dass jemand Doc Williams vorsätzlich..?"

Brandl war ganz staatliche Institution: „Offiziell ist hier noch gar nichts. Haben wir uns verstanden? Offiziell habe ich hier an diesem Tisch kein Wort gesagt." Er erhob sich in seiner ganzen Größe und ließ einen düsteren Blick durch den Raum wandern. Grantler sah ihn mit großen Augen an und folgte dem Zeigefinger, der unerbittlich auf Kränzle deutete: „Dass wir uns verstehen – nichts Offizielles. Lassen Sie sich nur nicht einfallen, hier irgendwas rumzuposaunen. Ich hab's Ihnen schon einmal gesagt. Sonst…"

„Sonst...?" Kränzle massierte nervös den kurz gestutzten Bart.

„Sonst kriegen sie einen 1A Anschiss… äh... Ärger wollt ich natürlich sagen." Er nickte seinen beiden Tischnachbarn steif und bedeutungsvoll zu und machte, dass er aus dem Raum kam.

Kaum im Vorraum, musste er sich eingestehen, dass er sich schon lange nicht mehr so gut gefühlt hatte. Er legte trotz Schuhgröße siebenundvierzig einen kleinen Stepptanz aufs Parkett und klopfte sich vor Vergnügen ein kleines Trommelsolo auf die Schenkel. Schließlich war niemand mehr da. Dachte er und das war ein Irrtum, denn plötzlich blendete ihn ein sehr helles Licht. Ein Blitzlicht! Und als sich seine Augen wieder beruhigt hatten, tauchte eine zufrieden strahlende Sissi Schalk aus dem Dunkel auf: „Mit diesem Bild kann ich Sie ein Leben lang erpressen." Sie studierte das Display ihrer Kamera und nickte unaufhaltsam: „Ein Leben lang..."

Brandl sah sie an, als hätte er eine Erscheinung. „Sissi? Du bist da?" Sie nickte stumm.

Dann sagte er:„Ich lade dich jetzt auf ein Glas Wein ein und wenn du ‚nein' sagst, rede ich unser ganzes Leben lang kein Wort mehr mit dir." Sie standen mit hängenden Armen voreinander.

„Ich werd mich hüten", sagte Sissi Schalk heiser und ihm bedeutend zuwinkend: „Mir nach." Als sie vor ihm her die Treppe hinunterging, drehte sie sich plötzlich strahlend um und flüsterte verheißungsvoll: „Ich weiß ein Lokal... da ist es intim." Gaide Brandl nickte wie unter Hypnose und konnte sich nicht daran erinnern, jemals so glücklich gewesen zu sein.

21

Auf dem kleinen und sehr bunten Bild, das im Winkel der Eckbank lehnte, waren rotnasige Mönche zu sehen, die es sich in einem Weinkeller gemütlich gemacht hatten und offensichtlich nicht mehr ganz nüchtern waren. Das sah man an ihrem törichten Gesichtsausdruck und den freudig erhobenen Römerkrüglein, aus denen der Wein schwappte.
Gaide Brandl sah sich mit erhobenen Augenbrauen in dem sehr rustikal eingerichteten Lokal um. „Schön hier..."
Sissi Schalk lächelte fein: „Gell? Das gefällt dir, das viele Holz und..."
„Und die vielen Weintrauben aus Plastik. Und – die stimmungsvollen Bilder", ergänzte Brandl weise nickend.

„Aber", die Fotografin hob den Zeigefinger: „Man ist unter sich und: der Wein ist besser als die Bilder." Sie wackelte nachdrücklich mit den kastanienbraunen Locken. „Oder? Schmeckt ihm der Merlot etwa nicht?"

„Doch." Gaide Brandl setzte sich stramm auf und salutierte: „Ausgezeichnet."

„Du kannst es ruhig sagen, wenn er dir nicht mundet. Es könnte ja sein, dass unsere Gaumen nicht... kompatibel sind..."

„Das wäre mir aber arg", flüsterte Brandl. Sie sah ihn fragend an. „Ich fände es schön, wenn sich unsere Gaumen gut leiden könnten."

„Irgendwas ist jetzt anzüglich. Aber ich weiß noch nicht genau was."

Der Kommissar wedelte übertrieben eifrig mit den

Händen: „Irrtum. Ich wollte damit nur gesagt haben, dass der Tip mit dem Merlot gut war."

Sie sahen sich eine Weile stumm und vergnügt an. „Ist dir eigentlich aufgefallen, dass wir uns duzen?"

Sissi Schalk nickte: „Du hast angefangen."

„Das stimmt und ich darf das, weil ich der Ältere bin. Der Ältere darf dem Jüngeren das ‚Du' anbieten. So will es Knigge."

„So will es Knigge?"

„Knigge will es so. Und: Knigge sagt, man solle sich küssen."

„Wohin?"

„Na wohin wohl? Auf die Knie..."

Sie stellte sich dumm: „Das war ein Witz, gell?"

Brandl schlug die Augen so theatralisch zum Himmel, dass die grünäugige Fotografin rasch abwinkte: „Ist ja schon gut. Lass mich zusammenfassen: du meinst, laut Knigge solle man sich nach erfolgter Anbietung des ‚Du' eventuell auf den Mund küssen?"

„Nicht nur eventuell. Absolut zwingend."

„Sagt Knigge?"

„Knigge und meine Mutter."

„Frau Knigge?"

„Ich heiß doch nicht Knigge."

„Stimmt, dann also Frau Brandl."

„Nein."

„Nein? Wie dann?"

„Frau Marcone."

„Marcone?" Die Schalk kicherte albern „nicht ohne, Frau Marcone."

Gaide Brandl verzog mühsam das Gesicht und sah konzentriert in sein Weinglas. Die Fotografin hatte noch nicht erkannt, dass das Thema nicht ungefährlich war: „Marcone... Marcone? Das ist aber kein deutscher Name. Wo bist du denn aufgewachsen?"

Der Kommissar rutschte unruhig auf seinem Stuhl hin und her: „In Elchingen, das ist doch egal." „Elchingen? Das ist doch da irgendwo bei Ulm?"

„Ja."

„Na eben. Und du heißt doch Brandl… oder?"

„Ja – und?"

„Ich meine..." sie zögerte „warum heißt dann deine Mutter so italienisch? Marcone?"

Brandl presste die Lippen zusammen: „Italienisch, italienisch. Geschwätz. Das ist ein Name wie jeder andere. Und vielleicht hast du schon davon gehört, dass manche Menschen anders heißen, als ihre Eltern. Oder Teile ihrer Eltern, oder…" Er winkte genervt ab.

Sie sah ihn erschrocken an: „Entschuldige, wenn ich…"

Er nahm sich zusammen:„Ist schon gut, ist ja schon gut. Aber wir sind hier schließlich nicht wegen Fragen der Familienforschung."

„Nein? Weswegen... ich meine, warum sind wir dann eigentlich hier?"

„Wir sind hier, wegen... wegen der Fotos, ich wollte mit dir eigentlich wegen der Fotos... reden. Du weißt schon, die Fotos, die du nach der Williams-Geschichte gemacht hast."

Sie nickte aufmerksam und bemüht konzentriert und versuchte, ihre Enttäuschung zu verbergen. „Ach so, ja genau, die Fotos. Die hab ich jetzt im Moment nicht parat. Beziehungsweise nicht dabei."

„Das hab ich mir schon gedacht. Vielleicht können wir einen Termin ausmachen. Wegen der Fotos."

„Gerne. Wie du willst. Entweder bei mir oder in der Redaktion... oder bei dir…" Ihre Stimme versandete. Die Stimmung war komplett im Keller und sie schwiegen bedrückt. Zu allem Überfluss klingelte in diesem Moment sein Handy. Gaide Brandl sah auf das Display und blies die Backen auf: „Das auch noch."

Die Fotografin sah ihn fragend an: „Soll ich... dich allein...?“

Er winkte ab: „Lass gut sein...“, dann hob er den Höhrer ans Ohr: „Ja?“ Seine Stimme klang etwas gereizt: „Hallo. Nein. Ich komm nicht mehr. Ja. Ich hab zu tun... ja. Mit einer Freundin. Ja Freundin. Nein, die kennst du nicht. Jaja. Dienstlich, was denn sonst... eine dienstliche Freundin... was soll daran...? Das lass mal bitte meine Sache... Aha. Aha. Na ja, ich werd das Wochenende auch ohne dich. Ja! Natürlich – mach das mal. Ja. Bis dann.“ Er drückte den winzigen roten Hörer und schaltete dann das Telefon aus. Er holte tief Luft: „Rita. Jetzt hab ich mit der auch noch Krach. Das nimmt kein Ende. Heute ist schon den ganzen Tag der Wurm drin. Angefangen hat es heute früh mit der Frau Hauptkommissarin und jetzt Rita.“ Er zog eine komisch verzweifelte Grimasse.

Sissi Schalk musste ein Lächeln unterdrücken: „Ärger mit der Williams-Geschichte?“ Und zögernd: „Darf man das überhaupt fragen..?“

Der Polizist nickte mürrisch: „Fragen darf man schon.“

„Kriegt aber keine Antwort – oder?“

Er zögerte ein wenig und nahm dann einen bedächtigen Schluck aus seinem Glas: „Wir haben schon was. Wenn es nach meiner Chefin geht, sogar eine ganz heiße Sache...“

„Und wenn es nach dir geht?“

Er lachte bitter auf: „Nach mir geht es nicht. Ich muss tun, was man mir sagt.“

„Und was musst du tun?“

„In diesem konkreten Fall: einer alten Frau auf den Zahn fühlen.“

„Alt? Wie alt?“

„So um die siebzig – die hat vermutlich vergangenen Sonntag den Herrn Williams umgebracht.“

„Bitte?“

„Nein, natürlich nicht. Aber ich muss sie morgen trotzdem verhören."

„Darauf freust du dich nicht besonders."

„Natürlich nicht. Die Frau hat zu hundert Prozent nichts mit der Sache zu tun. Ein blöder Zufall und ich muss die alte Dame erschrecken, weil die Kreidlerin unbedingt irgendwas vorzeigen will". Er wurde wieder wütend: „Ich bin nicht bei der Polizei, um alte Damen zu erschrecken. Die Frau könnte schließlich meine Mutter sein."

„Frau Marcone?" Er nickte schweigend.

Sie startete einen neuen, sehr vorsichtigen Versuch: „Ich hoffe, du bist mir nicht böse, wegen deiner Mama. Ich hab da vielleicht in was reingestochen... ohne es zu wissen. Ohne es zu wollen."

Gaide Brandl hob den Kopf und sah sie lange an: „Ich bin dir nicht böse. Das kannst du nicht wissen. Es gibt halt so Sachen, über die man manchmal nicht gerne redet."

Sie nickte und legte eine Hand auf seine zur Faust geballte Rechte: „Gehen wir?" Er nickte: „Wir gehen. Ich muss auch noch nach der Katze sehen."

„Du hast eine Katze?"

„Ja. Sie heißt Kapiertnix."

Sissi Schalk ließ eine kleine Lachsalve hören: „Das ist mal ein schöner Name für eine Katze."

„Sie hat sehr krumme Beine und ist nicht besonders helle, aber..."

„Aber du liebst sie."

„Richtig. Sie ist ein prima Tier und ich habe ihr Unrecht getan."

„Na dann aber los!"

Draußen war die Luft sanft und für die Jahreszeit angenehm warm. Gaide Brandl zog trotzdem die Schultern hoch, als würde es ihn frösteln: „Schade, dass der Abend nicht so schön geworden ist."

Sissi Schalk sah verständnisvoll zu ihm hoch und streichelte ihm beruhigend über den Arm: „Ich fand den Abend trotzdem ganz schön. Nicht immer lustig, aber schon schön… also dann...“ Sie streckte die Hand aus und Brandl nahm sie und fragte gleichzeitig und ein bisschen überfallartig: „Darf ich dich umarmen?“ Sie zögerte einen Moment und über ihrer Nasenwurzel erschien eine kleine nachdenkliche Falte. Dann entspannte sie sich, nickte lächelnd und breitete die Arme aus. Er ging ein wenig in die Knie und umfing sie mit einem tiefen Seufzer.

„Du hast spitzige Knie“, murmelte sie an seinem Hals.

„Wir Leptosomen haben spitzige Knie“, er zog sie noch mehr an sich. „Und wir sind ungeheuer leidenschaftlich.“

Sie lachte leise: „Ach was? Du auch?“

„Und ob. Darum müssen wir das mit dem Knigge unbedingt nachholen.“

„Das mit dem Knigge oder das mit dem Knutschen?“

„Ja, das mit dem Küssen. Das müssen wir noch nachholen. Aber an einem schöneren Abend...“

Sie lösten sich voneinander und sie klopfte ihm sachlich auf die Brust: „Wir haben noch einiges nachzuholen. Glaub ich. Grüße an die Katze.“

Dann hob sie grüßend die Hand, drehte sich um und ging mit schnellen, energischen Schritten davon. Er sah ihr nach und freute sich, als er ihr kastanienbraunes Haar unter dem Licht einer Straßenlaterne aufleuchten sah.

22

„Thingers. Ausländeranteil 14,5%. Kinder unter 15 Jahren 20,5%. Über 65jährige 14,5%...“ Rupert Fuhr sah in seine Notizen und räusperte sich: „Soziale Randlage...“

„Und?“

„Keine vornehme Gegend.“

„Haben wir das vorher nicht gewusst?“ Gaide Brandl sah

müde durch die Scheiben nach draussen. Es war vor neun Uhr morgens. Für seine Verhältnisse sehr früh am Morgen. Er war kein Frühaufsteher. Sehr früh am Morgen und dann noch die Sache mit der alten Dame, die ihm bevorstand. Seine Stimmung war nicht gut und dann kam Rupert mit seiner albernen Statistik daher. „Soziales Randgebiet oder nicht, ich kann diese trostlosen Blocks nicht leiden..." Brandl deutete mit einer Bewegung des Kopfes auf die einförmig gebauten Kästen, die entlang der Straße aufgereiht waren.

Rupert Fuhr sagte: „Ich bin in so einem Kasten aufgewachsen..."

Sein Kollege staunte: „Da? Ich dachte..."

„Nein, nicht da. In Memmingen. Da gibt es die gleichen Kästen. Kalkerfeld hieß mein Thingers."

„Das ist mir erspart geblieben. Da wo ich aufgewachsen bin, gab es keine Wohnblocks." „Gratuliere – übrigens, wir sind da". Rupert Fuhr sah in seinen Notizblock und nickte nochmals: „Da drüben ist es."

Brandl steuerte seinen babyblauen Santana 2000 an den Fahrbahnrand und zog den Schlüssel ab: „Wie heißt die Frau noch mal?"

„Betz. Gerlinde Betz."

Brandl nickte entschlossen und blieb trotzdem sitzen. Etwas beschäftigte ihn: „Übrigens – es gibt auch soziale Randlagen, die nichts mit Wohnblocks zu tun haben."

Rupert Fuhr zuckte hilflos mit den Schultern und antwortete nichts. Der Kollege schien an diesem Morgen in einer nicht besonders positiven Stimmung zu sein. Da war es besser, keine tiefgreifenden Diskussionen mit ihm zu beginnen. Gaide Brandl war eigentlich ein behutsamer Mensch, aber in bestimmten Situationen konnte er schnell und nachdrücklich in Rage geraten. Sein Gesichtsausdruck an diesem Morgen deutete durchaus in die Richtung. Er knurrte: „Los jetzt. Bringen wir's hinter uns."

Sie stiegen aus und gingen mit schnellen Schritten über das kleine Rasenstück zwischen der Straße auf den angrenzenden Wohnblock zu. Der Block verfügte über drei genau gleich aussehenden Eingänge, die vermutlich in genau gleich aussehende Treppenhäuser zu genau gleich aussehenden Wohnungen führten. Am hintersten der drei Eingänge machte sich eine kleine, ältere Frau am Briefkasten zu schaffen. Sie nahm eine bunte Zeitschrift und sehr viel Werbematerial aus dem Fach und schimpfte ein wenig auf die Flut an Werbeprospekten, bevor sie sich anschickte, wieder ins Haus zu gehen. Gaide Brandl sah, dass die Frau die Tür öffnete und beschleunigte seinen Schritt: „Hallo! Sie! Hallo!" Er winkte mit erhobenem Arm und Rupert Fuhr hatte Mühe, seinem Kollegen zu folgen. „Halt!" Brandls Ton wurde schärfer, als die Frau nicht reagierte, sondern die Tür hastig öffnete und dann schnell hineinschlüpfte. Nicht ohne vorher einen erschreckten Blick auf den nun fast rennenden Brandl zu werfen. Dieser stieß entnervt die Luft durch die Nase: „Krutzitürken – jetzt bleibens halt stehen! Ich muss Sie doch was fragen..." Aber die kleine Frau war schon verschwunden und Brandl musste sich beeilen, um die zufallende Tür gerade noch zu stoppen. Er blies wütend die Backen auf und trieb den lahm hinterher trabenden Rupert Fuhr zur Eile an: „Wird's heute noch was? Meine Güte, schick dich gefälligst, ich will hier nicht verschimmeln."

Fuhr sah ihn mit schief gelegtem Kopf an: „Bass amol auf, Kollege. I ben frei it dei Hanschkaschp'r. Bissle zammreisa." Seine Augen funkelten kühl und sie sahen sich einen Moment fast feindselig an.

Dann nickte Brandl begütigend: „Ja, ich weiß, du hast recht. Können wir uns trotzdem beeilen?"

Fuhr schüttelte das Haupt wie ein sehr weiser, alter Mann: „Du bisch oomeeglich. Ein oomeeglicher Koog."

„Bitte was?“ Dieser Memminger Slang gab ihm immer wieder Rätsel auf.

Fuhr schob ihn jetzt in das Treppenhaus: „Gang zua. Des Fraule isch eh scho weg.“ Er sah wieder in seinen Notizblock, den er während des gesamten Wettrennens in der Hand behalten hatte. „Erster Stock.“

Im ersten Stock führte ein langer Gang nach rechts, von dem mehrere Türen abgingen. „Es muss weiter hinten sein“, sagte Fuhr und drückte auf den Knopf der Gangbeleuchtung. Im gleichen Moment ging kurz vor ihnen eine Tür auf. Die kleine Frau, die vorher am Briefkasten war, trat heraus. Sie sah jetzt nicht mehr erschrocken aus, sondern im Gegenteil ziemlich angriffslustig. Sie stemmte die Hände in die Seite und sprach in die offene Wohnungstür: „Da sind sie“, und in Richtung des sie erstaunt betrachtenden Gaide Brandl: „Alte Frauen jagen, das könnt ihr Saububen!“ Brandl öffnete den Mund, da trat aus der Wohnung ein großer, dunkelhäutiger Mann und bevor der Polizist noch einen Ton herausbrachte, sah er eine riesige, braune Faust auf sich zukommen. Die groß wie eine Wand wurde und plötzlich alles um ihn herum verdunkelte und ihm das Gefühl gab, dass er in Watte eingepackt sei. Er fühlte sich sehr leicht, er hörte etwas klingeln und klirren und auf- und abschwellende Stimmen, von denen er nicht wusste, was sie sagten und wem sie gehörten und schien sich wie auf einem Luftpolster im Kreis zu drehen.

Durch die Watte rief jemand: „Gaide! Sag was!“ und eine andere, hell quengelnde Stimme rief: „Polizei? Warum denn Polizei?“ Und er riss die Augen weit auf und wunderte sich, dass über ihm eine Lampe war, die in diesem Moment erlosch. Es war wieder dunkel und Gaide Brandl riss automatisch die Hände hoch. Er wollte nicht wieder in Watte versinken. Es war aber nur das Deckenlicht ausgegangen. Als es wieder anging, beugte sich die alte Frau, die er am Briefkasten gesehen hatte, über ihn: „Geht's wieder?“

„Wie? Was?“ Er begann sich langsam zu erinnern. Die Frau im Gang, die Tür, der große Schwarze. Die Faust. Vom anderen Ende des Ganges näherte sich jemand mit schnellen Schritten. Brandl richtete sich so schnell es ging auf und suchte nach seiner Dienstwaffe. „Loss guat sei, i ben's!“ Es war sein Kollege Fuhr. „Der isch über alle Bärg“, berichtete er atemlos. „Koi Schaas, so schnell ben i it… du siehsch ja nett aus.“ Er konnte ein Schmunzeln nicht unterdrücken und zog eine Packung Tempo aus der Jacke: „Da. Mach dich mal sauber.“ Offenbar hatte sich Rupert Fuhr wieder beruhigt, denn er verfiel in sein Amtshochdeutsch. Die alte Frau trippelte mit schnellen Schritten davon und rief noch: „Ich hol einen Lappa!“

„Wer ist das?“ Brandl wischte sich über den Mund und sah, wie sich das Blut im Taschentuch verteilte.

„Das, lieber Kollege, ist Frau Gerlinde Betz.“

Der Kommissar sah ihn verdutzt an: „Die Williams-Mörderin?“

„Eben die. Jetzt siehst du ja, zu was die in der Lage ist.“

Die ‚Mörderin‘ kam in diesem Moment wieder mit schnellen, kleinen Schritten aus ihrer Wohnung gelaufen. Sie schwenkte einen rosaroten Waschlappen: „Bittschön, gehens her. I wisch es ihne weg.“ Sie begann, dem sich ein wenig sträubenden Brandl den Mund und das Kinn abzuwischen, wie einem kleinen, unachtsamen Jungen: „Mein Gott, mein Gott, das wollt ich doch it. Das war doch ein Missverständnis. Der arme Herr Semmelrogge.“

„Ich heiße Brandl“, sagte Brandl.

„Semmelrogge ist der andere“, Rupert Fuhr musste schon wieder schmunzeln. „Der, der dich umgehauen hat.“

Brandl befühlte sein Kiefer: „Ich muss unbedingt was tun. Früher bin ich nicht so schnell umgefallen. Der hatte aber auch einen Schlag drauf.“

„Kein Wunder, der hat es fast mal zum Europameister gebracht. Im Leute umhauen.“

„Ein Boxer?“

„Früher. Vor zwanzig Jahren. Aber für ein Handtuch wie dich langt es immer noch locker.“

„Handtuch? Was soll das heissen, schließlich war ich...“ Brandl verzog schmerzhaft das Gesicht und beide mussten schmunzeln, erstaunt betrachtet von der kleinen Frau Betz:

„I hab gedacht, Sie sind… also heutzutag muss man doch mit allem rechnen…“ sie sah verzweifelt von einem zum anderen.

Brandl legte ihr begütigend die Hand auf die kleine Schulter: „Nicht so schlimm, Frau Betz. Das gehört sozusagen zum Berufsrisiko.“

„Und außerdem wollten wir ja wirklich zu Ihnen“, ergänzte Rupert Fuhr.

„Die Polizei? Zu mir?“ Die kleine Frau Betz sah mit offenem Mund wieder von einem zum anderen.

„Es ist wegen Ihrer Zeitung. Sie haben doch die ‚Leben und Wohnen‘ abonniert?“

„Ach – darf man das nicht?“

„Doch natürlich. Wir würden Ihre Zeitschriften nur mal gerne sehen… es geht um Nachforschungen...“ Hilflos sah sich der Kommissar zu seinem Kollegen um. „Schrifttypenvergleich...“ ergänzte der hilflos. Alle drei standen stumm im Gang.

Dann sagte Frau Gerlinde Betz: „Ich hab koine Zeitungen...“

Brandl runzelte die Stirn: „Wie bitte? Sie haben doch die ‚Leben und Dings‘ abonniert?“ „Leben und Wohnen“, berichtigte die kleine Frau eifrig. „Ja schon. Aber die kriegt doch immer der Herr Semmelrogge.“

„Der Boxer?“

„Ja. Wenn ich sie gelesen hab, kriegt sie mein Nochb’r, der Herr Semmelrogge.“

„Und was macht der damit?“

Sie zuckte die Schultern: „Lesen nehm ich an."

„Und sonst?"

Sie faltete ihren Mund zu einer ratlosen Schnute: „Des müassat Sie ihn schon selber fragen..."

Die beiden Kollegen nickten fast gleichzeitig und sahen sich wenig begeistert an: „Da haben Sie wohl recht", nickte Gaide Brandl und tupfte sich wieder etwas Blut vom Mund. „Das darf dann der Kollege Fuhr in die Hand nehmen."

„Wie bitte?"

„Den Herrn Semmelrogge fangen und ihn befragen. Ich hab vorerst genug von seinen schlagenden Argumenten." Er befühlte vorsichtig sein Kiefer, das nun langsam stärker zu schmerzen begann. Dann reichte er der kleinen Frau Betz die Hand: „Halten Sie sich bitte zu unserer Verfügung, wir kommen mit einem Durchsuchungsbefehl wieder."

„Zu mir?"

„Nein, uns interessiert wohl eher die Wohnung von Herrn Semmelrogge. Wenn er allerdings vorher auftauchen sollte, wäre es schön, wenn Sie..."

Sie verschränkte die Arme vor der Brust: „Nein. Das mach ich nicht."

„Was?"

„Den Herrn Semmelrogge verpfeifen."

„So?"

„Ja, des ischt nämlich ein anschtändiger Mensch."

„Aha. Darum hat er mich auch k.o. gehauen und ist anschließend davon..."

Die kleine Frau Betz schüttelte unbeirrt den Kopf: „Das war sicher ein Missverständnis, der Herr Semmelrogge ischt in Ordnung."

Rupert Fuhr und Gaide Brandl sahen verblüfft auf die streitbare Frau Betz. „Dann werden wir Sie wohl einsperren müssen. Wegen Beihilfe", versuchte Fuhr einen Scherz zu machen.

Die alte Frau lachte nicht: „Das ist mir gleich. Lieber ins Gefängnis als ins Altersheim."

Die Polizisten schwiegen betreten. Dann winkte Brandl seinem Kollegen: „In Ordnung, wir gehen jetzt. Sie können es sich ja noch überlegen."

Die kleine Frau nickte: „Schon passiert."

23

Klaus-Peter Fissler sah sich noch mal vorsichtig um. Es war eine stille Seitenstraße, er war in Pfronten, die Gefahr, dass er jemandem begegnete, der ihn kannte, war nicht sehr groß. Trotzdem: lieber noch mal kontrollieren, man hatte schließlich einen Ruf zu verlieren. Und Gesundbeten und sein Ruf als nüchterner und kritischer Journalist passten nicht unbedingt zusammen. Er war nicht abergläubisch, eigentlich alles andere als abergläubisch. Aber sein Rücken. Sein Rücken quälte ihn nun schon seit Wochen und ließ alle Prinzipien zerbröseln. ‚In der Not frisst der Teufel Fliegen.' Beziehungsweise greift nach jedem Strohhalm. Die üblichen therapeutischen Maßnahmen wollten und wollten nichts bewirken. Er war von einem Orthopäden zum nächsten und zu allen ‚angesagten' Krankengymnasten in Kempten geeilt. Sein Rücken quälte ihn, sobald er sich setzte. Genaugenommen: sobald er sich vor seinen PC setzte. Noch genauer: sobald er sich vor seinen PC in der Redaktion setzte. ‚Es ist psychosomatisch, vielleicht ist es ja wirklich psychosomatisch', dachte Fissler. ‚Mein Körper mag sich eigentlich nicht vor diesen PC setzen.' Susanne, eine Freundin, die in ihrer Praxis Leute mit Dachschaden behandelte, hatte ihn auf diesen Gedanken gebracht. ‚Psychosomatisch...' Fissler nahm die Brille ab und begann sie sorgfältig am Hemd zu putzen. ‚Heutzutage ist gar alles psychosomatisch. Wahrscheinlich bin ich als Kind missbraucht worden. Und weiß gar nichts davon.' Er sah sich wieder um, als hätte jemand seine Gedanken hören können.

Dann ging er entschlossen auf die Tür und das kleine Türschild zu. ‚Deliah Lopez' stand darauf. Und: ‚Lebensberaterin'. Sonst nichts. Fissler war ein wenig nervös. Er klingelte trotzdem. Seine Kollegin Ruth Panzer, die mit einem ständig kranken Lebenspartner geschlagen war, hatte ihm den Tip gegeben. Bei dem hatte auch nichts etwas genutzt – sie waren sogar am Ort der Kraft in Martinszell gewesen und hatten mit ausgebreiteten Armen auf die Iller gestiert. Dreimal. Keine Wirkung. Dann waren sie auf Deliah Lopez gestoßen. Über die Schwägerin ihrer Schwester und mittlerweile sei der ewig kranke Lebenspartner ein anderer Mensch. ‚Was immer das bedeutet', schoss es Fissler durch den Kopf und er überraschte sich dabei, wie ihn diese Formulierung gerade misstrauisch machen wollte, da öffnete sich die Tür. Ein Turm von schwarzen, sehr gefärbt wirkenden Haaren, ein paar kohlendunkle Augen, die ihn aufmerksam ansahen. Eine sehr voluminöse Frau in einem weiten, dunkelblauen Kleid nickte ihm zu: „Erre Fisseler?"

Hans-Peter Fissler wackelte unentschlossen mit dem Haupt: „Frau... Seniora Lopez?"

Sie hob das Kinn: „Natürlick. Ick binne Deliah. Kommen Sie."

Das war ein Befehl. Der Kulturredakteur der Allgäuer Zeitung warf noch einen letzten Blick die Straße hinunter und schloss dann die Tür hinter sich. Eine Treppe führte nach oben, Seniora Deliah war schon vorausgegangen: „Kommen Sie, Erre Fisseler!" rief sie von oben. „Es iste alles bereite!"

Fissler putzte zur Vorsicht nochmals die Brille und ging dann behutsam die Stiegen nach oben. Deliah Lopez erwartete ihn im Türrahmen eines mit Kerzen und indirekt strahlenden Lämpchen nur mäßig erleuchteten Raumes. „Errein und will-a-kommen...“

Der Redakteur betrat den irgendwie sakral wirkenden Raum auf Zehenspitzen. Es roch nach Duftölen und nach Räucherstäbchen. An der gegenüberliegenden Wand war etwas aufgebaut, das ihn sofort an einen Altar erinnerte. Madonnenbilder und Rosenkränze, ein durchbohrtes Herz und ein Dornenkranz, an dem überraschenderweise ein Strohhut hing.

„Gucken Sie a sich ruhiga um. Erre Fisseler“, sprach die Stimme der Frau hinter seinem Rücken. Er drehte sich langsam um die eigene Achse und sah Tücher an den Wänden hängen, die mit fremdartigen Symbolen bestickt waren. Quer vor dem ‚Altar‘ war eine mit rotem Samt überzogene Liege aufgebaut.

„Und nun?“ Fissler wandte sich unentschlossen an die Seniora. „Wie geht's weiter?“

Sie lachte kehlig und warf die ungeheuer schwarzen Haare in den Nacken: „Aus-a-ziehen, Erre Fisseler!“

„Ausziehen? Wie meinen Sie denn das?“

Sie legte kokett den Kopf schief: „Kleidunga ab-a-legen...“

„Wieso, ich meine, Sie wollten doch nur die Hand auflegen, hieß es...“ Der Kulturredakteur schluckte.

„Äbbän. Zu Hand aufläggän brauche ich Haut. Nackte Haut.“ Sie lachte wieder kehlig auf: „Keine Angest, es tut nicht wäh! Kommen Sie!“

Und bevor es sich Klaus-Peter Fissler versah, saß er schon auf der samtroten Liege und war seiner Lederjacke ledig und Seniora Lopez war dabei, ihm das T-shirt über den Leib zu ziehen. Sie hatte Routine und Fissler schlang seine Arme schützend um seinen mit rötlichen Haaren dicht bewachsenen Oberkörper.

„Wie aina Eicha-örnchen...“ kicherte die geheimnisvolle Frau Lopez und zog ihre Nägel durch den Haarpelz ihres Kunden. „Leg dich a hin, klaines Eicha-örnchen.“ Sie summte, als wolle sie gleich zu singen anfangen und Fissler wusste immer weniger, wo er da gelandet war. Irgendwie war es ihm aber nicht möglich, sich gegen die Befehle der Schwarzhaarigen zur Wehr zu setzen. „Ent-a-spanne dich, kleines Eicha-örnchen. Örst du?“

„Meeresrauschen?“ Fissler war sich nicht ganz sicher, was sich da plötzlich über offenbar versteckte Lautsprecher in den Behandlungsraum ergoss.

„Si Senior. Das isste das a Meer. In Lischboa…“

„Aha. Lissabon. Das ist in Portugal“, ergänzte der Redakteur töricht. Der schwarze Haarturm wackelte zustimmend: „So ist es, Eicha-örnchen. Mein Eiimatt. Un jetzt: liggg!“

Es blieb ihm wohl nichts anderes übrig. Klaus-Peter Fissler ließ sich vorsichtig zurücksinken und beobachtete misstrauisch seine Herrin. ‚Herrin‘ war ihm ganz spontan eingefallen, er wollte eigentlich keine Sadomaso-Behandlung über sich ergehen, sondern sich von segensreichen Händen heilen lassen. Wie immer das gehen mochte. Plötzlich wurde das eh schon dämmrige Licht noch um einige Grade heruntergedimmt, das Meeresrauschen steigerte sich dafür zu einem kleinen Orkan.

„Ent-a-spahnen. Erre Fisseller. Denken sich treiben auf die grosse Meer. Wie aine klaine Eicha-örnchen auf eine Stück – a – Oolzz…“

Fissler kniff bereitwillig die Augen zusammen und stellte sich das große Meer vor und er mitten drin auf einem Stück Holz. Keine sehr entspannende Vision. Vielleicht war es auch der herbe Geruch, der sich plötzlich im Raum auszubreiten begann. Vielleicht waren es auch die Hände von Deliah Lopez, die nun begannen, sanft seine Haut zu walken. Er zuckte etwas zusammen.

„Niigt so auf-a-geregt, Erre Fisseler. Ent-a-spannen.“

„Entschuldigung, ich kann mich nicht entspannen bei

dem Gedanken, als kleines Eichhörnchen auf einem Stück Holz auf dem Meer zu treiben... Haben Sie keine andere Entspannungsvorstellung?“

„Aine Mooment. Bleib-a-liegen Erre Fisseler.“ Sie bewegte sich mit sachte rauschendem dunkelblauen Kleid durch den Raum und kurz darauf lösten die Geräusche eines großen, leeren Waldes das Meer ab. Jetzt rauschten Bäume und nur wenige harmlose und kleine Tiere gaben ab und zu Laute von sich. Fissler nickte. Das war gut. Nach einem solch freundlichen Wald war ihm zumute. Ein Wald ohne Raubtiere, mäßig gefüllt mit sanft flötenden kleinen Vögeln. Fissler fühlte, wie sich Frau Lopez wieder seiner Haut widmete. Sie goss die streng riechende Essenz darüber, dehnte und drückte und kniff hier und zog dort. Dazu sprach sie monoton leiernd in einer sehr fremd klingenden Sprache. ‚Afrikanisch‘, dachte Klaus-Peter Fissler. Er wollte noch fragen, was das denn für ein Geruch sei, denn auch der schien ihm ‚irgendwie afrikanisch‘. Aber kaum hatte er den Mund geöffnet, entspannte er sich auch schon ohne es wirklich zu wollen. Das Waldesrauschen, die kehlig gurrende Deliah Lopez und das leise Flöten der Vögel taten ihr geheimnisvolles Werk. Mit jeder Minute wurde es dem Kulturredakteur wohler in seinem Wald. Keine lästigen Leserbriefschreiber. Ein Wald ohne Chefredakteure, die ihn zwangen, todlangweilige Vernissagen von todlangweiligen Hobbymalern zu besuchen. Deren nähere und weitere Angehörige sich anschließend bei ihm beschweren und seinem Chefredakteur mit Abo-Kündigungen drohen würden. Alles so weit weg. Fissler seufzte zufrieden im Halbschlaf und fing leicht zu schnarchen an. Aus weiter Ferne hörte er Deliah Lopez etwas unafrikanisches sagen, aber er verstand die Worte nicht. Sie waren ihm auch egal.

Er war ein kleines, rotpelziges Eichhörnchen in einem grünen, kühlen Wald mit hohen Bäumen, die er mühelos und in rasender Geschwindigkeit erkletterte. Er war leicht und gelenkig und turnte flink durch die ineinander verwobenen Äste. Über ihm der blaue, seidenfeine Himmel, tief unter ihm weiches Moos. Nichts konnte schiefgehen, nichts konnte passieren. Und vor allem: sein Rücken tat ihm kein bisschen weh. Ewig hätte er so weiter hüpfen und turnen können, doch plötzlich, mitten in einer Rolle rückwärts, holte ihn die Stimme seiner Herrin zurück auf die rote Liege: „Fertigg-a Erre Fisseler. Komme-a-zurick. Feierabbänd!" Der Wald hatte aufgehört zu rauschen, das Licht war blendend hell. Deliah Lopez ließ wieder das kehlige afrikanische Lachen hören: „Gut kleines Eich-a-örnchen?" Fissler war noch nicht wieder in der Realität angekommen. „Es war … entspannend ... es war schön", murmelte der Kulturredakteur der Allgäuer Zeitung und erhob sich unsicher von der roten Liege. „Was haben Sie mit mir gemacht?"

Der schwarze Haarturm hüpfte amüsiert: „Das – a – mögtest du gerne – a – wissen... Erre Fisseler..." Ihre Stimme wurde sehr dunkel und sehr gurrend: „Das ist – a – uuuraaltäää Räzäppt." Sie zauberte ein kleines Fläschchen aus den Tiefen ihres blauen Kleides: „Uraltäää… zu einreibän: nimm!" Das war ein Befehl. Klaus-Peter Fissler sah starr auf das kleine unscheinbar braune Gläschen und steckte es schließlich gehorsam in die Innentasche seiner Lederjacke, die er gerade dabei war, wieder anzuziehen. Dabei spürte er die Brieftasche und zückte sie rasch, wie ein ertappter Sünder: „Was bekommen Sie denn von mir – Frau Lopez?" Sie winkte hoheitsvoll ab: „Niix. Ist – a – umsoonst." Der Kulturredakteur war nun völlig perplex: „Umsonst? Aber das geht doch nicht. Das gibt es doch nicht?" „Umsoonst… nur..." bedeutsam wuchs ein kleiner, dicker Finger aus dem blauen Kleiderumhang: „Flaaschä kostet."

Fissler nickte erleichtert und zog einen Hundert-Euro-

Schein aus der Brieftasche: „Entschuldigung, ich hab es leider nicht kleiner."

„Maacht niiix. Flaaschäää fünfundsiiibzig Ä-uurooo. Rääst Spendä: paasst!" Sie ließ ein schepperndes Lachen hören und zupfte dem überraschten und immer noch nicht ganz präsenten Redakteur den Schein aus den Fingern und schob den momentan Sprachlosen zur Tür und zur Treppe, die nach unten führte: „Bittäää Erre Fisseler. Mach schanäll, gleich a kommt andere Kundä."

Ein anderer Kunde? Wenn Klaus-Peter Fissler etwas nicht wollte, dann anderen Menschen begegnen, die ihn unter Umständen erkannten. Er musste rasch aus dem Haus, drehte sich aber noch einmal kurz um: „Wie oft? Einreiben?"

Deliah Lopez stand noch immer am oberen Treppenabsatz und nickte ihm bedeutsam zu: „Jäddä Tag. Jäddää! Bittä mach schanäll, andere Kundä."

Klaus-Peter Fissler beeilte sich. Draußen zog er das kleine Fläschchen aus der Jacke. Er roch daran. Ein scharfer Geruch, der ihm bekannt vorkam. Er runzelte die Stirn: ‚ob da alles mit rechten Dingen zugegangen war? Mit Frau Lopez und der Essenz?' Er drehte sich nochmals in Richtung ‚Lebensberatung' um. In diesem Moment sah er am anderen Ende der Straße einen anderen, sich ständig umblickenden Menschen auftauchen. Ohne Zweifel sein Nachfolger – es war zu spät, nun konnte er nicht mehr zurück. Er sah wieder auf das Fläschchen. ‚Nun ja, probieren kann man das Zeug ja.' Seine hundert Euro war er auf jeden Fall los. Genauso wie seine Rückenschmerzen! Tatsächlich – was immer es war: afrikanisch oder nicht, Beschiss oder nicht: es hatte geholfen. Fissler beschloss, dass diese Tatsache auf jeden Fall hundert Euro wert sei und machte sich daran, seinen neuen Zustand mit einem Glas Roten zu begießen.

24 Manche Tage scheinen das Unglück, oder doch zumindest das Pech und den Verdruss zu sammeln wie in einem riesigen Trichter. Um dann die ganze Ladung über einen oder auch mehrere ‚auserwählte' Menschen zu ergießen. Nach welchen Gesetzmäßigkeiten das geschieht, wird wohl ein ewiges Geheimnis bleiben. Schließlich kommen manche Leute über die Maßen oft in den Genuss, während andere meistens davon verschont bleiben.

Hauptkommissarin Helena Kreidler mochte über solche Themen normalerweise nicht lange nachdenken. Nicht effizient genug, kein messbarer Wert. ‚Es ist wie es ist', lautete das Credo der 58jährigen Polizistin. ‚Man muss es nehmen wie es kommt und all seine Kraft auf das lenken, das man beeinflussen kann.' Helena Kreidler nickte. Sie hatte ihre Rolle gelernt. Sie hatte gelernt, zu begreifen, dass nicht alles im Leben steuer- und vorhersehbar ist. Es war ein sehr harter Lernprozess und das Ergebnis war Thilo. Ihr Sohn Thilo. Ihr einziges Kind, das sie geplant hatte, wie andere Leute ihr Reihenhäuschen. Thilo sollte ein Kleinod werden. Auf stabilem Fundament stehend, ein reich gefülltes Kellerchen voll mit verschiedenen Talenten und Fähigkeiten besitzen. Dazu eine hübsche Fassade, vor der ein Sommer wie Winter blühendes Gärtlein aus Frohsinn und Heiterkeit prangte. So sollte Thilo werden, und so wurde er geplant und vom ersten Tag seines Daseins an zusammengezimmert. Von seiner Mutter Helena Kreidler. Ihr Mann Alfred spielte nicht nur in der Bauphase eine untergeordnete Rolle. Zuständig allenfalls für niedere Handlangertätigkeiten. Es ging auch alles seinen Lauf. Der kleine Thilo konnte rechnen bevor er eine Schule von innen gesehen hatte und war in einem Alter in der Welt herumgekommen, in dem andere zum erstenmal nach Südtirol dürfen. Thilo durfte alles lernen und können, was er wollte. Helena Kreidler begleitete seinen Werdegang mit größter Sorgfalt, ohne ihre eigenen beruflichen Interessen aus dem Auge zu verlieren. Sie machte Karriere bei der Polizei, weil sie früh erkannt hatte, dass da die Zeit der Frauen angebrochen war.

Ihre Kalkulation ging jedenfalls fürs Erste wunderbar auf. Der kleine Thilo wurde mit jedem Jahr perfekter und vorzeigbarer, auch wenn er in seinen vielfältigen Kenntnissen und Fähigkeiten seltsam verloren wirkte. Helena Kreidler erklomm die Erfolgsleiter bei der Polizei, weil sie kompetent und eindeutig war. Und hart genug, um auch die Männer um sich herum zu überzeugen. Alles in allem eine prima Kalkulation mit der kleinen Restmenge Alfred. Der Mann von Helena Kreidler wurde, was seine Bedürfnisse und Möglichkeiten anging, immer mehr an den Rand gedrängt und schließlich abgeschrieben. Nicht etwa mit Trara und Donnergrollen, die Abschreibung des Alfred K. ging sehr langsam und schleichend vor sich. Helena Kreidler war so mit sich und der Gestaltung des kleinen Thilo beschäftigt, dass sie das allmähliche Verschwimmen und Verschwinden ihres Mannes kaum bemerkte. Thilo wurde in dem Maße wichtig, in dem ihr Mann unwichtig wurde. Thilo nahm eigentlich die Stelle ihres Mannes Alfred ein. Es gab Tage, an denen sie mit Thilo das Wochenende plante und auf die Frage des Buben: ‚Wo ist eigentlich Papa?' erst nachdenken musste. ‚Papa macht wohl wieder eine seiner Bergtouren im Tannheimer Tal', fiel es ihr dann ein. Was sonst? Der Mann war oft im Tannheimer Tal oder auf Bergen, deren Namen sie langweilten. Sie war keineswegs unglücklich darüber und nahm an, dass ihr Mann ebenso zufrieden war, mit dem Zustand der Familie. Sie jedenfalls genoss die Gemeinsamkeit mit ihrem Sohn und war natürlich überzeugt davon, dass es diesem ähnlich – nein – genauso erginge. Sie hatte zuviel zu tun, um dessen Einsamkeit und Unsicherheit zu spüren. Einerseits schmeichelte ihm die Bedeutung, die er durch die

Mutter erlangte. Sie überforderte ihn aber auch; sie lud ihm, ohne es zu wissen, eine Last auf, die er nicht bewältigen konnte. Und sie gab ihm keine Möglichkeit, ihr sein Leid zu klagen. ‚Welches Leid?' Welchem Buben konnte es besser gehen als ihrem Thilo? Welcher Bub wurde mehr geliebt und gehätschelt und beachtet? Dieses Kind musste zufrieden sein. Ach was: glücklich!

Es dauerte sehr lange, bis Helena Kreidler begriff, dass ihr Sohn nicht glücklich war. Dass er dabei war, sich zu verändern. Er wurde launisch und unzuverlässig. Er schwänzte die Schule und verschwand einmal für mehrere Tage. Helena Kreidler schob alles auf die sich anbahnende Pubertät. Aber auch die hartnäckigsten Pubertätsphasen sind irgendwann überstanden und taugen nicht mehr als Ausrede. Und es war schließlich die Aufgabe ihres Mannes Alfred, ihr die bereitwillig geschlossenen Augen zu öffnen: ‚Thilo nimmt Drogen.' Noch Jahre später sah seine Frau die Szene vor ihrem inneren Auge. Der sorgfältig gedeckte Frühstückstisch an einem Samstagmorgen. Thilo war nicht da. Wieder einmal nicht da. Sie versuchte wieder einmal, das immer öfter aufkeimende Unbehagen zu überspielen: ‚Ich glaube, da geht was mit einem Mädchen...' Und dann die sie auf einmal sehr hart und unnachgiebig fixierenden Augen ihres Mannes: ‚Dein Sohn Thilo nimmt Drogen.' Sie erinnerte sich noch genau an ihre Antwort: ‚Mach dich doch nicht lächerlich.' Dann wischte sie sich entschlossen mit der Serviette den Mund ab und verließ mit zitternden Knien die Küche.

Einer dieser Tage, an dem das Pech aus dem großen Trichter auf einen niederstürzt. Helena Kreidler seufzte tief. Das war ein Tag. Und obwohl ihm noch viele dunkle folgen sollten, dieser war der schwärzeste. Weil sie sich an diesem Tag von ihrer großen Illusion verabschieden musste. Dem großen Glück, das sie geplant hatte. Für sich und den Sohn.

Fast hätte die Hauptkommissarin ihren Assistenten Schober nicht gehört, der behutsam wie immer eingetreten war: „Frau Kreidler, die Herren sind da…"

Sie atmete tief durch und richtete sich konzentriert auf: „Brandl und Fuhr?"

„Jawoll."

„Sollen reinkommen."

„Jawoll."

Sie sah ihren Assistenten erstaunt an: „Jawoll, jawoll…? Was treiben Sie denn da?"

„Ich wollte nur… präzise sein..."

„Dann machen Sie uns mal eine präzise Tasse Kaffee..., bitte!"

Schober zog eine kleine Schnute und sackte etwas in sich zusammen. „Und die Herren?"

„Die schicken Sie rein, was sonst?"

Schober ging hinaus und schloss die Tür zu Helena Kreidlers Büro nicht hinter sich. Er hatte den Raum kaum verlassen, als Rupert Fuhr schon durch die Tür drängte. Hinter ihm kam, weit weniger eilig, Gaide Brandl herein.

„Nehmen Sie Platz, ich bin gleich so weit", die Hauptkommissarin hatte es sich angewöhnt, immer so zu tun, als würde man sie in einer Arbeit stören. Sie schrieb etwas auf einen Zettel, sah stirnrunzelnd in ihren Computer, oder kramte aufmerksam in einer Akte. ‚Wichtige Menschen haben immer etwas zu tun. Sonst wären sie nicht wichtig...'

„So – bitte." Hauptkommissarin Kreidler setzte ein dienstliches Lächeln auf und war nun bereit, sich ihren Beamten zu widmen. Das Lächeln gefror ihr aber sofort zu einer albernen Grimasse, als sie Gaide Brandls Gesicht sah: „Was ist denn das? Wie kommen Sie denn daher?"

Rupert Fuhr sah nervös von einem zum anderen: „Das ist bei der Vernehmung passiert. Bei der Betz..."

„Bitte? Sie wollen doch nicht sagen, dass die Frau, die alte Frau Ihnen da... eine verpasst hat?" „Naaa, nadierlich it di alt' Frau, des war där Box'r!"

Brandl musste die Ausführungen seines Kollegen übersetzen, der wieder einmal in seinen Memminger Dialekt verfallen war. „Wir waren bei der Frau, um sie zu vernehmen und da kam ihr ein Herr Semmelrogge handgreiflich zu Hilfe."

„Was soll das heißen: ‚zu Hilfe.' Haben Sie die Frau belästigt... ich meine bedrängt oder genötigt, oder was?"

„Nein, natürlich nicht. Der Herr Semmelrogge hat das wohl so interpretiert, beziehungsweise die Frau Betz hat das so empfunden… es war ein Missverständnis."

Rupert Fuhr beugte sich erregt vor: „Do war gar nix. Mir send ganz normal ens Haus – ond blezzlich… bumm!"

„Ja genau: Bumm. Wir... ich bin sozusagen unvorbereitet aufgelaufen."

„Das sieht man." Helena Kreidler konnte sich einen sehr ironischen Unterton nicht verkneifen: "Wo ist dieser Herr Brezelberger jetzt?"

Brandl und Fuhr sahen sich einen winzigen Moment, das Unheil ahnend, an. „Er heißt Semmelrogge und er ist weg." Brandl sah harmlos zur Decke.

„Weg? Was heißt weg? Sie können doch einen Herrn Semmelberger oder wie er heißt, nicht laufen lassen, nachdem er einen Beamten in Ausübung seines Dienstes k.o. geschlagen hat..."

Fuhr nagte an seiner Unterlippe: „Des war a Dings, a Missverständnis…"

„So. Ein Missverständnis. Und deswegen hat sich der Herr gleich aus dem Staube gemacht. Wie? Sieht zwei Männer vor der Wohnungstür, schlägt den einen k.o. und geht dann stiften. Ein Missverständnis? Wenn der nicht tonnenweise Dreck am Stecken hat, dann bin ich die heilige Maria von Konnersreuth."

Die Hauptkommissarin war laut geworden. Trotzdem wagte Rupert Fuhr den Einwurf: „Kreszenz".

„Wie bitte?"

„Kreszenz von Konnersreuth. Des woiß i, weil..."

„Das ist mir wurscht woher Sie das wissen, ich will wissen was dieser Semmelboxer zu verbergen hat!" Sie war aufgestanden und mit schnellen Schritten um den Tisch herum gekommen: „Meine Herren. Wenn Sie eine verdächtige Person vernehmen sollen und Ihnen dabei jemand handfest und mit offensichtlichem Vorsatz die Tour vermasselt, dann können Sie davon ausgehen, dass diese Person etwas mit unserem Problem zu tun hat." Sie sah den stumm dasitzenden Brandl mit Falkenaugen an: „Können Sie mir folgen?"

Brandl hob langsam den Kopf und sein Blick verdüsterte sich: „Ich kann Ihnen sehr gut folgen..." Wegen seines immer mehr anschwellenden Gesichtes nuschelte er etwas, aber sein Kollege Fuhr erkannte sofort, dass der Kochtopf namens Brandl langsam aber sicher zu brodeln anfing. Er beeilte sich: „Do hand Sie ganz räacht, Frau Kreidler! Weil der Semmelrogge hott doch von d'r Betz dia Zeidonga kriagt!"

„Welche Zeitungen? Drücken Sie sich mal bitte allgemeinverständlich aus."

Fuhr konzentrierte sich und bemühte sich um Amtsdeutsch: „No dia, wo der Drohbriefschreiber die Buchstaben ausgeschnitten hat."

Die Augen der Hauptkommissarin wurden immer größer: „Sie wollen sagen, Semmelberger hat die Drohbriefe verfasst?"

„Vielleicht verfasst", Rupert Fuhr hob den Finger. Aber seine Vorgesetzte konzentrierte sich nun ganz auf Gaide Brandl. Ihre Stimme war gefährlich leise und schwoll immer mehr an: „Herr Kommissar Brandl, Sie waren zu zweit und hatten den Täter vor der Flinte und waren nicht in der Lage, diese zwielichtige Existenz dingfest zu machen."

„Genau", antwortete Brandl noch kühl. „Ich kann nämlich weder in die Zukunft noch ums Eck sehen."

„Das ist mir wurscht! Sie hätten ihn kassieren müssen! Das bleibt nämlich an mir hängen, wenn dieser Mensch da weiterhin Ärger macht! Der ist eine Gefahr für alle schwarzen Musiker, die am Festival teilnehmen!"

Plötzlich schoss Brandl, wie von der Tarantel gestochen, aus seinem Stuhl hoch und brüllte genauso laut: „Eben nicht!"

Helena Kreidler wich unwillkürlich zwei Schritte zurück. „Eben nicht? Warum denn nicht?" „Weil er selber einer ist!"

„Ein Musiker?"

„Nein, ein Schwarzer!"

„Wie bitte? Ein Schwarzer?"

„Ja. Und wenn Sie hier nicht so rumbrüllen würden, hätte ich es Ihnen längst erklären können!" Brandl war immer noch laut und er hatte nicht vor, daran was zu ändern: „Und überhaupt – brüllen sie mich nicht so an! Ich bin nicht Ihr Düffeldoffel! Und jetzt geh ich. Ich brauch was Abschwellendes!" Er nickte den Anwesenden im Raum energisch zu, schob den soeben in der Tür erschienenen bleichen Assistenten Helena Kreidlers zur Seite und stapfte hinaus.

Für einen Moment waren alle sprachlos. „Das ist ja wohl… das wird ja wohl ein Nachspiel haben…" Die Hauptkommissarin ließ sich auf ihren Stuhl fallen. „Das können Sie Ihrem Kollegen schon mal mitteilen, das wird ein Nachspiel haben. Dieser Ton…" „Manchmal isch er ganz schnäll... also auf hondertachtzg…" Rupert Fuhr wiegte Verständnis heischend den Kopf. „Där isch sonscht emmer okeee, d'r Gaide... a brima Kolleege... wirklich."

Frank Schober hüstelte: „Darf ich, kann ich...?" Er ruckelte nervös an seiner blauen Brille. „Der Kaffee wäre fertig. Soll ich?"

„Wollen sie?", fragte Helena Kreidler in Richtung Fuhr.

Der zog eine kleine entschuldigende Grimasse: „Nein.

Ich glaube nicht. Ich glaube, ich sollte lieber..." Er zeigte mit dem Daumen in die Richtung, in die sein Kollege verschwunden war. Seine Vorgesetzte nickte: „Ja. Fangen Sie ihn ein. Wer weiß, was er sonst noch anrichtet, in seinem heiligen Zorn... übrigens stimmt das mit dem...?"

„Semmelrogge", ergänzte Fuhr rasch.

„Genau. Semmelrogge. Ist das ein Schwarzer?"

„Schwaaz wia d'Nacht", bestätigte der kleine Memminger.

Helena Kreidler seufzte: „Schade. Es hätte so gut gepasst. Nun ist die Sache natürlich komplizierter. Aber irgendwas hat er trotzdem mit dem Fall zu tun. Außerdem: man darf Polizisten nicht einfach k.o. hauen. Da könnte ja jeder kommen..."

„Das stimmt." Fuhr hatte sich erhoben. „Da muss was geschehen." Sie nickte energisch: „Da sind wir ausnahmsweise mal einer Meinung."

25

Memmingen und Kempten sind wie zwei Schwestern, die zwar miteinander verwandt sind, sich aber nicht immer leiden können. Das hat was mit der stillen Konkurrenz zu tun, die bei nicht wenigen Schwestern eine Rolle spielt. Welche ist die Klügere, die Schönere, welche hat den erfolgreicheren Mann an Land gezogen? Darum sammeln beide, mehr oder weniger geschickt und mehr oder weniger auffällig, Beweise für die Überlegenheit gegenüber der Schwester.

Dass Kempten die größere Stadt ist und die attraktive Nähe zu den Bergen vorzuweisen hat, das müssen die Memminger zähneknirschend akzeptieren und dagegen gibt es kein Argument. Dafür haben die Unterallgäuer eine interessantere Anbindung an die Autobahnen von Süden nach Norden und sind deswegen für industrielle Ansiedelungen geeigneter. Die Memminger haben schon seit Jahr und Tag den Kulturmonat ‚Memminger Meile' und ein Landestheater. Dafür haben die Kemptener den ‚Jazz-Frühling', den APC-Kultur-Sommer und die Allgäuer Festwoche. Mühsam gekontert vom Memminger Kinderfest und den Wallenstein-Festspielen. Im Sport konnten die Memminger immer besser Fußball spielen, während Kempten im Eishockey über lange Jahre erfolgreicher war.

„Überhaupt", Gaide Brandl stach mit dem Zeigefinger in Richtung seines Kollegen Rupert Fuhr „seid ihr Memminger gar keine Allgäuer."

„Eben schon."

„Kein einziger Berg in Sicht! Keine Alm, keine Kuh! Keine Spur von Allgäu. Außer euren Betonschädeln."

„Das sagt grade der Richtige", Fuhr saugte an einer dicken, schwarzen Zigarre. „Das sagt grade der größte Betonschädel in der gesamten Region. Und jetzt geh ich pinkeln."

Gaide Brandl blieb der Mund offen und er sah seinem Kollegen zu, wie er sich etwas unsicher von der Bank erhob und, stetig Qualmwolken ausstoßend, die am anderen Ende des Raumes liegende Tür ansteuerte. Dann hob er zufrieden die Bierflasche und setzte sie genüsslich an. ‚Seltsam', dachte er ‚nach dem dritten Bier kann man dieses Memminger Gebräu sogar ertragen.' Vielleicht lag es ja auch an dem Lokal, das sie für ihren ‚Männerabend' gewählt hatten, das ‚Cafe Mohren'. Ein Vorschlag des Memmingers Rupert Fuhr.

Der ‚Mohren' war alles andere als ein ‚Cafe'. Der ‚Mohren' war eine Kneipe und was für eine. Eine, wie sie nicht alle Tage zu finden ist. Aus verschiedenen Gründen eine echte Rarität und für Polizisten von Berufes wegen ein Begriff. Im ‚Mohren' verkehrten nämlich amtsbekannte Individuen. Keine wirklich schweren Jungs, aber kleinere und mittlere Drogendelikte und Körperverletzungen kamen schon mal vor. Trotzdem suchten die Kneipe aber auch viele ganz normale und juristisch unauffällige Menschen auf. Der ‚Mohren' wurde auf diese Art über die Jahre zu einem sehr seltenen und interessanten Biotop, in dem sich ansonsten unvereinbare soziale Gruppierungen vermischen und begegnen konnten. Warum das ausgerechnet im ‚Mohren' passierte, war ein Geheimnis, denn das Cafe verfügte, außer einer weithin gerühmten Musikbox, über keinerlei Attraktionen, was die Ausstattung anging. Es war weder schön noch sonderlich originell eingerichtet. Holzbänke rund um den Raum, einfache, große Tische und derbe Holzstühle. An den Wänden schlecht gemalte Portraits uralter Bluesmusiker und glutäugiger Südländerinnen mit großen Blumen im Haar. Neben klebrigen Fotografien und einer Afri-Cola Tafel, auf der die sehr übersichtliche Speisenfolge, die die Küche zu bieten hatte, aufgelistet war. Ein schummriger, schmuddeliger, immer im Zigarettenrauch versinkender Nebenraum, in dem ein Billardtisch und ein trübe blinkender Flipperkasten den meisten Platz beanspruchten. Dazu ein paar alte, abgewetzte Sofas und Sessel.

Das Zentrum des Lokals und damit des Geschehens bildete der kleine, fast quadratische ‚Kommandostand'. Von einer großen und ebenso hässlichen Bierreklame beleuchtet, zwei Seiten Theke mit Barhockern, darüber ein rätselhaftes Pferdejoch, das einen Spiegel umrahmte. An der hinteren Wand Regale mit Gläsern und der Zugang zu der noch kleineren Küche, in die außer der Wirtin namens ‚Gerti' niemand ohne die Androhung schwerer Konsequenzen seinen Fuß setzen durfte. Man vermutete, dass es in der geheimnisvollen Küche hygienisch vielleicht nicht ganz koscher war. Deshalb das Verbot. Unabhängig davon drohte Gerti ihren Gästen öfter schwere Konsequenzen an. Sie war überhaupt das komplette Gegenteil einer um ihre Kundschaft werbenden Wirtin. Alle soziologischen

Erkenntnisse des Kundenhandlings in öffentlichen Lokalen waren an Gerti, ohne auch nur die geringste Spur der Erkenntnis zu hinterlassen, vorbeigegangen. Gerti war niemals aus geschäftlicher Berechnung freundlich, sondern nur wenn es ihr zufällig danach war. Dann ließ sie ein schrill klirrendes Lachen hören und parkte den ausladenden Busen leutselig auf der Theke. Ansonsten behandelte sie ihre Gäste wie eine Herde von Schafen. Denen es grundsätzlich an Vernunft und Einsicht fehlte. Also musste man sie mit Strenge zu ihrem Glück zwingen. Und manchmal auch an den Ohren nehmen.

So seltsam es klingt, gerade diese ruppige Art des Umgangs schien den Gästen des ‚Mohren' zu behagen. Das Geschäft ging gut, an manchen Wochenenden geradezu beängstigend gut. Dann schwappte die Flut der aufgestauten Gästeschar ein ums andere Mal hinter die Theke in den Kommandostand. Und Gerti musste ihr kleines Kneipenschifflein mit starker Hand zwischen den Klippen alkoholisierter und krawallbereiter Gäste hindurchsteuern. Mit harter Hand und strengen Kommandos, die den neu hinzukommenden Besucher manchmal ob ihrer Schroffheit nicht wenig erstaunten: „Schweine! Raus! Haut ab! Polizei! Geht heim zu euren hässlichen Weibern!" Das war eigentlich zu starker Tobak für den durchschnittlichen Lokalbesucher. Nicht so im ‚Mohren'. Das Publikum dort nahm die Gertischen Beschimpfungen und Tiraden als eine Art von interessantem Improvisationstheater wahr. Man wartete geradezu darauf, beleidigt und diszipliniert zu werden und war immer ein wenig enttäuscht, wenn der Abend ohne überraschende Programmpunkte verlief. Dafür war nicht nur Gerti zuständig, sondern auch der andere Hauptdarsteller im Kleintheater ‚Mohren': Mac.

Der um einiges jüngere Lebenspartner der resoluten Wirtin.

Mac war ein ehemaliger Flugzeugmonteur, der schon

während der Lehrzeit erkannt hatte, dass er nicht zum Flugpersonal taugte, weil er in den Turbinen, die er säubern und warten sollte, regelmäßig Utensilien aus seinem privaten Bestand zurückließ. Mac war mindestens ebenso blond wie seine Lebensgefährtin und näherte sich über die Jahre, auch was die Körpersilhouette betraf, immer mehr seiner Liebsten an. Die zwar älter und runder, aber auch um einiges robuster war. Rupert Fuhr kicherte: „Die Gerti, das ist eine Marke. Weißt du, dass die was mit Elvis hatte?"

Gaide Brandl hielt ebenfalls kichernd die Hand vor den Mund: „Die? Mit Elvis?"

„Das erzählt man sich. Beziehungsweise sie erzählt es manchmal. Beziehungsweise deutet es an…"

Brandl nickte: „Der trau ich alles zu."

Nicht nur er. Gertis Privatleben hatte schon immer für Gesprächsstoff gesorgt. Da war die angebliche Liason mit Elvis. Da war aber auch ihr ehemaliger Ehemann, ein Herr Müller, der für seine Eskapaden berühmt war und letztendlich seinem ausgiebigen Alkoholkonsum Tribut zollen musste. Leberzirrhose. Die Witwe trauerte seinerzeit nicht im Unmaß, sondern griff, damals eine rassige Vierzigerin im Catsuit, zügig nach der jüngeren Beute. Eben jenem verhinderten Flugpionier Mac, den sie sich mittels roter Unterwäsche gefügig machte. Um ihn, sobald er Verstand und Willen verloren hatte, in Haushalt und Geschäft einzubinden. Das ging gut, solange Eros das Zepter schwang, dann nahmen die üblichen Abnutzungsprozesse ihren Lauf und aus der feurigen Liason wurde ein zweckgebundenes Mutter-Sohn-Verhältnis, das mit den Jahren jegliche romantische Färbung einbüßte. Frau Gerti war die Chefin des Lokals und hätte ihren Mac wohl rasant vor die Tür gesetzt, wäre ihr etwas anderes untergekommen. Außerdem hatte sich Mac nicht nur zu einem Faktotum, sondern auch peu a peu zu einer kleinen Attraktion und wichtigen Identifikationsfigur der Kneipe entwickelt. Mac war nämlich ein zwar nicht brillanter, aber unermüdlicher Gitarrenspieler, der für ständigen musikalischen Betrieb im ‚Mohren' sorgte. So dass sich über die Jahre eine lebendig auf- und abschwellende Szene entwickelte, die zum allabendlichen Überraschungskonzept beitrug. Wer in den ‚Mohren' ging, wusste nie was ihn erwartete. Manchmal tröpfelten die Abende mit zäher Gleichförmigkeit dahin, um plötzlich in eine rasante Achterbahnfahrt aus Musik, Prügeleien und erstklassigen Beschimpfungen durch das Führungspersonal zu münden.

„Heute ist's ruhig", sagte der von der Toilette zurückkehrende Rupert Fuhr und kontrollierte zuerst die Asche seiner Zigarre und dann den Hosenladen. „Aber schließlich, man weiß nie was noch kommt!"

Sein Kollege Brandl nickte bedächtig: „Wem sagst du das? Selbst wenn ich das vorher nicht gewusst hätte, seit dieser Woche, seit dieser Geschichte mit deinem Williams, hab ich's kapiert: man weiß nie irgendwas."

Fuhr sah ihn starr an und wechselte vor Verblüffung und weil er nicht mehr ganz nüchtern war in seinen Unterallgäuer Dialekt: „Häh? I verschdand ieberhaupt nix."

„Pass auf. Zuerst die Sache mit dem Trompeter..."

„Saxophonist", flocht Fuhr pingelig ein.

„Von mir aus – Saxophonist. Ein blöder Stromunfall, denkt die Kreidler, das kann der blöde Brandl machen. Auf einmal ist die Geschichte hochpolitisch und heiß wie noch mal was!" Er legte den Kopf in den Nacken und saugte auch noch den letzten Rest aus der Flasche, mit der er in Richtung Theke winkte: „Hallo Bedienung!"

„Du wirst es schon noch erwarten", kam es mürrisch zurück.

Brandl nickte wieder: „Was bleibt mir übrig? Und du trinkst jetzt auch noch eines!" befahl er seinem Kollegen.

„Aber genau. Heit isch schliasslich Menneroob'nd." Rupert Fuhr strahlte und hob ebenfalls die Flasche.

Gaide Brandl war noch nicht fertig: „Dann ham der blöde Brandl und der blöde Fuhr eine Spur und nicht nur, dass sich die als ziemlicher Blödsinn herausstellt, kriegt der Brandl auch noch eine verpasst und lässt den Verdächtigen laufen.“ Er betastete vorsichtig sein immer noch schmerzendes Kiefer und das Pflaster über der kleinen Platzwunde.

Fuhr konnte sich ein hinterlistiges Schmunzeln nicht verkneifen: „Das wird schon wieder, lieber Gaide. Und: so blöde war die Spur doch gar nicht. Wer konnte denn erahnen, dass der Verdächtige selber ein Neger ist.“

„Neger sagt man nicht.“

„Warum denn nicht?“

„Das weiß ich auch nicht, es ist jedenfalls irgendwie diskriminierend.“

„Wenn du's sagst. Jedenfalls wird ein…“

„...Schwarzer...“

„...wird ein Schwarzer wohl keine Drohbriefe schreiben, die sich über die vielen Schwarzen in Kempten beschweren!“

„Und schon gar nicht einen seiner Rassenkollegen um die Ecke bringen.“

„Obwohl es schon vorgekommen ist, dass ein Schwarzer einen anderen Schwarzen umgebracht hat.“

„Marvin Gaye zum Beispiel“, sagte eine dunkle Stimme. Die beiden Kommissare sahen überrascht auf. Vor ihnen stand ein altersmäßig schwer zu schätzender Mensch mit wirrem, dünn gekringeltem Haupt- und Barthaar. Er drehte sich selbstvergessen eine Zigarette und ließ den Blick nur oberflächlich über die beiden Sitzenden gleiten, als hätte er eigentlich Wichtigeres zu tun.

„Guck Gaide, das ischt der Johann. Der kennt sich aus“, sagte Rupert Fuhr und hob bedeutungsvoll schmunzelnd den Kopf in Richtung des Zigarettendrehers. Der zog unter metallischem Klingeln und Klappern einen, mittels grobem Karabinerhaken am Gürtel befestigten, riesigen

Schlüssel- und Gerätebund aus seiner Cordhose. An dem sich auch ein beeindruckend aufschnappendes Feuerzeug befand. Mit dessen mächtiger Flamme setzte Johann seine Zigarette in Brand, die stabil auf der praktischerweise vorstehenden Unterlippe klebte, und betrachtete anschließend nachdenklich die Glut. Dann nickte er zustimmend, als wollte er sagen: ‚So muss das sein', sprach aber etwas gänzlich anderes, nämlich: „Marvin Gaye wurde sogar von seinem Papa umgebracht."

„So isch es", nickte Fuhr und noch mal in Richtung seines Kollegen: „Der kennt sich aus." Bevor sich der aber irgendwie zustimmend äußern konnte, hatte sich Johann schon wortlos umgedreht und schlenderte durch den Raum davon.

„Der ist etwas seltsam, oder?"

„Ja, kann man sagen. Manche meinen sogar er sei komplett meschugge."

„Wer ist das nicht – irgendwie komplett meschugge?"

„Jaa, jaa. Meschugge. Ihr seid doch alle it ganz dicht!" Wieder eine andere Stimme. Diese quengelte genervt und gehörte zu zwei dicken, mit billigen Ringen überladenen Händen, die einen Kugelschreiber führten und Striche in die Bierdeckel der Kollegen kerbten: „Jeder vier! Hoffentlich hat der dürre Hering auch Geld!" Das war Gerti, die Wirtin. Sie stellte die Bierflaschen ab, Gläser gab es nur auf ausdrücklichen Wunsch. Wer wollte schon ohne Not Geschirr waschen.

„Koi Angscht. Der dürre Hering hott scho a Geld. Und sonscht, wie geht's?" Rupert Fuhr wollte freundlich sein, aber die Geschäftsleitung des Lokales ‚Mohren' schenkte ihm keine Aufmerksamkeit, sondern ging abwinkend wieder ihrer Wege: „Ja, ja, wie soll's mir schon gehen?"

Gaide Brandl sah ihr verwundert nach und wandte sich dann nachdenklich an seinen Kollegen: „Findest du mich zu dünn?"

„Na ja, mit Übergewicht wirst du wohl nie Probleme haben", gluckste der.

„Das hat schon mal jemand zu mir gesagt." Der Kommissar grinste. „Vielleicht sollte ich doch mal... an mir arbeiten..."

Fuhr schien sich für das Thema nicht sehr zu interessieren: „Von mir aus, aber heit Oob'nd nicht mehr! Heit isch Menner- ond Auskotzob'nd."

„Jawoll. Apropos auskotzen... das könnt ich momentan von früh bis spät."

Sie schwiegen und betrachteten intensiv ihre Bierflaschen.

Nach einer Weile sagte Fuhr: „I woiss. Dir langt's mit onserer Frau Kreidler – gell?"

„Mmmh. Es ist nicht nur wegen der Kreidlerin. Ich hab das jetzt lang genug mitgemacht und weiß im Grunde schon ewig, dass das nichts für mich ist. Dass ich kein Polizist bin. Und dass ich mich anfange dafür zu hassen, weil ich immer noch da bin... ich muss weg!"

Sie schwiegen wieder.

Dann sagte Rupert Fuhr mit belegter Stimme: „Und Rita?"

„Und Rita… das ist die nächste Katastrophe. Mit Rita ist es genauso. Rita ist gut und recht, aber nichts für mich und das weiß ich auch schon lange… viel zu lange."

„Und…?" Fuhrs Frage versandete, aus der Musikbox kam ‚Hey Joe'.

„Warum ich nichts tue? Weil ich weiß, wenn ich losle-ge, dann geht alles, aber schon alles den Bach runter. Wenn ich anfange, kann ich nicht mehr aufhören. Und dann muss ich es zu Ende bringen. Mit allen Konsequenzen."

„Das hört sich vielleicht dramatisch an."

„Das ist dramatisch. Wenn du dein Leben komplett umstülpst, dann ist das dramatisch."

Fuhr stand plötzlich, als hätte ihn jemand gerufen,

abrupt auf und steuerte die Theke an. Der überraschte Gaide Brandl sah ihm nach, wie er mit der Wirtin Gerti sprach, die ihm was über die Theke reichte. Er kam zurück und stellte vier kleine Fläschchen ab, die in braunes Packpapier gewickelt waren. Er riss das Papier ab und zeigte seinem Kollegen geheimnisvoll deutend die roten Verschlusskappen: „Weißt du, was das ist?"

Brandl zuckte die Schultern: „Ein Magenbitter nehm ich an."

„Ein ganz besonderer Magenbitter. Ein Underberg mit rotem Verschluss!"

„Was hat das zu bedeuten?"

„Ein Underberg mit rotem Verschluss ist wie ein fünfundzwanzig Jahre alter Barolo. Eine Rarität."

„Wohl was ganz was Feines?"

„Das nicht unbedingt, aber gut für den Magen und gut gegen die Sorgen!"

Er begann in der Innenseite seiner Jacke zu kramen. „Wir geben am besten unsere Führerscheine gleich an der Theke ab. Mit Autoschlüssel. Du übernachtest bei mir." Fuhr legte seine Papiere und die Schlüssel geschäftig auf den Tisch und sein Kollege tat es ihm schmunzelnd gleich: „Da, das Diensthandy kannst du auch gleich haben. Ich hab's eh schon ausgeschaltet!" Anarchie. Genau danach war es ihm.

Dann nahm Fuhr seinen alten, grauen Führerschein und betrachtete sich lächelnd das Foto: „Do schau. So hau i amol ausgschaut!"

Brandl kicherte angetrunken und überließ dem kleinen Memminger bereitwillig den eigenen Schein. „Auauau! D'r Gaide mit lange Hooaa! Do hosch no viele Hoar g'hett! I glaub i schpenn! D'r Gaide…"

Er stockte einen Augenblick. „Gaetano? Wia hoisch du? Was isch denn des für a Naama?" Im selben Moment fiel ihm ein, dass er nie den richtigen Namen seines Kollegen erfragt hatte. Gaide war schon immer für ihn und für alle

Gaide. Der nahm ihm rasch den Führerschein aus der Hand.

Trotzdem setzte Fuhr neugierig nach: „Gaetano? Des hört sich so..." Die dunkle Stimme von vorhin sagte: „Das ist italienisch. Sizilianisch vermutlich..." Johann war wieder da und verfügte offenbar über ein hervorragendes Gehör: „Westküste vermutlich..." Er betrachtete die erstaunten Gesichter der beiden Polizisten und entfernte sich dann gleichgültig und Schlüssel scheppernd.

Aus der Music-Box kamen die letzten Takte von ‚Hey Joe'. Brandl schraubte den roten Verschluss von einem der Fläschchen und reichte es dem Kollegen. Dann öffnete er ein zweites Fläschchen: „Da. Sauf mit mir. Heut hab ich's nötig."

„Und was ist mit sizilianisch?" Brandl trank sein Fläschchen in einem Zug leer. Dann schraubte er ordentlich den Verschluss darauf: „Blödsinn. So gut kennt sich dein Johann auch wieder nicht aus."Und während er abrupt aufstand: „Jetzt geh i c h pinkeln." Dann durchquerte er steif und eilig den Raum. Und vergaß in der Tür, die zu den Toiletten führte, sogar den Kopf einzuziehen.

26

Einige Stunden vorher hatte Klaus-Peter Fissler eine fast wundersam zu nennende Begegnung. Er war gerade von einem Termin in sein Büro zurückgekehrt und freute sich immer noch über seinen schmerzlosen Rücken. ‚Ein neuer Mensch!' Frau Lopez und ihre Tinktur hatten ihn zu einem neuen Menschen gemacht. ‚Wieder' zu einem neuen Menschen gemacht. Die segensreiche Frau Lopez und ihre Waldgeräusche, ihr ‚kleines Eich-a-örnchen' und die Tinktur. Überhaupt: die Tinktur! Sie tat nicht nur dem Rücken gut. Seit sich Klaus-Peter Fissler von seiner Frau jeden Abend einreiben ließ, waren die seit der Geburt des Kindes unter Windeln und Alete verschütteten Leidenschaften nach langer Zeit endlich wieder wie aus tiefem Schlummer erwacht. Fissler schmunzelte zufrieden und dachte an das für Männer größte aller Gefühle: ein voll funktionsfähiger Liebhaber zu sein. Sich ohne ständig quälende und hemmende Bewegungsschmerzen dem Körper seiner Frau widmen zu können.

Ohne: ‚Aua, so geht es nicht!' und ‚Oh je wir müssen uns anders hinlegen.' Und dann: ‚Du am besten auf die linke Seite, dann kann ich rechts herum, mit dem Kissen als Unterstützung...'

Grauenhafte Momente, die jeden leidenschaftlichen Impuls unter ätzenden Altmännerproblemen begruben. Fissler kicherte frech. Das war vorbei, er war wieder im Spiel. Er stieß die rechte Faust kolbenartig vor und zurück und grinste vergnügt. Fast hätte er jubiliert, da öffnete seine Kollegin von ‚Stadt-Land-Fluss', Ruth Panzer, die Tür zu seinem Büro. Nur gerade soviel, um sich durchwinden zu können und schlängelte sich dann gelenkig in den Raum, rasch noch einmal den Gang vor der Milchglasscheibe kontrollierend. Klaus-Peter Fissler wusste sofort, was diese Vorsichtsmaßnahme zu bedeuten hatte. Routiniert holte er eine Untertasse aus der Schreibtischschublade und stellte sie vor die gerade am Tisch angelangte Kollegin: „Feuer hast du ja?"

„Klar, immer bereit." Und wie von Zauberhand erschienen zwischen Ruth Panzers Finger ein winziges Feuerzeug und eine Zigarette. Die sie mit virtuoser Behendigkeit in Brand setzte: „Aah." Die Stadt-Land-Fluss-Kollegin betrachtete die Zigarette mit sichtlichem Behagen. „Du weißt gar nicht, wie schön es ist, einen frischen Glimmstengel anzuzünden, den ersten tiefen Zug zu tun. Und zu spüren, wie das Leben in deinen Körper zurückkehrt."

„Doch, das weiß ich ganz genau, aber dazu brauch ich keine Zigarette, dazu gibt es andere Mittelchen." Er dachte an die Tinktur, und dass ihn seine Frau heute ganz bestimmt wieder einölen würde. Oben und unten. Überall.

Er schmunzelte dermaßen befriedigt, dass ihn seine Kollegin misstrauisch von der Seite ansah: „Herr Fissler, was ist denn mit dir los?"

„Dein Tip mit Frau Lopez war ganz toll, liebe Ruth."

Die Panzer nickte bekümmert: „Ach? Hat dir das Zeug geholfen?"

„Sie hat saftige Preise, aber sie kann auch was."

„So?"

„Ja, diese Farbigen, also du kannst sagen was du willst, die können Sachen, die können wir nicht. Die haben da noch einen Draht zu Energien, den wir schon lange verloren haben..." Ruth Panzer zog eine komische Grimasse: „Na ja, schön wenn es dir geholfen hat und – apropos: Farbige. Da scheint ein farbiger Herr auf der Suche nach dir zu sein. Der Kleinmeier von der Pforte hat mich vorhin gefragt, ob ich dich gesehen hätte, weil er dich nicht erreicht hat. Telefonisch. Und nun hat er den Herrn einfach mal hochgeschickt."

„Den Farbigen?"

„Eben den."

„Bisher sind bei mir keinerlei Farbige aufgetaucht. Wer soll denn das überhaupt sein? Die einzigen Farbigen, die was von mir wollen könnten, wären momentan die Musiker."

„Oder die geschäftstüchtige Frau Lopez will noch mal Geld..."

„Wie bitte?"

„Nein, keine Angst, es war nur ein Witz. Obwohl ich der Frau eine ganze Menge zutraue." „Irgendwie scheinst du aber nicht begeistert zu sein. Sie hat doch deinem Helmut auch geholfen?"

„Ja, ja, schon. Also anfangs schon, bis wir das Mittelchen meinem Schwager, der eine Apotheke hat, gezeigt haben..."

„Und? Hat es dem Herrn Apotheker nicht in den Kram gepasst, dass andere ohne sein Gift auskommen und trotzdem Erfolg haben?"

„Nein, gar nicht. Mein Schwager sagt, das Mittel ist in Ordnung."

Fissler atmete erleichtert auf: „Na also."

„Es ist nur – du kriegst das gleiche für drei Euro in jedem Drogerie-Markt."

„Wie bitte? Ich hab hundert Euro dafür bezahlt."

Ruth Panzer öffnete gerade den Mund zu einer Antwort, da spürte sie, dass hinter ihr die Tür aufging und drückte rasch die verbotene Zigarette in der von Klaus-Peter Fissler aufgestellten Untertasse aus.

„Danke schön. Sehr freundlich, dass du mir immer was dalässt." Ihr Kollege wedelte reflexartig den Rauch in Richtung Fenster. Schließlich würde es wieder an ihm hängen bleiben, dass die Kollegin sich nicht an das Rauchverbot gehalten hatte: „Bitte, was kann ich für...?" Er schob Ruth Panzer etwas zur Seite, um sich endlich einen Blick auf den Besucher zu ermöglichen. Im Raum stand ein großer, dunkelhäutiger Mann, dessen linkes Auge seltsam blicklos auf Fissler gerichtet war. Der räusperte sich erstaunt: „Darf ich erfahren, wer sie sind?"

„Semmelrogge", sagte der Mann. Und nach einem kurzen Moment: „Karl."

Die Panzer nickte ihm zu und täuschte Eile vor: „Au, ich muss. Wegen der Frau Lopez reden wir noch."

Klaus-Peter Fissler wusste nicht so recht, ob er sich mehr über die Kollegin oder den neu hereingeschneiten Besucher wundern sollte. Letztendlich musste er seine Fragen hinsichtlich Frau Lopez zurückstellen und sich dem ‚Farbigen' widmen. „Herr..."

„Semmelrogge. Karl Semmelrogge."

‚Ein seltsam alltäglicher Name für einen Musiker, dachte der Kulturredakteur noch, da sagte der große Mann mit dem trüben Auge: „Sie kennen mich nicht direkt. Nur von meinen Briefen."

„Briefen?"

„Ja, ich hab Ihnen schon zweimal geschrieben..."

„Semmelrogge...?" Fissler überlegte. „Kommt mir nicht bekannt vor... oder haben Sie vielleicht eine Frau, die malt...?"

Semmelrogge schüttelte den Kopf: „Ich hab keine Frau, die malt. Ich hab überhaupt keine Frau. Ich hab niemand. Ich stecke auch mit niemand unter einer Decke. Ich mach alles allein." Klaus-Peter Fissler wusste mittlerweile überhaupt nicht mehr, was er von seinem Besucher halten sollte. „Nun mal langsam. Ich kenne sie nicht, sie kennen mich nicht, haben mir aber geschrieben... um was ging es denn da?"

„Kein Niggergedudle!"

„Bitte?"

„Kein Niggergedudle! Das war ich."

„Sie meinen..?"

„Ich meine nicht. Ich hab die Drohbriefe geschrieben." Fissler setzte sich mit einem Ruck kerzengerade auf. Und wusste im selben Moment, dass er das besser nicht gemacht hätte. Er spürte das wohlbekannte und gefürchtete Ziehen von seiner Hüfte aus auf seinen Rücken übergreifen. Fissler verzog das Gesicht.

„Ja, ich weiß. Keine schöne Aktion von mir. Hat Ihnen wohl eine Menge Ärger eingebracht, dass ich Sie da mit reingezogen habe." Semmelrogge hatte die entgleiste Mimik seines Gegenübers auf sich bezogen und senkte bekümmert den Kopf.

„Nein, das war nicht so schlimm", Fissler seufzte „nehmen Sie erst mal Platz und dann... ich weiß nicht..." Er putzte sich rasch die Brille und überlegte, was nun sinnvollerweise zu tun sei. Als erstes fiel ihm ein: in Kriminalfilmen boten die Kommissare den Geständigen immer Kaffee in Pappbechern an. „Wollen Sie vielleicht einen... Becher Kaffee?“

„Nein danke. Ich will das hinter mich bringen.“

„Das ist schön. Aber: warum kommen sie deswegen eigentlich zu mir? Ich meine, die Polizei wäre vielleicht geeigneter.“

„Vielleicht. Aber zu denen trau ich mich nicht. Ich hab nämlich einen von denen... also... umgehauen.“

„Umgehauen? Das ist natürlich...“ der Redakteur musste schlucken. „Das ist natürlich ungünstig.“ „Eben. Sehr ungünstig. Es war ein Missverständnis. Ich dachte... die Frau Betz, meine Nachbarin dachte... ach ist unwichtig, jedenfalls hab ich einen Polizisten umgehauen und jetzt kriegt vielleicht meine Frau Betz Ärger...“

„Und das wollen Sie nicht?“

„Nein. Die Frau ist harmlos und weiß von nichts und ist überhaupt der einzige Mensch, der sich in den letzten Jahren um mich gekümmert hat. Eine Seele von einem Menschen. Ich möchte nicht, dass sie da irgendwie Ärger kriegt. Darum hab ich mir gedacht, ich geh zu Ihnen, weil sie doch...“

„Weil wir doch Briefpartner sind...?“

„So ähnlich. Sie wissen jedenfalls, um was es geht und haben sicher wegen der Sache mit der Polizei Kontakt und können das vielleicht einfädeln... irgendwie.“ Semmelrogge knetete die großen Hände und sah bedrückt zum immer noch ratlos wirkenden Redakteur.

Der griff sich resigniert an den Rücken und tastete dann nach dem Telefon: „Na, dann will ich mal... beziehungsweise...“ Er erinnerte sich an seine beruflichen Pflichten. Und wann hätte er günstiger an Informationen kommen können, als in diesem Moment? Der Geständige schien zu allem bereit zu sein und wirkte vor allem nicht so, als hätte er Lust, wieder jemand auf die Bretter zu schicken. „Was ich dann schon gerne wissen möchte: warum haben Sie – ausgerechnet Sie diese Briefe geschrieben?"

„Sie meinen, weil ich selber schwarz bin?"

„Zum Beispiel."

Semmelrogge sah zum Fenster und zuckte die breiten Schultern: „Ich weiß nicht. Das heißt, ich weiß nicht genau. Wenn man lange allein ist und nichts zu tun hat, kommt man auf seltsame Gedanken. Das werden Sie nicht kennen, aber es macht einen manchmal sehr traurig und manchmal sehr wütend. Und man sucht einen Grund, warum man da gelandet ist, wo man eben gelandet ist. Und ich bin eben schwarz. Ich hatte keine Chance was Richtiges zu werden."

„Na, na." Fissler schüttelte den Kopf. „Nun übertreiben Sie mal nicht. Das ist doch heute nicht mehr so..."

„Damals war das so, als ich jung war. Ein Schwarzer konnte im Lokal bedienen oder Fußballer werden oder Musiker oder eben Boxer. Was sonst? Oder – wie viele Schwarze haben sie in den letzten zehn Jahren an einem Bankschalter gesehen? Wie viele arbeiten bei ihrer Zeitung? Wie begeistert wären Sie, wenn Ihre Tochter einen als Verlobten heimbringen würde?"

„Ich hab keine Tochter", wehrte sich Fissler matt.

„Sie wissen genau, was ich sagen will. Natürlich ist die Sklaverei vorbei, aber schwarz zu sein ist immer noch alles andere als normal."

„Na, na, bei uns doch nicht."

„Bei euch genauso wie woanders. Aber es ist sinnlos über solche Sachen zu diskutieren. Wer das Gefühl nicht kennt, kann nichts verstehen."

„Welches Gefühl?"

„Das Gefühl anders zu sein. Das Gefühl, wenn man in ein Lokal geht und die Tür öffnet und es kommt einem dieses: ‚was will denn der hier?' entgegen, wie ein Schwall schlechter Luft. Niemand will anders sein. Wir wollen doch eigentlich alle nur dazugehören. Einer von allen sein."

„Einer von allen sein..? Das muss ich mir erst genau überlegen..."

„Gut. Tun Sie das. Jedenfalls war ich irgendwann immer öfter ziemlich wütend. Auf alle und alles und auch auf meine schwarzen Kollegen. Eigentlich besonders auf die. Weil sie respektiert und – sogar geliebt wurden! Hier in Kempten! Wenn es auch nur für die paar Tage während des Jazz-Festivals war. Plötzlich war es eine Auszeichnung schwarz zu sein! Etwas ganz Besonderes! Nur weil sie das Glück hatten, auf einer Trompete blasen zu können! Sogar mich haben die Menschen während der Jazz-Woche freundlich angeschaut. Ich hätte ja ein Musiker sein können! Und meine Wut wurde immer mehr und irgendwann war mir klar: denen versalze ich die schöne Suppe!"

„Und da haben Sie...?"

„Da habe ich diese blöden Drohbriefe geschrieben. Kindische Drohbriefe. Aber Wut macht kindisch, außerdem schreibt heute doch jeder Drohbriefe, der gerade mit seiner Zeit nichts Besseres anfangen kann."

Semmelrogge verstummte und rieb sein blindes Auge. Er nickte: „Es war nicht sehr gescheit und für alle anderen nicht sehr sinnvoll, aber eine Zeit lang hat es für mich Sinn gemacht. Die Tage waren nicht mehr ganz umsonst und nicht mehr so unendlich lang..."

Beide schwiegen.

„Vielleicht haben Sie Recht", Fissler putzte wieder umständlich seine Brille. „Vielleicht kann man es einfach nicht ganz nachvollziehen, wie es ist." Semmelrogge blieb stumm. „Aber – bei allem Verständnis – ein Verbrechen ist es trotzdem."

„Verbrechen? Wegen einem Kinnhaken? Sie machen mir Spaß..."

„Spaß? Immerhin ist wegen Ihnen jetzt jemand tot."

Die Kinnlade des Ex-Boxers sank in Zeitlupe nach unten: „Tot? Soll das heißen... der, der...?" „Natürlich. Lesen Sie keine Zeitung?"

„Nicht oft, aber das kann..."

„Das gibt es doch nicht. Das war doch Stadtgespräch. Der Mann war schließlich nicht irgendwer. Ein weltbekannter Musiker."

„Wie? Der war Musiker? Ich dachte..."

Fissler wurde nun ärgerlich: „Also bitteschön. Doc Williams war einer der größten lebenden Saxophonisten. Das wussten Sie doch vorher ganz genau! Außerdem ist es doch völlig egal, ob einer berühmt ist oder nicht. Sie haben ihn jedenfalls auf dem Gewissen."

Semmelrogge schüttelte langsam und nachhaltig den Kopf: „Ich habe keine Ahnung, von wem Sie reden. Ich kenne keinen Doc Williams."

„Von mir aus. Dann kennen Sie ihn eben nicht! Umgebracht haben Sie ihn trotzdem!"

„Ich? Wieso denn ich? Ich dachte, ich hätte diesen Polizisten umgebracht!"

„Welchen Polizisten?"

„ Na den, den ich heute früh umgehauen habe."

Nun war es an Klaus-Peter Fissler, die Kinnlade abzusenken: „Von dem weiß ich nichts. Ich dachte an den Musiker, den sie unter Strom gesetzt haben."

„Ich habe keinen Musiker unter Strom gesetzt."

„Wollen Sie damit sagen, dass Sie Doc Williams nicht während einer Probe im Kornhaus per Stromschlag ins Jenseits befördert haben?"

„Und ob ich das behaupten will. Ich war überhaupt noch nie in meinem Leben im Kornhaus!" Beide sahen sich mit großen verständnislosen Augen an. Der Kulturredakteur spürte die Schmerzen in seinem Rücken mit Macht zurückkehren: diese verteufelte Signora Lopez! Er holte tief Luft: „Das werden wir beide wohl nicht geregelt kriegen. Ich ruf jetzt bei der Kripo an." Er wählte kopfschüttelnd und wartete auf die Verbindung. „Ja, Fissler vom Allgäuer hier. Könnt ich den Beamten haben, der den Williams-Fall bearbeitet. Ja, Brandl, das kann sein... nicht zu erreichen? Aha. Sein Kollege auch nicht... das ist ja schön. Ich hab nämlich jemand bei mir, der vielleicht was Wichtiges zu berichten hätte... das wäre schön. Weil, ich hab auch noch was anderes zu tun. Ja. Mahlzeit." Er legte den Hörer wuchtiger als unbedingt nötig auf. „Sie schicken jemand."

Semmelrogge nickte: „Wird das Beste sein. Wir kommen wohl nicht weiter."

„Sieht so aus. Vielleicht wollen Sie doch einen Becher Kaffee?"

Der große, schwarze Mann zuckte ratlos die Schultern:

„Das kann jetzt vielleicht nicht schaden."

Fissler erhob sich ächzend und hinkte zur Tür. Dort drehte er sich noch mal um: „Laufen Sie bloß nicht weg." Semmelrogge nickte resigniert und sah stumm auf seine großen Hände.

FÜNFTER ALBTRAUM

Die Katze hatte sich irgendwie verändert. Sie schien größer geworden zu sein, über Nacht. Sie war immer noch grau-weiß, aber ihr Fell war anders. Glatter, härter, nichts mehr von den weichen Flusen über ihrem zerbrechlichen kleinen Körper, die Brandl immer so gerührt hatten. Wenn er dem Tier über den Kopf gestrichen hatte. Vorsichtig und behutsam. Weil die Katze Kapiertnix anders war als andere Katzen. Die sind eigentlich bekannt für ihre Zähigkeit, ihren Überlebenswillen, ihre rasche und zuverlässige Auffassungsgabe. Kapiertnix dagegen war eine sehr vorsichtige und geradezu ängstliche Katze. Die nur selten die forsche Unbeschwertheit ihrer Rasse an den Tag legte. Am liebsten bewegte sie sich in der berechenbaren Umgebung des Brandlschen Appartements. Mit Vorliebe stieg sie zu ihm, wenn er sich entspannt auf dem Sofa lagerte und plazierte sich dann umständlich auf seiner Brust. Sah ihn lange an, bis sie sich sicher war, dass alles seine Ordnung hatte, um dann irgendwann schwer atmend einzuschlafen. Die kleine Grau-weiße mit den etwas krummen Beinen schien die Welt um sich herum sehr ernst zu nehmen und immer zuerst sehr genau prüfen zu müssen. Besonders, wenn sie die Wohnung verließ und ihre Streifzüge in die feindliche Umgebung unternahm. Dann tapste sie, sich häufig umsehend und absichernd, über die Wiesen und zur nächsten Hecke, aus deren Schutz sie die Gegend beobachtete. Wenigstens war das bisher so. Nun aber schien sich die Katze verändert zu haben.

Brandl sagte: „Was ist los Kapiertnix? Du bist heute so anders?“ Die Katze sah ihn sehr ernst und aufmerksam an. Wie ein Kind, das ganz plötzlich erwachsen geworden ist. Dann trabte sie rasch und zielstrebig auf die Tür zum Balkon zu. Die Tür öffnete sich von selbst und die kleine Katze Kapiertnix, die auf einmal größer zu sein schien, war aus dem Zimmer verschwun-

den. Dann sah sie Brandl durch das Glas der Balkontür mit einem sehr eleganten und kraftvollen Satz über die Balustrade jumpen. Er eilte zum Fenster. Kapiertnix, die Grau-weiße galoppierte, als hätte sie nie etwas anderes getan, davon. Ohne Zögern, ohne Zaudern und ohne eine Spur von Ängstlichkeit in Richtung Straße, über die es hinunter zum Bach ging. Brandl trat auf den Balkon und winkte dem kleinen grau-weißen Tier nach.

Brandl war stolz und traurig zugleich. Er liebte diese Katze, weil sie so verletzlich und so scheu war. Und klug. Denn obwohl alle Kapiertnix für ziemlich dämlich hielten, wusste es Brandl besser. Dieses Tier wirkte wohl manchmal etwas langsam und umständlich, ängstlich und übervorsichtig. Aber der Grund war keineswegs Dummheit, sondern das genaue Gegenteil: die Katze sah und hörte und verstand viel mehr als andere Tiere und benötigte deshalb einfach mehr Zeit, um zu prüfen und sich das alles genau zu überlegen. Brandl winkte immer noch, als das Geräusch eines großen und schweren LKWs zu ihm herüberdrang. Ein sehr bedrohliches Geräusch, das Kapiertnix seltsamerweise nicht zu hören schien. Denn die Katze tapste bedächtig auf die Straße und sah sich, als sie die Mitte erreicht hatte, zu ihm um. Brandl rief so laut er konnte: „Vorsicht! Kapiertnix! Hau ab!“

Aber die kleine Grau-weiße hörte und sah nichts, wie es ihre Art war. Im Gegenteil: sie setzte sich gemütlich auf die Fahrbahn, fing an sich zu putzen und sah dann interessiert einem riesigen, dunkelgrünen Truck entgegen, der jetzt schnell auf sie zurollte. Brandl fuchtelte und schrie, aber es nutzte nichts. Und kurz bevor der Truck die kleine Katze erreicht hatte, wachte der Kommissar mit einem Ruck auf.

Und als hätte sie gewusst, dass er von ihr träumte, lugte das Tier Kapiertnix vorsichtig in die Tür zu seinem Schlafzimmer. Dann atmete Brandl erleichtert auf und gegen sein sonstiges strenges Verbot, durfte die Katze dann manchmal zu ihm ins Bett. Wo sie ihm begeistert mit ihrer rauen Zunge die Hand leckte.

27

Die Frau hinter der großen Empfangstheke mit angegliedertem Ausschank war bei weitem nicht so jung, wie sie sich gab. Darüber konnten weder der Jägerzaun braune Teint, noch das strahlende Lächeln oder die ungestüm wild wallenden Locken hinwegtäuschen. Schon gar nicht das Stirnband in leuchtendem Pink und das viel zu enge und viel zu kurze T-shirt. ‚Nicht alle Frauen profitieren von der Bauchfrei-Mode' dachte Gaide Brandl, während er sich darum bemühte, seinen Blick nicht allzu lange auf der Problemzone ruhen zu lassen. Dann versuchte er, seine langen Extremitäten möglichst lässig auf den Hocker vor dem Tresen zu falten und die Aufmerksamkeit der Jägerzaun braunen zu erheischen.

„Hallohooo!" sang die Frau hinter dem Tresen, auf deren viel zu engem T-shirt ein Schildchen mit ihrem Namen prangte: ‚Evi'.

„Also Evi, ich würde gerne..."

Aber Evi hatte Gaide noch gar nicht wahrgenommen, sondern schenkte ihr strahlendstes Lächeln mehreren breitbeinig auf die Theke zustaksenden Sportskameraden: „Hallo Männi, hallo Härrii, hallo Toniii! Naaa? Wieee? Das Üblicheee?"

„Loggiiisch", kam es wie aus einem Mund aus Männi, Härri und Tonii. Und mehr war offenbar nicht aus ihnen herauszulocken. Denn zu allem, was die kontaktfreudige Evi anschließend zum Besten gab, taten die drei Muskeltiere nichts als stumm zu nicken. Dann rollten sie gewissenhaft mit den sehr ausladenden Schultern, während Evi, ständig plappernd, große Gläser mit einem dick- und starkmachenden Eiweißgetränk füllte. Kaum hatten sie die Getränke vor sich, begannen sie konzentriert und eifrig wie folgsame Kinder mittels großer bunter Röhrchen ihre Eiweißsuppe auszusaugen. Brandl betrachtete das ernsthafte Trio genau und überlegte, ob er so aussehen wollte. Ob ihm solche Nackenmuskeln wohl stehen und ob es ihm wohl gefallen würde, wenn seine Arme wie bei einem Pinguin seitlich abstehen würden. Vor allem drängte sich ihm die Frage auf, ob eine solche Körperlichkeit einer gewissen grünäugigen Fotografin gefallen würde.

Offiziell war er in diesem Fitnessstudio aber nicht etwa wegen Sissi Schalk gelandet, sondern auf das kameradschaftliche Anraten seines Kollegen Fuhr hin: ‚Sieh mal zu, dass du deinen Frust loswirst!' hatte der ihm nach dem Eklat mit der Hauptkommissarin geraten. Wohin ihn dieser Fuhr überall hinschleifte! Zuerst das Konzert, dann das ‚Cafe Mohren' und nun eine Mucki-Bude! Der kleine Fuhr kannte das Studio in Memmingen von gelegentlichen Trainingsbesuchen her. Da traf es sich gut, dass Brandl nicht nur seine Wut in geordnete Bahnen lenken wollte. Er suchte außerdem eine Möglichkeit, seine unterentwickelte Muskulatur in Form zu bringen, und zwar ohne ständig den Kollegen der Kemptener Polizei zu begegnen. Schließlich hatte er den etwas draller gebauten Beamten unter ihnen nicht selten seine Fitness als leuchtendes Vorbild präsentiert. Und Wert darauf gelegt, dass seine Figur ohne irgendwelchen Aufwand ‚in Form' bliebe. Er habe es nicht nötig seinen Bierbauch einzuziehen, geschweige denn, sich einen abzutrainieren. Er könne essen was er wolle, er sei schließlich ein Leptosomer! Alle nickten gottergeben, sie wussten ja, dass der Kollege Brandl irgendwann gelesen hatte, dass der Leptosome über ein überdurchschnittliches Sexualpotential verfügen würde und seitdem schmückte sich der Kommissar gerne mit diesem ‚Titel'.

Und doch: irgendwie war ihm der Stolz auf die Vorteile seiner Konstitution in den letzten Tagen abhanden gekommen. Offizieller Grund war sein geschwollener Kiefer, bzw. der K.O. in der ersten Sekunde durch Herrn Semmelrogges rechte Gerade. Schließlich sei es eine Schande, dass ihn ein einziger Schlag – Europameister hin oder her

– so nachhaltig flach gelegt hatte. Es sei an der Zeit, die Nehmerqualitäten zu optimieren, murmelte er und sein blonder Kollege hatte ihm, seltsam schmunzelnd, zugestimmt. Fuhr kannte seinen Pappenheimer Gaide mittlerweile so gut, dass er sofort ahnte, dass an dem plötzlichen Wunsch nach mehr Muckis keineswegs nur der K.O. in Thingers schuld war. Die Ursache hatte vielmehr grüne Augen und ihr ‚du hast spitzige Knie', war Brandl erstaunlich nahe gegangen. Er musste sich eingestehen, dass es ihm wichtig war, dass sie seinen Körper anziehend und attraktiv fand. Er wollte keine spitzigen Knie haben, er wollte über ein straffes und wohlproportioniertes Schenkelpaar verfügen, auf dem sie bei Bedarf gerne Platz nehmen könnte.

Brandl sah wieder zu dem Eiweiß-Trio. „Man muss es ja nicht übertreiben..." murmelte er und sah auf einmal das Namensschildchen von ‚Evi' vor sich auftauchen.

„Hallohoooo! Kann ich dir helfen? Dich hab ich noch nie gesehen!"

„Das kommt, weil ich noch nie hier war, beziehungsweise das erste Mal hier... ich..." versuchte Brandl einen holperigen Scherz, der aber bei der zwar immer grienenden, aber keineswegs humorvollen Evi null Wirkung zeigte.

„Du magst sicher ein Probetraining machen?"

„Na ja, warum nicht, vielleicht sollte ich... „Manuäll oder Schakliin?"

„Mir eigentlich egal, ich wollte nur mal sehen..."

„Manuäääl!!"

Brandl zuckte zusammen. Er hätte Evi nie zugetraut, dass sie zu solchem Gebrüll fähig sein konnte und winkte beschwichtigend ab: „Ist schon gut. Lass dir Zeit. Ich warte..."

Was nicht nötig war, denn Manuääl, bzw. Manuel tauchte schnell und geschmeidig hinter den Palmen auf, die zwischen den Maschinen mit den grossen Gewichten sprossen. ‚Noch ein Schwarzer' dachte Brandl. Und war sich für eine Sekunde sicher, einen Rassegenossen von Herrn Semmelrogge vor sich zu haben. Manuel war nämlich schwarz. Nicht wirklich und nicht von Geburt, aber so schwarz, wie man durch die Einwirkung einer Höhensonne nur werden konnte. Ein Sarottimohr in Trainingskleidung. Gegen Manuel war die ebenfalls leidlich höhensonnengegarte Evi jedenfalls der reinste Grottenmolch. Wenn Evi Jägerzaun war, war Manuel Bitterschokolade. Die Bitterschokolade hob zierlich die Rechte: „Hai du... äh..."

„...Gaide...", sagte Gaide Brandl.

„Gaide? Was isst'n das für'n Name?"

„Das ist..., das würde zu weit führen. Kannst du mir nicht einfach mal eure Maschinen zeigen und erklären was die so machen? Muskulär?"

Manuel sah ihn mit ironisch gelüpften Augenbrauen von oben bis unten an, als wollte er fragen um welche Muskeln es denn ginge. Er könne keinerlei Muskulatur erkennen. Das tat er aber nicht, sondern schlenkerte eine Hand nachlässig in die Richtung der ihn begeistert anstrahlenden Evi, um anschliessend vage nach dem Gewichtemeer zu deuten: „Ich dreh dann mal eine Runde mit..."

„...Gaide..."

„Gaide – genau!" Evi und Manuel konnten nur mit Mühe ein glockenhelles Kichern unterdrücken. Dem Kommissar fiel das Stimmungsbarometer sofort gegen Null. Er erwog für eine Sekunde, einfach auf dem Absatz kehrt zu machen und die beiden Zicken ihrem Schicksal zu überlassen. Und das hätte er wohl auch getan, wenn da nicht die Sache mit den ‚spitzigen Knien' gewesen wäre. Er wollte und musste etwas daran ändern und folgte deshalb seufzend dem elastisch vor ihm herwippenden Manuel, der ihm in Minuten erklärte, was es in diesem Studio alles zu sehen und zu benutzen gab. Nämlich einfach alles. Ein Maschinchen für jeden Muskel, sei er noch so winzig und unbedeutend. Große und kleine Gluteen, Strecker, Beuger, Trizeps, Quadrizeps. Was für die Waden, den Nacken, die Ober- und Unterarme, den Popo.

An all diesen Maschinen saßen, mit grossen Schwitzflecken und schlaffen Backen, die Sportskameraden und Sportskameradinnen. Minutenlang ins Leere starrend, bevor sie plötzlich und ohne erkennbaren Anlass begannen, unmenschliche Lasten in die Höhe zu wuchten. Dabei stießen sie Laute aus, als würde man ihnen dabei die Fußnägel ausreißen. Eine Tortur war es aber ohne jeden Zweifel und Brandl blickte mitleidig auf die Gequälten. Und erkannte in ihrer Mitte die drei von der Milchbar: Männi, Härri und Toni. Sie bildeten offensichtlich das Zentrum, die Keimzelle des Wuchterwesens. Sie wurden von allen anderen, die muskelmassenmäßig noch nicht so weit waren, unauffällig belauert und glühend beneidet. Wer wäre schließlich nicht gerne ebenfalls Mitglied in einer solch effektiven Trainingsgemeinschaft gewesen. Männi, Härri und Toni funktionierten, ohne sich verständigen zu müssen, wie eine gut geschmierte, Gewicht fressende Maschine. Alle Rädchen griffen ohne Reibungsverlust ideal ineinander. Während sich beispielsweise Männi schnaufend und jammernd mit einem riesigen Gewicht herumquälte, sicherte Härri mit leichter Hand die Zentnermassen, damit diese den Trainingskollegen nicht in einem unachtsamen Augenblick unter sich begruben. In der Zwischenzeit saugte der momentan funktionslose Toni schon mal große Mengen an Flüssigkeit in sich hinein, um für die auf ihn wartenden Strapazen gewappnet zu sein. Ausserdem gehörte es zu seinen Aufgaben, die Kraftsportkollegen aufs Erniedrigendste zu beschimpfen. Gaide Brandl war gespannt, wie lange die sich das wohl gefallen ließen. Es kam aber zu keinem Eklat, im Gegenteil, die drei schienen weiterhin ein Herz und eine Seele zu sein. Auf Nachfrage klärte Manuel den besorgten Brandl gickernd auf. Bezeichnungen wie ‚komm jetzt, du Sau', seien keineswegs beleidigend gemeint. Sondern der legitime Versuch, die Sportskameraden per Brachialmotivation zu weiteren Topleistungen anzustacheln. Denn nur dann, wenn die Muskelmasse ständig an ihre Grenzen gebracht werde, sei erkennbares Wachstum garantiert. Brandl nickte aufgeklärt und verglich unauffällig die Schenkelmassen der Herren an den Geräten mit den eigenen Spargelbeinen. Manuel, der den trostlosen Blick wohl gesehen hatte, gickerte wieder: „Da werden wir wohl noch ganz schön arbeiten müssen."

„Es muss wohl sein, das eine oder andere Gramm sollte ich noch zulegen."

Manuel, Männi, Härri und Toni nickten zu diesen Worten einträchtig. Die Bitterschokolade erklärte Brandl noch, dass er die Räume nur in Hallenschuhen betreten dürfe. Und am nächsten Tag sei das erste Probetraining. Achtzehnuhrdreissig. Aber pünktlich. Der zukünftige Schwarzenegger Gaide Brandl tat unternehmungslustig und seufzte heimlich bei der Vorstellung, all dieses Eisen bewegen zu müssen. Trotzdem war er wild entschlossen. Was blieb ihm schließlich anderes übrig?

28

Es war schon um die Mittagszeit, als sie durch Pfronten fuhren. Gaide Brandl hatte sich hartnäckig gesträubt, schon ‚im Morgengrauen' ins Gebirge zu gehen. Er ‚brauche seinen Schönheitsschlaf' und das Wetter sei zwar schön, aber noch nicht zu heiß zum Wandern. Außerdem fände er es romantisch im Abendlicht ins Tal hinunter zu ‚spazieren'. Sissi Schalk hatte nachgedacht und ihm schließlich Recht gegeben. Im

Grunde war es zu dieser Jahreszeit wirklich noch nicht so wichtig, der brütenden Sonne auszuweichen. In Pfronten hatte sie kurz überlegt, ob sie sich gleich den Aggenstein vornehmen sollten, dann hatte sie sich doch für den Breitenberg entschieden. Als Einstieg in den Alpinismus würde er für den dünnen Polizisten noch anstrengend genug sein. Vor allem angesichts der Schuhe, die er mit sich führte. Die hatte er von einem Onkel geerbt. Immerhin in Verbindung mit zwanzigtausend Euro. Die Schuhe seien vielleicht nicht mehr auf dem neuesten Stand, aber zum ‚üben' doch nicht schlecht. Sissi Schalk hatte nur den Kopf geschüttelt: „Das Schuhwerk ist für den Bergwanderer wie das Hufeisen für den Araberhengst."

Brandl hatte begeistert genickt: „Ein schönes Bild, das zu mir passt."

Für die Fotografin war das Ganze aber gar nicht so lustig: „Du wirst schon sehen, was du davon hast. Ohne gescheite Schuhe ist man in den Bergen verloren. Da oben kann noch Schnee liegen."

„Schnee? Was soll auf diesen Hügeln schon an Schnee liegen..."

Brandl hatte souverän abgewunken und seinen Rucksack – den er ebenfalls vom Onkel geerbt hatte – auf den Rücksitz des kleinen, roten Autos von Sissi Schalk gestopft. Zu ihrem kleinen Rucksack und der Fotoausrüstung. Jetzt fuhren sie in Richtung Fallmühle. Von dort konnte man in zügigen zwei- bis zweieinhalb Stunden die Ostlerhütte auf knappen 1840 Metern erreichen, eine schöne Brotzeit machen und war in insgesamt guten vier Stunden wieder zurück. ‚Grade recht', dachte die Fotografin. ‚Grade recht für einen so dünnen und großen Polizisten, mit schlechten Schuhen.'

„Vermisst du dein schönes, blaues Auto?" Sie lächelte zum zusammengefaltet auf dem Beifahrersitz ihres Fiatchens kauernden Gaide Brandl hin.

„Nein, es geht sehr gut. Außerdem muss man ja nicht immer in diesen großen, protzigen Automobilen umeinander fahren. Etwas Bescheidenheit tut mir auch einmal gut."

„Und es härtet schon mal ab, weil bald wirst du leiden."

„Ha! Das wollen wir doch mal sehen, wer da mehr leidet. Schließlich war ich…"

„Dritter Schülermeister im Trichter-Brustschwimmen, ich weiß. Aber: genieße ruhig die letzten Minuten vor der Tortur."

Brandl lächelte zufrieden. Er war so gelöst wie schon lange nicht mehr. Alles was ihm seit Tagen und Wochen mehr oder weniger bewusst auf der Seele lag, war so weit weg. Der Männer- und Auskotzabend mit dem kleinen Fuhr hatten ihm gut getan. Er hatte sich mit jeder Stunde, die sie im ‚Mohren' verbracht hatten, mehr von seinem Dasein als Polizist verabschiedet. Schritt für Schritt, Minute für Minute. Der Alkoholnebel wurde immer dichter, die Welt immer freundlicher und fröhlicher. Es war einer dieser Abende, an denen man meint, immer weiter trinken zu können. An denen man irgendwann eins mit dem Universum und allen seinen Bewohnern ist. Er hörte wunderschöne, alte Musik aus der legendären Musikbox dröhnen und spielte Luftgitarre zu ‚You really got me'. Er sah Leute kommen und gehen, hörte wie seltsame Namen gerufen wurden: ‚Frosch-Franz', ‚Schwanen-Reinhard', ‚Haggi und Welle'. Johann tauchte Ketten klirrend auf und blies plötzlich kurz und bemerkenswert unschön auf einer kleinen Mundharmonika. Frauen, die Tanja und Moni hießen, sahen ihn mit großen, feuchten Augen lächelnd an und sehr spät am Abend küsste ihn die blonde Gerti auf die Wange. Um kurz darauf: ‚Heimat!' und ‚Polizei!' zu brüllen. Gaide Brandl lächelte töricht und schrie genauso laut: ‚Nie mehr!' Dann hakte ihn sein kleiner Kollege Fuhr unter und sie staksten vorsichtig die paar Stufen, die aus dem ‚Mohren' hinausführten, nach unten.

„Wir haben es nicht sehr weit", sagte Fuhr. „Komm lass uns noch nach den Forellen schauen." Die waren im Stadtbach daheim, der ein paar Meter weiter vorbeifloss. Und sie standen eine Weile leicht schwankend davor, bis Brandl sagte: „Ich seh nix."

„Du bist auch kein Memminger", sagte sein Kollege und führte ihn im Polizeigriff ab und zum nächsten Taxi.

Gaide Brandl musste in der Erinnerung an den Abend wieder schmunzeln. Das war vor zwei Tagen gewesen. Am Morgen darauf hatte ihn seine Chefin, Frau Hauptkommissarin Kreidler, zu sich gebeten. Und ihm die Neuigkeiten betreffs Herrn Semmelrogge mitgeteilt. Der zwar den Mord an Doc Williams noch hartnäckig leugne, aber nun in Untersuchungshaft säße und dessen Geständnis nur eine Frage der Zeit sei. Seine Festnahme hätte man übrigens einem Zivilisten, einem schmalbrüstigen Kulturredakteur zu verdanken, merkte sie sehr ironisch an. Und dass sie es mehr als befremdlich fände, wenn der zuständige Mitarbeiter in so einer dramatischen Situation nicht erreichbar sei, schließlich sei das nicht irgendein Fall. Dazu käme noch, dass es sich ausgerechnet um den Mitarbeiter handle, der ihr nach seiner missglückten Festnahmeaktion eine ‚Szene' gemacht hätte. Und sie müsse sich sehr genau überlegen, ob er vielleicht nicht doch etwas überfordert sei, mit dieser Geschichte. Gaide Brandl hatte freundlich genickt und ihr empfohlen, schon mal die Herren Kromschröder und Pröll zu informieren. Er hätte jetzt nämlich Wichtigeres zu tun. Er plane eine ungemein aufregende Bergtour mit einem äußerst charmanten Bergkameraden. Und müsse sich noch ein rot – weiß kariertes Hemd besorgen.

Dann hatte Brandl sich erhoben, laut und ausgiebig gegähnt und mit einem wohlwollenden: „Schönen Tag noch", das Büro seiner Chefin verlassen. Die wie gelähmt in ihrem Bürosessel verharrte und sich einen Moment fragte, ob der Kommissar Brandl eventuell den Verstand verloren hatte.

Diesen Verdacht hatte auch Sissi Schalk, denn ihr Beifahrer fing plötzlich an, lauthals heraus zu lachen.

„Geht es gut?“ Sie war kurzzeitig ernsthaft besorgt.

„Sehr gut. Sogar sehr, sehr gut“, antwortete der immer noch begeistert blubbernde Brandl. Wann hatte er sich das letzte Mal so toll gefühlt? Diese Bergtour tat ihm schon gut, bevor sie überhaupt begonnen hatte. Diese Berge! Obwohl es sich keineswegs um gigantische Riesengipfel handelte, strahlte die Landschaft etwas ungemein Wohltuendes aus. Er wusste nicht warum, aber er fühlte sich auf eine selbstverständliche Art geborgen und behütet. Alles was ihn gedrückt und gedemütigt hatte, wich zurück. Mit jedem Meter, den er den Bergen näher kam, wurde sein Blick klarer und die Luft reiner. Er atmete tief durch: „Hab ich dir schon erzählt, dass ich vielleicht meinen Dienst quittieren werde?“

Sie sah ihn überrascht von der Seite an: „Du? Wieso denn das? Ist das wegen dem Kinnhaken?“

Brandl lachte auf: „Kann sein. Der hat mich vielleicht endgültig aufgeweckt. Jedenfalls: ich mag nicht mehr. Es passt nicht mehr. Ich kann das nicht mehr machen.“

„Das ist überraschend... das heißt begeistert hast du nie ausgesehen... dienstlich... aber ich dachte, Polizisten gucken alle so griesgrämig drein.“

„Nicht alle und nicht immer. Ich wohl schon. Darum hab ich heute früh die Kreidler angerufen. Mich beurlauben lassen. Vorläufig.“

„Aber eigentlich weißt du schon, dass es endgültig ist?“

„Ja.“ Er zögerte nur kurz: „Das große Reinemachen hat begonnen.“

„Bitte?“

„Nichts, das erklär ich dir später. Wo ist jetzt der Berg? Ich will ihn stürmen.“

Sie lächelte: „Wir sind gleich da, Reinhold Messner."

Sie fuhren die letzten Meter zum Parkplatz an der Fallmühle. Gaide Brandl sprang wie von der Tarantel gestochen aus dem kleinen Wagen und sah sich begeistert um: „Das ist meine Welt", sagte er strahlend und eilte auf die ihn verwundert betrachtende Sissi Schalk zu, um sie zu umarmen. „Vielen Dank für diese Bergtour."

Sie nickte weise und zog eine kleine, nachdenkliche Schnute: „Abwarten, Herr Brandl. Mal sehen, ob du in drei Stunden auch noch so begeistert bist."

Der Kommissar im vorläufigen Ruhestand umfasste sie gefährlich schmunzelnd und küsste sie laut schmatzend auf den Hals: „So meine Liebe, Schluss mit lustig. Ich kämme mir jetzt die letzten Haare in die Stirne und dann geht's los! Der Berg ruft!"

29

„Wie weit ist es noch?" greinte Gaide Brandl und blinzelte in die grelle Sonne. Sissi Schalk strich ihm tröstend über die nassgeschwitzten Haare: „Nur noch ein Viertelstündchen, dann hast du's hinter dir."

„Eine Viertelstunde? Fünfzehn Minuten? Oh Gott!" Der Kommissar im vorläufigen Ruhestand ließ sich theatralisch auf die Knie fallen. „Ich kann nicht mehr, ich bleib hier liegen."

„Mach das nicht, du kommst nicht mehr hoch und erfrierst jämmerlich. Ich hab dir doch gesagt, dass hier noch Schnee liegt", sprach ihm seine Bergkameradin Mut zu. „Das letzte Stück ist immer am schwersten. Das ist im Himalaya und im Allgäu genau gleich."

Er faltete bittend die Hände: „Kannst du mich nicht ein bisschen tragen? Ich bin leicht."

Sie hatte kein Mitleid: „Wenn du nicht weitergehst, findet die nächste Expedition nur noch dein kariertes Hemd und deine Knochen in den alten Berglatschen von deinem Onkel. Auf jetzt!"

Sie ging einfach weiter und er musste ihr wohl oder übel folgen. „Rede nicht schlecht über meinen Onkel, er hat mir Geld hinterlassen. Geld, das ich im Moment sehr gut gebrauchen kann."

„Dein Onkel in Ehren, seine Schuhe hättest du trotzdem besser auf den Müll geworfen."

„Die Schuhe sind einwandfrei, meine Füße passen nur nicht hinein."

Von oben kam ihnen eine kleine Gruppe sehr übergewichtiger Frauen entgegen, die fröhlich plappernd, den jetzt flacher durch schöne Felsenformationen verlaufenden Weg hinunter trippelten: „Guudd'n Daach! Nno – sie brauch'n etzt ooob'r n Bäusch'n wass?"

Gaide Brandl glotzte mit offenem Mund den überhaupt nicht erschöpft wirkenden Damen nach. „Was war denn das? Hast du die gesehen? Hast du denen ihre Turnschühchen gesehen?"

„Und ob. Wenn das nur gut geht."

„Na ja, schließlich sind sie auch raufgekommen."

Sissi Schalk nickte: „Mit der Bahn. Es gibt auch eine Bahn von der anderen Seite her."

„Und das sagst du mir jetzt?"

Sie stemmte energisch die Fäuste in die Hüften, ihre Augen funkelten grüner denn je: „Wolltest du eine Bergtour oder nicht? Benimm dich endlich wie ein Mann! Und so was will sich Schenkel antrainieren und Verbrecher im Zaum halten!"

„Wollte Verbrecher im Zaum halten", murrte Brandl vorsichtig. „Ich bin im Ruhestand. Ich darf mich wie eine Memme verhalten."

Seine Begleiterin war aber schon vorausgegangen und deutete mit großen Armbewegungen den Berg hinauf:

„Da ist es schon. Die Ostlerhütte!"

Tatsächlich. Rostrot leuchtete die Hütte, hinter einem letzten steilen Wegstück. Dort oben warteten Bänke unter Sonnenschirmen. Dort oben warteten gehaltvolle Speisen, dort oben konnte er vor allem die Schraubstock-Schuhe seines seligen Onkels ausziehen und die gequälten Füße kühlen. Gaide Brandl fühlte neuen Lebensmut erwachen, spürte neue Energien fließen und begann zu gehen. Schneller und schneller. Er rannte nun regelrecht. Vorbei an der amüsiert kichernden Sissi Schalk, das letzte Stück hinauf. Und hinein in die Ostlerhütte, durch die Gaststube auf die Terrasse. Dort ließ er sich auf die erste freie Bank fallen, warf den Rucksack von sich, riss die Schnürsenkel seiner Bergschuhe auf und strampelte sie von den Füßen: „Aaaah! Welche Wohltat!"

Am Nebentisch saßen zwei Rentnerpaare und sahen ihm erstaunt zu. „Es ist meine erste Bergtour", erklärte er eifrig.

Einer der graubärtigen Bergsenioren nickte gelassen: „Des hammer ons scho denkt. Mit säalche Schua..."

Gaide Brandl hob die Schuhe in die Höhe und betrachtete sie eingehend: „Was habt ihr bloß gegen diese Schuhe. Einwandfreies Leder..."

„Ja scho. Aber solche Schuah geits bloß no en Luis-Trenker-Film."

„Da hast du's." Sissi Schalk war inzwischen auch auf der Terrasse angekommen und nickte den älteren Bergwanderern freundlich zu: „Er glaubt's mir nicht. Ich hoffe bloß, dass er durch Schaden klug wird."

Die Rentnerpaare pendelten wenig zuversichtlich mit den grauen Häuptern und Brandl ließ enttäuscht seine Schuhe sinken. Von der Tür der Gaststube her rief der Wirt: „Wollmer was zu essen?"

„Und ob!" Gaide Brandl hob den Zeigefinger, als müsse er sich bei seinem Lehrer zu Wort melden.

„Wollmer Bratkartoffel mit Ei?"

Der Polizist im Ruhestand hatte große, runde Augen und nickte begeistert seinem Wohltäter zu. „Ich auch", seine Bergkameradin nahm am Holztisch Platz und verstaute den Rucksack. Dann nahm sie den Fotoapparat auf und sah probeweise durch den Sucher.

„Nimmst du den überall hin mit?" Brandl sah ihr interessiert zu.

„Fast überall. Schließlich bin ich Fotografin. Ein schönes Landschaftsfoto kann man immer an den Mann bringen." Sie schwenkte das Objektiv auf die graubärtigen Bergsteiger am Nebentisch: „Oder einen knorrigen Einheimischen. Lauter Motive, die immer gebraucht werden."

„Was ist mit mir?" Brandl faltete die Stirne und versuchte wie ein Bergbewohner zu gucken. „Was machst denn du für ein Gesicht? Knorrig ist das nicht und einheimisch schon gar nicht." Sie fotografierte ihn trotzdem und studierte anschließend das Bild auf dem Display der Digitalkamera. „Ganz und gar nicht einheimisch."

„Sag es ruhig."

„Na ja du weißt es ja selber. Du hast was – südländisches." Sie zwinkerte ihm übertrieben zu: „Das gefällt den Damen."

„Dir auch?"

„Mir auch."

Er beugte sich neugierig über den Tisch: „Lass sehen... ich seh nix. Wie geht das?"

Sie deutete auf die Funktionstasten an der Kamera: „Mit den Pfeilen kannst du von einem Bild zum nächsten gehen. Und damit kannst du den Bildausschnitt vergrößern."

Er probierte vorsichtig herum und war zunehmend begeistert: „Toll, wie einfach das heutzutage ist. Für mich war fotografieren immer was ganz Geheimnisvolles. Wie großartig das ist, dass man eine unwiederbringliche Sekunde im Leben festhalten kann..." Er nickte verträumt. „Ich hatte mal eine ganz billige Kodak, mit der hab ich dann völlig uninteressante Sachen fotografiert, nur weil es mich so fasziniert hat, dass man die Zeit festhalten kann... Verstehst du das?"

„Das versteh ich gut. Was glaubst du, warum man Fotograf wird? Weil einen die Magie des ewigen Augenblicks nicht mehr loslässt."

Brandl staunte: „Ewiger Augenblick. Das hast du schön gesagt. Sehr schön gesagt. Dafür küss ich dich."

Was er dann auch tat. Etwas ungelenk, denn der Tisch war zwischen ihnen, aber sie ließ es geschehen und sah ihn dann sehr ernst an. „Was sagt denn Rita dazu, wenn du andere Frauen auf den Mund küsst?"

„Rita und ich..." er studierte beiläufig das Display und drückte die Funktionstasten. „Rita und ich werden uns wohl erst mal nicht mehr sehen."

„Wieso das?" Brandl sah ihr in die grünen Augen: „Mir geistert zur Zeit immer ein anderes Weib durch die Phantasie..."

„So?"

„Ja. Ich krieg sie nicht mehr los."

„Hört sich hartnäckig an."

„Hartnäckig. Ja. Aber auch schön."

Sie schwiegen eine Weile, dann hob er die Kamera: „Darf ich? Ich möchte ein Bild von dir." Sie sah ihn mit weichen Augen strahlend an: „Gerne. Da musst du drücken."

„Ich weiß schon, wo man drückt, schließlich..."

„Schließlich hattest du eine Kodak."

„Eben." Er setzte ab und betrachtete die Aufnahme: „Schön. Ein schönes Spielzeug. Darf ich noch ein bisschen rumdrücken?"

Sie nickte und im selben Moment kam der Wirt der Ostlerhütte mit den Bratkartoffeln. Gaide Brandl hatte noch einige Aufnahmen betrachtet und wollte die Kamera gerade weglegen, als er stutzte: „Was hast du denn da fotografiert? Ist das im Kornhaus?"

„Lass sehen – ach das sind die Aufnahmen von Doc Williams. Kurz nachdem er umgefallen ist. Hast du die noch nicht gesehen? Ich hab die eurer Frau Kreidler schon mal angeboten.“ Brandl schüttelte den Kopf: „Nie gesehen und auch nie davon gehört, dass sich die jemand ansehen wollte.“ Er drehte sich unter den Sonnenschirm, wo das Display gut sichtbar war und betrachtete die Aufnahmen: „Interessant. Wenn man die Ausschnitte vergrößert – man sieht wirklich den kleinsten Kratzer auf dem Saxophon... aber sonst...“ Er stutzte wieder: „Wer ist denn das?“

Sissi Schalk hatte schon zu essen angefangen, aber der Ton in seiner Stimme ließ sie aufhorchen. „Wer ist was?“

„Neben der Bühne. Hinter dem Vorhang steht jemand.“

„Da war niemand.“ Die Fotografin war sich sicher.

Gaide Brandl reichte ihr die Kamera: „Da schau. Rechts hinten. Hinter dem Geländer... der mit der Weste.“

Sie bewegte den Bildausschnitt schrittweise hin und her. „Tatsächlich. Da steht einer. Hat der was in der Hand?“

„Einen Revolver?“

„Blödsinn. Etwas Kleines. Es reflektiert das Licht. Ein kleines Messer oder ein Werkzeug.“ „Kannst du das Gesicht erkennen?“

„Nein. Das liegt im Schatten... aber irgendwas kommt mir da bekannt vor. Komisch.“

„Na ja, so komisch auch wieder nicht. Warum soll er nicht beim Soundcheck zusehen?“ „Beim Soundcheck schon, aber nicht, wenn einer tot umfällt.“

„Was hättest du erwartet?“

„Dass er hingeht – hinrennt – schließlich war sofort klar, da ist was passiert! Da!“

Sie reichte ihm nochmals die Kamera. „Das sind die Aufnahmen danach... was siehst du?“ „Nichts Besonderes. Ein paar Leute auf der Bühne.“

„Eben. Alle, die im Saal waren, sind zur Bühne gerannt."
„Und wo ist der mit der Weste?"
„Such ihn."
Der Kommissar kniff ein Auge zu, um näher herangehen zu können: „Er ist nicht da."
„Doch, er steht immer noch hinter dem Vorhang."
Gaide Brandl ging noch näher an das Display: „Tatsächlich, er ist immer noch hinter der Bühne. Das ist wirklich seltsam."
„Ja. Da fällt einer tot um und der versteckt sich."
Sie sahen sich stumm an. „Meinst du…? Meinst du, der hat was damit zu tun?" Der Kommissar a.D. zuckte die Schultern: „So schnell wird man nicht zum Mörder. Aber: es ist seltsam." Er begann nachdenklich zu essen, während sie nervös in ihren Kartoffeln herumstocherte: „Auf dem Computer sieht man mehr. Wir könnten heute Abend bei mir... nachsehen."
„Das wär nicht schlecht. Du könntest vielleicht eine Kleinigkeit in der Küche zaubern und dann könnten wir uns das alles mal genau betrachten."
Er bemühte sich um einen unschuldigen Blick, den sie nicht minder harmlos erwiderte: „So war es gedacht, Herr Kommissar. Ein Dienstessen."
„Obwohl ich gar nicht mehr im Dienst bin."
Sie hob den Zeigefinger: „Wäre das nicht eine schöne Geste zum Abschied?"
„Welche Geste und welcher Abschied?"
Sie sah ihn raffiniert von unten an: „Na ja. Zum Ausscheiden aus dem Dienst präsentierst du noch – beiläufig sozusagen – den Mörder."
Er überlegte: „Das wäre kein schlechter Abgang. Alles was recht ist."
„Das will ich meinen. Also Beeilung, wir haben zu tun."

30 Sissi Schalk wohnte in einem der kleinen Appartementblocks, die neben der Heisinger Hauptstraße liegen. Kurz nach dem Ortseingang, wenn man von Kempten her kommt. Kleine Einheiten für Singles oder junge Paare, die die Werbe- und Balzphase hier verbringen. Bis sie einen passenden Partner gefunden haben, oder in eine größere Wohnung zwecks Familienbildung umziehen. Es gab natürlich auch die Variante: ‚ich bleibe lieber allein, das mit dem Partner klappt sowieso nicht'.

Gaide Brandl überlegte für einen Moment zu welcher Spezies Sissi Schalk wohl gehörte. Er kam gerade aus der Dusche, kontrollierte scheu seine Oberschenkel im großen Spiegel und rubbelte sich die rarer werdenden Haare trocken. Draußen waltete die Fotografin am Herd der Einbauküche. Beide hatten sich gleich nachdem sie von der ‚mörderischen' (Brandl) Breitenberg-Tour zurück waren, auf den Computer gestürzt, den Kamera-Chip in das daran angeschlossene Lesegerät gesteckt und die Aufnahmen des tödlichen Sound-Checks auf den Bildschirm geholt. Im Prinzip hatte sich alles bestätigt, was sie bereits am Nachmittag auf der Ostlerhütte erkannt hatten. Neben der Bühne, auf der sich das Drama mit Doc Williams abgespielt hatte, war ein Mann abgebildet, der – wie es den Anschein hatte – nicht gesehen werden wollte. Er war größtenteils durch den dort angebrachten Vorhang verdeckt und hielt ein kleines, Licht reflektierendes Etwas in der Hand, das auch in einer extremen Vergrößerung nicht genau zu erkennen war.

„Es ist ein Werkzeug", sagte Brandl immer wieder, „es könnte ein Phasenprüfer sein."

„Das sind doch die Dinger, mit denen man testet, ob Strom auf der Steckdose ist."

Gaide Brandl nickte: „Oder auf einem Kabel."

„Hat das was mit dieser Schutzleiter-Geschichte zu tun?"

„Keine Ahnung. Ich hab keine Ahnung von diesem technischen Zeug."

Die Fotografin seufzte verzweifelt: „So ein Pech. Ausgerechnet, das was er in der Hand hält ist nicht zu sehen..."

„...und sein Kopf, beziehungsweise sein Gesicht."

Gesicht und Kopf waren völlig im Schatten und nur als Silhouette zu erkennen. Eine Silhouette, die seltsam deformiert wirkte, als hätte der Schädel einen Auswuchs oder eine Abplattung. Die Fotografin knirschte genervt mit den Backenzähnen. „An irgendwas erinnert mich das..."

„Mich auch, aber ich komm nicht drauf. Druck mir das doch bitte aus und dann gehen wir vorerst zum gemütlichen Teil des Abends über."

Der gemütliche Teil fand sozusagen unter Palmen statt. Drei große Exemplare standen in dem zur Hälfte nach oben offenen Wohnraum. Die andere Hälfte wude durch eine Schlafebene zweigeteilt, zu der eine kleine, geschwungene Metalltreppe hinaufführte. Unter den Palmen ein runder, mit Tellern und Weingläsern gedeckter Holztisch und Rattanstühle mit hohen Lehnen.

„Kann ich mich so im Bademantel hersetzen oder ist das … ungehörig? Ich habe ja kaum was drunter." Die Hausherrin blinzelte übertrieben und schlug keusch den Kragen des Mantels hoch.

Brandl schluckte: „Ich hab... ich bin ja auch... also leger gekleidet." Er trug eine um einiges zu kurze, dafür aber zu weite Jogginghose und ein sehr reichlich bemessenes T-Shirt. „Restware vom Ehemaligen", murmelte Sissi Schalk.

„Der Architekt?"

„Ja, der Architekt, der hatte einiges mehr auf den Rippen."

„Du hattest also was mit einem fetten Architekten."

„So fett war der auch wieder nicht. Männlich proportioniert halt, nicht so ein – Gerüst."

Er blies die Backen auf und spannte dramatisch die

Armmuskeln an: „Da. Von wegen Gerüst. Und da: Brustmuskeln wie aus der Frauenzeitung..."

„Frauenzeitung?" Sie fuhr ihm mit dem Zeigefinger langsam über die Brust.

„Trichterbrust", sagte Brandl heiser.

„Trichterbrust? Ich find deine Brust eigentlich ganz o.k. So südländisch."

Er stutzte kurz, dann setzte er seinen Zeigefinger in den dreieckigen Ausschnitt ihres Bademantels und fuhr ebenfalls ein kleines Stück nach unten. Nur so viel, dass sich der Ausschnitt etwas erweiterte: „Deine Brust ist auch in Ordnung. Glaub ich."

„Du bist frech. Signore Marcone."

Er wurde diesmal nicht sofort wieder ernst. Sie standen vor dem gedeckten, kleinen, runden Tisch und auf dem Herd der Einbauküche blubberte etwas in zwei Töpfen. Sie schwiegen und sahen sich sehr eingehend an, dann sagte Gaide Brandl: „Also gut. Wenn du mir Wein gibst, erzähl ich dir was."

Sie nickte, eilte zum Kühlschrank und brachte schweigend kalten Weißwein in einem Tonkühler. Dann setzten sie sich auf die Rattanstühle mit den hohen Lehnen. Brandl machte große Märchenerzähler-Augen: „Es war einmal ein kleiner Junge, der hatte seine Mama schrecklich lieb..."

Sie schüttelte den Kopf: „Nicht so. Erzähl richtig."

Er nickte und nahm einen tiefen Schluck: „Du hast Recht. Schluss mit dem Blödsinn. Reinen Tisch. Meine Mama ist von auswärts. Genauer gesagt aus dem Friaul. Das ist da, wo Italien an die jugoslawische Grenze... also grenzt."

„Aha. Frau Marcone?"

„Eben die. Kam Anfang der sechziger Jahre nach Ulm, oder da in die Gegend und lernte meinen Vater kennen."

„Brandl?"

„Ja. Friederich Brandl. Sohn des zweitgrößten Bauern am Ort. Sohn des Landtagsabgeordneten Brandl."

„Ui", summte Sissi Schalk „alter Landadel."

„Ja, kann man so sagen. Jedenfalls..." er nahm noch einen Schluck. „Jedenfalls jener Friederich Brandl trifft Maria Marcone, die im Landgasthof, der damals noch ‚Blaue Ente' hieß, bediente und war wie vom Blitz getroffen."

„Wie Doc Williams", murmelte die Fotografin nachdenklich und nippte an ihrem Wein.

„Wie bitte?"

„Nichts Wichtiges. Bitte weiter."

„Gut. Man kam sich näher, man turtelte, man ging miteinander ins Bett. Oder den Heuschober, oder was weiß ich... jedenfalls blieb das nicht ohne Folgen. Es erschien..."

„Der kleine – Gaide?"

„Gaetano."

„Wow", Sissi Schalks Augen leuchteten: „Das ist mal ein schöner Name."

„Ja. Nur da wo ich herkomme, mag man keine schönen Namen. Schon gar keine ausländischen Namen. Zumindest damals war das so."

„Also: Gaide."

„Genau. Gaide der Bastard."

„Welcher Bastard?"

„Ich: Bastardo. Mein Vater hat meine Mutter natürlich nicht geheiratet."

„Na und? Das ist doch nicht so schlimm."

„Heute nicht mehr. Damals schon. Der Sohn des zweitgrößten Bauern und Landtagsabgeordneten heiratet keine arme Italienerschlamp..."

„Ach so...?"

„Ach so. So was geht nicht. Da sind sie halt geflohen, die heilige Familie mit ihrem Jesuskindlein namens Gaetano. Nach Frankfurt... irgendwie wohl aus der Überlegung, in Frankfurt sei alles möglich und alles erlaubt."

„Sogar unverheiratet mit einer Italienerin und dem Kind zusammen zu leben."

Gaide Brandl hob sein Glas: „Gibt's noch was?"
„Du hast es wohl nötig?"
„Jawoll. Denn jetzt kommts erst richtig. Sie waren natürlich nicht glücklich in Frankfurt. Er wollte wieder zurück ins Donautal zu seinen Kühen und sie ging mit..."
„Und das war ein Fehler?"
„Ein großer Fehler. Weil die Familie sie zwar duldete, aber nicht akzeptierte. Sie konnte in einer kleinen Wohnung ein paar Kilometer weiter weg wohnen, mit dem Kind. Und hatte zweimal die Woche Besuch von Friederich."
„Na das ist doch schön."
„Es ging immerhin über vier Jahre gut. Dann hatte Maria genug. Von Friederich, vom Donautal und von Deutschland."
„Sie ging wieder zurück nach Italien?"
„Ja."
„Ohne dich?"
„Ja."
Er starrte auf die Tischplatte und Sissi Schalk zog, plötzlich fröstelnd, die Beine an die Brust. Seine Stimme war belegt: „Sie konnte nichts dafür. Erstens hätte er es nie erlaubt, dass sie mich nach Italien mitnimmt und zweitens hätte sie mit einem unehelichen Bankert auch in Italien nicht auftauchen dürfen."
„Ach du großer Gott."
„Das nennt man eine prima Zwickmühle."
„Hat sie sich nie mehr gemeldet?"
„Schon. Aber das habe ich erst viel später erfahren. Er hat alle Briefe und Päckchen abgefangen und irgendwann hat sie es wohl aufgegeben."
„Die Arme."
Gaide Brandl nickte und suchte in den Tiefen der Jogginghose nach einem Taschentuch. Sie reichte ihm eines aus der Tasche ihres Bademantels: „Trotzdem hast du es ihr nie verziehen." „Nie."

„Du hast sie wohl sehr gemocht."

„Ich hab nie wieder irgendjemand oder irgendwas so gemocht."

„Nicht mal deine Katze?"

„Nicht mal meine Katze."

In die Stille hörte man das Blubbern des Topfes. „Was blubbert da eigentlich auf deinem Herd?" Brandl schnäuzte sich und sie reichte ihm ein weiteres Taschentuch: „Ich wollte eigentlich Calzone machen – wegen..."

„Wegen meinem Innersten?"

Sie lächelte: „Ja, ich hätte gerne was über dein momentanes Innerstes erfahren… ich hatte aber nur noch Spaghetti im Haus... aber vielleicht magst du ja nichts italienisches ... im Moment..."

„Mach ruhig. Ist schon okay. Ich bin drüber weg. Meistens."

Sie nahm die Teller vom Tisch und ging hinüber zum Herd: „Was ist mit ihm – deinem Vater?"

„Er ist – ich war zwölf oder dreizehn, da ist er gegen einen Baum gefahren. Unfall oder auch nicht. Jedenfalls sehr glücklich ist er nicht gewesen, nach der Sache."

Sissi Schalk kam mit den Tellern zurück und stellte sie ab: „Nichts besonderes... wie gesagt... und wahrscheinlich – nicht mehr al dente."

Gaetano Brandl achtete nicht auf die Spaghetti: „Die Geschichte hab ich noch nicht sehr vielen Menschen erzählt."

„Auch Rita nicht?"

Er schüttelte ernst den Kopf: „Auch Rita nicht."

„Dann ist das wohl was ganz Besonderes..."

Er nickte: „Du bist was ganz Besonderes."

Sie saßen sich stumm gegenüber und wussten, dass sich in der nächsten Minute alles entscheiden würde. Dann räusperte sich Brandl: „Dein Morgenmantel sitzt nicht mehr korrekt."

„So?"

„Darf ich behilflich sein?" Sie antwortete nicht und sah ihn nur an. Er löste sehr bedächtig den Gürtel des Mantels und teilte den Stoff über ihrem nackten Körper. „Jetzt ist es in Ordnung." Sie musste lachen: „Jetzt ist es in Ordnung? Und die Spaghetti?"

„Ich glaub, ich mag momentan gar nichts. Obwohl die Spaghetti toll aussehen, wirklich. Aber..." Er schluckte schwer.

„Aber?"

„Ich würde lieber an dir knabbern, sozusagen."

Sie beugte sich vor und küsste ihn lange auf den Mund, dann stand sie auf und ließ den Mantel zu Boden gleiten. Gaide Brandl, der nun Gaetano hieß, saß wie verzaubert unter den drei Palmen und machte große Augen: „Du bist ein wahnsinnig schönes Weib", murmelte er. Sie nickte ernst: „Ich weiß" und „ich geh jetzt nach oben, in meine Gemächer."

Er nickte fasziniert. „Kann ich... ich meine – nachkommen?"

Sie war schon bei der geschwungenen Metalltreppe angelangt: „Wenn du willst, beziehungsweise wenn du die Leiter noch schaffst."

Gaetano Brandl strich sich seine wenigen Haare nach hinten und zog sich mit einer sehr fließenden Bewegung das viel zu große T-shirt über den Kopf: „Da kannst du Gift drauf nehmen. Ich kann noch viel mehr. Zum Beispiel mir die Jogginghose ausziehen, während ich eine sehr schmale Eisenleiter erklimme."

Von oben kicherte es: „Das will ich sehen." Er stand am unteren Ende der Treppe und sah mit Falkenaugen zu ihr hoch: „Du wirst staunen." Und sie staunte tatsächlich.

31

Das Vereinsheim des ‚Punktum', das ‚Point', war bis auf den letzten Platz gefüllt, als Gerd Kränzle elastisch auf die kleine Bühne jumpte, mit jugendlich routiniertem Schwung das Mikrofon aus der Halterung nahm und sich in Positur stellte. Diese Art die Bühne zu entern, hatte er manchmal daheim geübt. ‚Das Ankommen auf der Bühne ist die halbe Performance.' So stand es in seinem ‚Kleinen Ratgeber für den Moderator'. ‚Der Moment, in dem der Redner/Moderator/Künstler die Bühne betritt, entscheidet zur Hälfte über die Qualität der nachfolgenden Performance'. Redner, die schon auf dem Weg zum Mikrofon ins Torkeln geraten, haben definitiv schlechte Karten. Kränzle wusste genau, dass er in einem solchen Fall keine Schonung zu erwarten hatte. Denn obwohl die Herde sehr schnell bereit ist, denjenigen der da oben souverän das Wort ergreift, als Führer und Vorreiter zu akzeptieren, ist sie ebenso schnell bereit, den Stotterer und Stolperer hämisch in der Luft zu zerreißen.

Gerd Kränzle nickte unmerklich. Innerlich sozusagen. Heute war alles perfekt. Es passte, es war gut so. Rechte Hand in der Hosentasche, der lange Blick über die Köpfe der Anwesenden. Dann, als müsse er sich jetzt besonders zusammennehmen und konzentrieren – kurzes eindrückliches Nagen an der Unterlippe, bedeutsam den Blick senken. Bis Stille eintritt.

Die Mitglieder des ‚Punktum' taten ihm den Gefallen. Sie kannten schließlich ihren Vorsitzenden seit Jahren. Sie kannten seine Rituale und seine Vorlieben. Seine Vorliebe für die Auftritte vor Publikum, wobei das Publikum manchmal nur aus einer Person bestand. ‚Kränzles Showtime' hatte es Mario Brettschneider einmal genannt. Diese Minuten auf dem Podium, in denen ihm die ganze Aufmerksamkeit gehörte. Alle Augen auf ihm.

Er warf mit einer oft geübten Bewegung das blonde

Lockenhaar in den Nacken: „Liebe Freunde. Was für ein Jazzfrühling!“ Er neigte bedeutsam das Haupt und überlegte, ob sich ein sachtes Beben in der Stimme gut machen würde. Ein winziges, betroffenes Beben in der Stimme, würde der Dramatik des Augenblickes gerecht werden. Er konzentrierte sich: „Ein Jazzfrühling den keiner – keiner von uns, jemals vergessen wird! Auch die nicht, die alle Festivals mitgemacht haben. Angefangen von der Zeit im Schlössle. Ich weiß noch genau, wie die Dieter Pelz Bigband…“

Jemand hustete laut und ausdauern. Es war Grantler, der an einem der ersten Tische saß und Kränzle eindringlich fixierte. Diesen Blick verstand sogar der sich begeistert zuhörende Kränzle. Dieser Blick sagte: ‚Wir wollen nichts von der Dieter Pelz Bigband und deinen Verdiensten um das Festival hören. Mach endlich weiter!‘

Kränzle stockte einen winzigen beleidigten Moment, dann gehorchte er: „Aber davon ein anderes Mal. Nun geht es um dieses Festival, um diesen Jazzfrühling. Einen Jazzfrühling, der sich in die Analen des Vereins und der Stadt Kempten eingebrannt hat mit flammenden Lettern! Und das – leider nicht – wegen der auch diesmal wieder großartigen Musik! Diesmal schwebt über allem eine Tragödie, wie eine schwarze Wolke...“ Er senkte die Stimme: „Doc Williams ist tot. Doc Williams ist während unseres geliebten Festivals gestorben... schlimm genug, aber... es ist viel schlimmer.“ Er ließ die Worte schwer in den Raum tropfen: „Doc Williams ist ermordet worden!“ Stille herrschte im Vereinsheim des ‚Punktum‘. Die Mitglieder drehten betroffen ihre Weizenbiergläser und studierten eingehend den Aufdruck auf den Bierdeckeln oder schielten heimlich nach den Tischnachbarn. Es ist schließlich gar nicht so einfach, in solchen Momenten das passende Gesicht zu machen. Irgendetwas zwischen schwer betroffen und doch gefasst – vielleicht? Wem gar nichts einfiel, der konnte sich immer noch an Gerd Kränzle orientieren. Der war in diesen Momenten in seinem Element. Wie er vor Betroffenheit stumm auf der Bühne verharrte, würdevoll das Haupt geneigt. Würdevoll und doch entschlossen, sich dem Gram des Augenblickes nicht zu beugen. Wie er geradezu bittend die Hände faltete: „Meine Freunde, ihr werdet fragen: wer tut so etwas? So jemand muss doch krank sein..." Er schlenkerte den Zeigefinger bedrohlich über den Köpfen der Vereinsmitglieder: „Und ihr habt Recht. Der Mörder von Doc Williams ist – ein kranker, verwirrter Mensch."

Ein Raunen ging durch den Saal. Man nickte sich bedeutsam zu. Und war ein wenig erleichtert. Ein Verwirrter! Schließlich waren Gerüchte durchgedrungen, es sei Rechtsradikalismus und Rassismus im Spiel. Das hätte gerade noch gefehlt! Da war ein ‚Verwirrter' die bessere, wenn nicht gar eine ideale Lösung. Verwirrte gibt es immer wieder. Der Prozentsatz an Verwirrten nimmt immer mehr zu. Die Zeitungen und Fernsehnachrichten sind voll von ihnen. Warum sollte es nicht auch im Allgäu den einen oder anderen Verwirrten geben? Zumal wenn eine Psychiatrie am Ort ist? Sicher war jedenfalls: Verwirrte sind nicht zu stoppen und ihr Verhalten ist nicht im Voraus zu planen. Der Verwirrte gehört keiner Partei und keiner Ideologie an. Er ist eine kleine verwirrte Zeitbombe, die irgendwann, aus nur dem Verwirrten verständlichen Motiven, detoniert. Keiner hat Schuld, keiner kann was dafür. Mit Verwirrten ist man aus dem Schneider.

Die Vereinsmitglieder saugten zufrieden gemeinschaftlich am Getränk und waren bereit, wieder dem Vorsitzenden zu lauschen. Der neigte das Haupt wie ein gütiger Seelsorger und säuselte: „Dieser Mensch hat unser Mitleid verdient! Aber!" Gerd Kränzles Brauen ballten sich in gerechtem Zorn wie dräuende Gewitterwolken: „Mitleid ja. Schonung nein! Hauptkommissarin Kreidler war darin mit mir einer Meinung! Solche Menschen schaden nicht nur ihren Opfern! Sondern auch der Region, der Stadt und – vor allem: dem Ruf unseres Festivals!“ Einzelne ‚Bravo‘-Rufe drangen aus den Reihen der Zuhörer. Unmerklich hatte sich der Ausdruck in Gerd Kränzles Gesicht verändert, alles Eingeübte im Sinne des ‚Kleinen Ratgebers...‘ war auf einmal verschwunden. Es blieb die verbissene Entschlossenheit eines kampfbereiten Nagetieres: „Glaubt ihr vielleicht, ich hab dieses Festival vom ‚Schlössle‘ bis hierher begleitet, ja geführt, dass nun ein solcher Mensch daherkommt und mir alles kaputt macht? Nein, nein meine Lieben, nicht mit mir! Wer mir...“ Er stockte einen Moment angesichts der erstaunten Augenpaare, die zu ihm aufsahen und überspielte den scharfen Ton in seiner Stimme mit einem geschickt eingebauten Räuspern. Dann, sich wiederholt entschuldigend räuspernd: „Ich meine natürlich, wer u n s in die Quere kommt, der muss sich warm anziehen... Ein solcher Mensch darf nicht mehr frei herumlaufen!“

Ein Raunen ging durch den Saal und als sich alles wieder einigermaßen beruhigt hatte, rief jemand: „Wer sagt das?“ Gerd Kränzle neigte das blondgelockte Haupt verwundert zur Seite und wusste nicht recht, ob er sich vielleicht verhört hatte: „Wie bitte? Hab ich das richtig verstanden?“

„Und ob du das richtig verstanden hast: wer sagt das?“

Im Saal war es sehr ruhig geworden. Kränzle war ärgerlich: „Wer sagt was?“

„Na, dass Doc Williams ermordet worden ist.“

„Schneider, bist du das?“ Der Vorsitzende machte sich mit flacher Hand ein neckisches Schirmmützchen und spähte mit lustig zusammengekniffenen Augen in den Saal.

„Ja, ich bin das.“ Es war Schneider mit den Sommersprossen und den vielen kleinen Narben. Schneider mit der Baskenmütze: „Ich möchte wissen, woher du weißt, dass Williams ermordet worden ist“.

Für einen kurzen Moment war der Vorsitzende sprachlos. „Na, die Polizei, also die Ermittlungen deuten eindeutig in diese Richtung. Der Gefangene, der Verdächtige hat gestanden, beziehungsweise fast gestanden, dass er..."

„Blödsinn", Schneiders Stimme blieb an diesem Wort leicht hängen. Wie jemand, der über eine Türschwelle stolpert, wenn er nicht mehr ganz nüchtern ist. Schneider war nicht mehr ganz nüchtern.

Kränzle sah sich belustigt um: „Entschuldige Schneider, aber wie kommst du dazu...?" „Entschuldige Schneider", der unscheinbare Mann äffte ihn mit Inbrunst nach und riss dabei die farblosen Augen theatralisch auf. „Bapapapp. Gewäsch. Keine Ahnung hast du."

Im Saal kicherten einige der Vereinsmitglieder. ‚Spezi' Zanker kam von weiter hinten und wedelte beruhigend mit den Armen: „Der Kollege Schneider hat einen zuviel, das kommt vor. Komm mit, Schneider, wir gehen an die frische Luft."

Er wollte ihm begütigend die Hände auf die Schultern legen, aber Schneider machte sich mit einer energischen Armbewegung frei und stand abrupt auf: „Leck mich am Arsch – nein – du nicht..." er tätschelte den sprachlosen Zanker. „Du nicht, du bist in Ordnung. Der da..." er zeigte mit ausgestrecktem Arm auf Kränzle. „Der da soll mich am Arsch lecken! Der da mit seinem blöden Getue!"

„Hoppla, Hoppla", Gerd Kränzle wusste nicht so recht, wie er auf diesen Ausbruch reagieren sollte. „Hoppla, Hoppla, das geht aber zu weit mein lieber Freund."

„Ich bin nicht dein Lieber!" Die Stimme des rothaarigen Mannes mit der Baskenmütze war jetzt sehr gut in jeder Ecke des Vereinsheimes zu hören. „Ich bin nicht dein Lieber und dein Freund bin ich schon gar nicht! Ich war noch nie dein Freund und da..." er schwenkte den Arm mit großer Geste über den vollbesetzten Saal. „Und da wirst du auch keinen Freund finden!"

Kränzle winkte bemüht souverän ab und nickte ironisch in den Saal.

„Ja, das glaubst du nicht. Du denkst wirklich, die, die dir Zucker in den Hintern blasen, mögen dich! Wegen der paar Eintrittskarten, die du ihnen besorgen kannst, oder noch besser wegen einmal hinter die Bühne gehen und ‚Grüß Gott' zu irgendeinem Neger sagen, der Saxophon spielen kann!" Er schnitt eine Grimasse: „Irgendein Neger wohlgemerkt. Keiner von euch hat doch die geringste Ahnung von Musik! Von guter Musik! Die geht euch doch sonst wo vorbei! Euch geht es doch nur darum, eure Landhausmoden vorzuführen! Ihr springt doch mit der gleichen Begeisterung in jedes Humptata-Bierzelt auf der Allgäuer Festwoche. In jedes noch so verblödete König Ludwig Musical oder zu jedem anderen Affenzirkus, den man euch vorsetzt!" Er nahm sein Bierglas vom Tisch und daraus einen tiefen Zug. ‚Spezi' Zanker wollte die Unterbrechung nutzen und murmelte ihm etwas ins Ohr.

Schneider sah ihn lächelnd an: „Na und? Glaubst du, mir liegt irgendwas an diesem Verein?" „Warum bist du dann drin?" Am gegenüber liegenden Tisch hatte sich ein Mann, der ein Toupet trug und an den jungen Udo Jürgens erinnerte, halb erhoben und ballte die Faust in Richtung des immer noch schmunzelnden Schneider: „Wir brauchen dich nicht! Hau halt einfach ab!"

Im Saal murmelten einige Zustimmung. Schneider nickte, nahm seine Aktenmappe vom Stuhl und kontrollierte sorgfältig den Verschluss: „Du hast recht, Rüdiger. Ich hau ab. Ich hätte schon lange abhauen sollen. Ich bin schon viel zu lange da. Weil ich dämlich bin. Darum bin ich auch in diesen Verein gegangen, weil ich dämlich bin. Weil ich dachte, hier geht es um Musik. Um die Musik, die mir was bedeutet. Dabei ging es vom ersten Tag an nur um ein paar Einfaltspinsel und einen eitlen Fatzke."

Er winkte mit dem Kopf in Richtung des nun gar nicht

mehr ironisch blickenden Kränzle. „Der aus purem Zufall mit Jazz in Berührung gekommen ist und – das muss man ihm lassen – hartnäckig genug war, um über die Jahre einen ziemlich beeindruckenden Affenzirkus draus zu machen." Gerd Kränzle strich sich wütend über die blonden Locken und sah ernst in den Saal: „Das ist doch immerhin was. Das musst du erst mal auf die Beine stellen."

Schneider nickte: „Da hat er recht. Das musst du erst mal auf die Beine stellen. Glückwunsch."

„Danke! Immerhin hab ich was auf die Beine gestellt, das solche Flaschen wie du nie hingekriegt hätten. Du hast ja nichts anderes zu tun, als rumzumosern und dich zu bemitleiden. Jahrelang, weil du durch die Scheibe geflogen bist und deine Zähne verloren hast! Der große Musiker. Der große Trompeter ohne Zähne! Lachhaft!"

Der Mann mit der Baskenmütze öffnete den Mund und klopfte sich mit dem Fingernagel an die Schneidezähne: „Da hat er wieder recht. Ein Trompeter ohne eigene Schneidezähne ist kein Trompeter. Kein Ansatz mehr... kein Ton... das geht nicht." Er drehte sich um und reichte ‚Spezi' Zanker die Hand: „Bis bald Spezi, wir sehen uns." Dann drängte sich Schneider mit seiner Aktenmappe zwischen den langen Tischen und den ihm starr nachblickenden ‚Punktum'-Mitgliedern in Richtung Ausgang.

Auf der Bühne klopfte Gerd Kränzle ärgerlich auf das Mikro und knurrte: „Ist noch was? Wenn nicht, ist die Sitzung beendet."

Schneider war gerade im Pilsstübchen, das an den Saal angrenzte, angekommen, und winkte dem ihn erstaunt betrachtenden Mann hinter der Theke zu. Daneben lehnte jemand an einem der im Raum verteilten Stehtischchen. Der große, sehr schlanke Mann war nicht zu übersehen und kam ihm bekannt vor. ‚War das nicht einer von den Polizisten?' Er schluckte und wurde bleich.

Der Mann an dem Tischchen musterte ihn aufmerksam:

„Haben Sie ein halbes Stündchen Zeit?"

Schneider versuchte, energisch zu klingen: „Und wenn nicht?"

„Das wäre schade..."

„Dann müssten Sie mich wohl zwingen?"

Gaide Brandl, der Mann am Tischchen, zuckte die Schultern: „Es wäre einfach besser, wenn Sie die halbe Stunde so erübrigen könnten."

„Na gut", der Mann mit der Baskenmütze seufzte: „Aber bitte nicht hier. Gehen wir woanders hin."

Brandl sah, dass schon die ersten Vereinsmitglieder aus dem Saal kamen und löste sich von seinem Tischchen: „Kein Problem. Machen Sie einen Vorschlag."

„Ganz egal, nur weg von hier", sagte Schneider heiser und rückte die Baskenmütze zurecht, bevor er sich in Richtung Ausgang in Bewegung setzte.

32

Obwohl das Cafe Zimmermann optisch nicht viel hermacht, gehört es zu Kempten, wie die Lorenz-Kirche oder das Kornhaus. Solide und verlässlich liegt es an der Kaufbeurer Straße und wenn man rechtzeitig bremst, bevor einen die Innenstadt mit ihren Attraktionen aufsaugt, hat es noch keiner bereut. Obwohl das Zimmermann keines der modernen ‚In-Cafes' am Marktplatz ist, in denen man schon draußen sitzen muss, wenn so grade der erste harte Frost vorbei ist. Und in denen es niemals darum geht, Kaffee zu trinken und in der Zeitung zu lesen. Sinn und Zweck des Aufenthaltes ist in aller erster Linie, von möglichst vielen Leuten gesehen zu werden, sich die Sonnenbrille ins Haar zu stecken, nachlässig mit einem Röhrchen im Cafe Latte zu rühren und ein Gesicht zu machen, als hätte man eigentlich viel Dringenderes zu tun. Deswegen ist es auch unverzichtbar, immer ein Handy auf dem Tisch liegen zu haben. Das ständig klingelt. Das heisst: es klingelt natürlich nicht im eigentlichen Sinne, es gibt rätselhafte Geräusche von sich, die vor allem eines tun: allen anderen Menschen auf die Nerven gehen. Wenn der Lärm einmal ruht, kann man sich mit der kleinen Kiste immer noch sehr gut und sehr sinnlos die Zeit vertreiben, indem man wie besessen auf die winzigen Tasten einpickt. Um ungeheuer bedeutende Nachrichten, wie: „Sitze auf dem Marktplatz. Was machst du gerade?“, zu versenden.

Das Cafe Zimmermann ist anders. Die Leute, die hier sitzen, haben Zeit und es gibt viel weniger Kaffeevariationen. Dafür aber einen guten Kuchen und einen einfachen, gut gebrühten deutschen Braunen. Und die Handys sind rar, oder ausgeschaltet, weil sie die Schachspieler stören würden, die das Zimmermann wegen der Ruhe schätzen.

„Gerade richtig für unser Geschäft“, Gaetano Brandl sah sich zufrieden in dem fast leeren, schlauchartigen Gastraum um. Nur weiter hinten lief eine Partie Schach und sie setzten sich in die Nähe der Tür. Frau Zimmermann erschien sofort und die beiden Männer bestellten sich Kaffee.

„So. Und nun?“ Schneider nahm die Baskenmütze ab und zerstrubbelte sich die roten Haare. Er war immer noch nicht nüchtern, aber dennoch auf eine etwas wackelige Art konzentriert und auf alles gefasst. Während Frau Zimmermann den Kaffee brachte, öffnete er rasch seine Aktenmappe, um einen sinnlos kontrollierenden Blick hineinzuwerfen.

Brandl sah ihm nachdenklich zu: „Sie sind nervös, was?“

„Warum? Sollte ich?“

„Das werden Sie besser wissen.“

Schneider blinzelte und sah dann mit der sonderbaren

Sorgfalt von Angetrunkenen auf seine Armbanduhr: „Ich wäre Ihnen sehr dankbar, wenn wir zur Sache kommen könnten. Ich muss nämlich..."

Gaetano Brandl nickte sachlich: „Verstehe, Sie haben es eilig. Na gut. Erste Frage: wo waren Sie an dem Sonntag, als Doc Williams auf der Bühne im Kornhaus tot umgefallen ist?" Schneider saß stumm und wie hypnotisiert und rührte maschinenhaft in seinem Kaffee: „Keine Ahnung. Zu Hause nehm ich an. Sonntag Nachmittag bin ich zu Hause... Biathlon gucken."

Brandl nickte interessiert: „Biathlon im Mai. Noch eine Frage: sind Sie das?" Brandl hatte mit diesen Worten den Ausdruck des Fotos, das Sissy Schalk gemacht hatte, aus seiner Tasche gezogen und vor dem Mann mit den vielen kleinen Narben ausgebreitet. Der seinen Blick langsam auf das Bild senkte und weiterhin gleichmäßig klingelnd umrührte.

„Na, was ist?" Brandl zeigte auf den Schatten hinter dem Vorhang. „Wir haben lange nachgedacht, warum der Schatten einen solch seltsam deformierten Schädel hat. Dann sind Sie mir eingefallen, damals während des Konzertes... erinnern Sie sich? Ich war mit meinem Kollegen da und Sie sind hinter diesem Vorhang neben der Bühne herausgekommen. Und Sie hatten im Schatten eben diese seltsame Kopfform – es ist die Baskenmütze." Er deutete auf die Kopfbedeckung, die auf einem der leeren Stühle am Tisch lag.

„Aha", Schneider nahm das Blatt in die Hand und drehte es um, als erhoffte er sich dort eine klärende Nachricht, oder eine wichtige Information zum Bild zu lesen. „Aha. Sie meinen also, ich bin das auf dem Foto... na und?"

„Dieses Foto ist eine Minute nach dem Tod von Doc Williams gemacht worden. Das heißt, Sie waren nicht mit Biathlon oder was auch immer beschäftigt, sondern im selben Raum, Sie waren an der Bühne, und zwar genau in dem Moment, in dem Williams der Blitz getroffen hat."

Der Rothaarige wischte sich mit einer schnellen Bewegung über die Stirn, als wolle er einen ihn am Nachdenken hindernden Schleier beseitigen. „Kann sein, kann auch nicht sein... ich..." „Das müssen Sie sich noch genau überlegen, was günstiger für Sie ist. Nicht wahr?"

Schneider versuchte ein verzweifeltes Lächeln: „Es beweist gar nichts. Selbst wenn ich das bin, habe ich noch lange nicht... außerdem: ihr habt doch den Mörder, Kränzle hat es gerade vorhin gesagt. Was wollen Sie von mir?"

Gaetano Brandl, Kommissar a.D., zog eine Augenbraue in die Höhe: „Die haben jemand, der nicht der Mörder ist. Wir beide wissen das."

„Woher wollen Sie das wissen?"

„Unter anderem weil ich mit meinem Kollegen Fuhr telefoniert habe, der bei der Vernehmung dabei war und: weil der angebliche Mörder ein zwei Meter großer Schwarzer ist", übertrieb Brandl. „Wenn der im Kornhaus gewesen wäre, dann hätte den jemand bemerkt. So ein Brocken ist nicht zu übersehen. Sie aber schon. Sie kennt man, Sie gehören dazu und trotzdem beachtet Sie keiner."

Sein Gegenüber sah überrascht auf und die farblosen Augen verdunkelten sich: „Mich beachtet kein Mensch. Da haben Sie Recht. Ich könnte das Kornhaus anzünden und mit dem Benzinkanister davonrennen und sie würden mich nicht bemerken."

„Ja, das ist bitter. Man gibt sich Mühe, man hätte was zu bieten und keiner will es."

Schneider reagierte nicht. Dann nahm er seine Aktenmappe und setzte die Baskenmütze auf: „Sie haben nichts gegen mich in der Hand. Haben Sie einen Haftbefehl oder was in der Art?" Brandl schüttelte leicht den Kopf: „Nein. Nichts dergleichen. Keinen Beweis, keinen Haftbefehl."

Der Mann mit der Baskenmütze winkte ärgerlich ab und erhob sich: „Was soll das dann? Kommen Sie wieder, wenn Sie was in der Hand haben."

Brandl sah freundlich zu ihm hoch: „Ich werde ganz sicher nicht mehr kommen. Ich bin nicht mehr zuständig."

Schneiders Mund öffnete sich: „Nicht mehr zuständig?"

„Ich bin nicht mal mehr bei der Polizei. Was wir hier machen ist rein privat."

Sein Gegenüber sah sich perplex um, als hätte er gerade entdeckt, dass er unfreiwillig eine Rolle in einem absurden Theaterstück spielte.

Brandl nickte nochmals: „Das ist kein Trick. Ich bin kein Polizist mehr und trotzdem muss ich wissen, ob Sie das waren mit Doc Williams."

Schneider bewegte den Kopf ungläubig hin und her und nahm wie in Zeitlupe wieder auf seinem Stuhl Platz: „Warum denn das?"

„Ich möchte einfach wissen, ob mich mein Instinkt nicht getrogen hat. Ich hab sofort gewusst, dass der Verdächtige nichts damit zu tun hat. Und ich hab sofort, nachdem ich Sie auf dem Foto erkannt habe, gewusst, dass Sie drin stecken... aber..."

„Aber?"

„Sie sind zwar schuld am Tod des Musikers, aber kein Täter. Sie wollten ihn nicht umbringen."

Schneider holte tief Luft und nahm die Mütze wieder ab. Er wollte etwas sagen, aber Brandl legte ihm die Hand auf den Arm: „Lassen Sie's gut sein. Was wollen Sie schon erklären? Dass Sie Ihrem Vereinsvorsitzenden einmal den großen Auftritt vermasseln wollten? Volles Haus und plötzlich alles dunkel und Gerd Kränzle steht wie ein begossener Pudel auf der Bühne..? Was in der Art?" Schneider nickte unmerklich und Brandl fuhr fort: „Wer hätte schon ahnen können, dass Williams nochmals auftaucht, um einen anderen Verstärker zu testen. Dass ausgerechnet dieser Verstärker defekt war? Dazu der von Ihnen durchtrennte Schutzleiter, die vom Regen nassen Schuhe und der Herzschrittmacher...?"

Sie schwiegen, dann ergänzte Schneider heiser: „Ich hab es zu spät mitgekriegt. Ich war hinter der Bühne und da hör ich, dass jemand am Equipment rummacht und ich geh vorsichtig raus... und da tut es schon einen Schlag, als ob ein großer Sack umfällt und ich seh durch den Vorhang, wie der Doc da liegt und im gleichen Moment hab ich alles verstanden. Und ich dachte, mir bleibt selbst das Herz stehen... ausgerechnet der Doc, ausgerechnet wegen mir. Ich bin... ich war Musiker. Ich hab den Doc verehrt wie keinen anderen... und nun das..." Er schüttelte unaufhörlich den Kopf: „Ausgerechnet wegen mir." Die farblosen Augen sahen den ehemaligen Kommissar verzweifelt an.

Der faltete den Ausdruck des Fotos zusammen und schob ihn Schneider über den Tisch zu: „Machen Sie damit, was Sie wollen. Ich werde mich raushalten weil ich weiß, dass meine ehemaligen Kollegen den ‚Verdächtigen' nicht mehr lange einsperren können und weil ich mir sicher bin, dass Sie sich demnächst stellen werden."

„Ich werde mich stellen?"

„Ja. Obwohl gar nicht klar ist, wie groß Ihre Schuld an dem Unglück letztendlich ist. Und obwohl ich mir sicher bin, dass die Ihnen, wenn Sie es geschickt anfangen, sowieso nichts beweisen können."

Schneider nickte rasch und hoffnungsvoll: „Es würde nichts ändern."

Brandl wiegte den Kopf: „Sie haben recht, es ändert nichts, aber Sie halten das nicht mehr lange aus."

Sein Gegenüber schien kleiner zu werden. Er sackte in sich zusammen und hielt die Aktenmappe ordentlich mit beiden Händen. Jetzt erhob sich Brandl: „Es wird nicht so hart werden. Die werden gnädig mit Ihnen sein." Er reichte ihm die Hand: „Die wissen schon, dass Sie kein gefährlicher Mensch sind."

Der Rothaarige nickte und schlürfte abwesend den

Rest seines Kaffees. Der Kommissar a.D. hob die Hand und schickte sich an, zu gehen, da zog ihn Schneider noch mal am Ärmel zurück: „Warum haben Sie ... aufgehört?“

„Mit dem Räuber jagen?“

Schneider nickte: „Sie sind doch ein guter Polizist.“

„Ich weiß nicht, was ein guter Polizist ist. Ich war es jedenfalls leid, immer die armen Würstchen zu schnappen und genau zu wissen, dass die dicken Brocken unbehelligt bleiben und – in Ehren – ihren Geschäften nachgehen. Das hat nichts mit Gerechtigkeit zu tun.“ Er hob den Zeigefinger: „Gute Polizisten müssen wohl sehr gut darin sein, sich selbst was vorzumachen.“ Brandl nickte nachdrücklich und reichte Frau Zimmermann, die ein wenig erstaunt auf den langen Redner sah, einen 10-Euro-Schein: „Stimmt so.“ Dann drehte er sich um und ging – nicht ohne vorsichtig den Kopf einzuziehen – durch die Glastür nach draußen.

33

Der Sportplatz in Ottobeuren liegt an der Umgehungsstraße, die Richtung Langenberg und dann nach Markt Rettenbach führt. Neben dem neuen Freizeitzentrum mit Tennis- und Squashplätzen und einer ziemlich hohen Kletterwand. Ein gepflegter Fußballplatz mit einer kleinen Tribüne. ‚Wieder ein Sonntagnachmittag, wieder die Ottobeurer‘ – Gaetano Brandl schüttelte den Kopf. ‚Was in zwei Wochen alles passieren kann...‘ Vor genau zwei Wochen hatte er auch die Ottobeurer gepfiffen. Besser: gewunken. Damals war er Linienrichter gewesen. Damals in Sulzberg, wo ihm Rupert Fuhr um ein Haar das Spiel versaut hätte. Mit seinem ‚D’r Williams isch dood‘... Nicht nur das war in diesen zwei Wochen passiert. Diese zwei Wochen hatten sein

Leben gründlich umgekrempelt. Eigentlich war alles anders als zuvor. Er war nicht mehr Gaide Brandl, er war nun wieder, im Grunde zum ersten Mal, Gaetano. Er war kein Polizist mehr, es gab in seinem Leben keine Rita mehr. Alles, was ihm vor wenigen Tagen noch so wichtig erschienen war, schien nun weit weg zu sein. Der Ärger mit seiner Chefin Kreidler, der Unfall von Doc Williams, der kein richtiger Unfall, aber schon gar kein richtiger Mord war. Weit weg und unwichtig. Was war überhaupt noch wichtig? Sissi Schalk, die er vor zwei Wochen noch nicht einmal gekannt hatte – sie war ihm momentan das Wichtigste. Ob es so bleiben würde – es könnte sich jeden Tag entscheiden. Wenn sie sich dazu entschließen würde, mit ihm zu kommen. Nach Italien. Um sich mit ihm auf die Suche nach seiner Mutter zu machen.

Am Morgen nach der Nacht, die er bei ihr geblieben war, hatten sie sich beim Frühstück noch einmal lange über die Tragödie unterhalten, die es für ihn bedeutet hatte, dass ihn seine Mutter so früh verlassen – ‚zurückgelassen' hatte. Und ihm war klar geworden, was er zu tun hatte. Er würde sich in seinem Leben niemals daheim fühlen, wenn er seine Mutter nicht finden würde. Wenn er dieses ‚Gaetano mi Beniamino' nicht noch einmal aus ihrem Mund hören würde. Und als hätte er nur jahrelang auf die Erlaubnis dazu gewartet, hatte ihm Sissi Schalks Verständnis die Entscheidung plötzlich sehr leicht gemacht. Ja, es schien ihm fast so, als ob die Turbulenzen der letzten beiden Wochen zu nichts anderem gedient hätten, als ihm diese Entscheidung möglich zu machen. Alles war auf einmal sehr klar und zwingend. Er hatte sich von allem frei gemacht, was ihn hinderte, er hatte Geld, das ihn für eine gewisse Zeit unabhängig machte und er hatte sein Ziel erkannt. Und er war der Frau, der Partnerin begegnet, die ihn begleiten könnte. Gaetano Brandl hatte ihr diesen Vorschlag gemacht, beim Frühstück nach ihrer gemeinsamen Nacht. Er bemühte sich um einen ironischen Unterton, er dachte laut darüber nach, wo er während der Reise nach Italien ‚Kapiertnix' parken könnte. Er wollte belanglos klingen, denn er wusste sehr wohl, dass ein solcher Vorschlag, nach einer so kurzen Freundschaft, starker Tobak war. Sissi Schalk war zwar eine ‚freie' Fotografin, aber die beruflichen Beziehungen zu ihren ‚Abnehmer-Zeitungen' konnte sie gerade deswegen nicht einfach abbrechen. Auch wenn es nur für ein paar Wochen war. All das wusste auch Brandl, ohne dass es ausgesprochen wurde. Deshalb war sein Angebot eher die Formulierung eines schönen Traumes, als eine ernsthafte Aufforderung. Er wollte und konnte die Freundin mit einem solchen Vorschlag nicht unter Druck setzen. Trotzdem flackerte ganz hinten ein zartes Flämmchen Hoffnung, dass sie beide – wie auch immer – die gemeinsame Reise nach Italien wahr machen würden.

Von all diesen Überlegungen hätte sich Gaetano Brandl – eigentlich – frei machen müssen. Schließlich war er im Moment noch Schiedsrichter. Der Schiedsrichter eines für ihn – eigentlich – sehr wichtigen Spieles. Eigentlich, denn Brandl wusste sehr genau, dass dies sein letztes Spiel sein würde. Davon wusste Robert Mang, der Spielbeobachter, freilich nichts. Er saß wieder auf der Tribüne und hatte sein kleines Büchlein auf den Knien. ‚Allerletzte Chance für den Sportskameraden Brandl.' Und: ‚Heute muss es laufen wie geschmiert, sonst wartet die Kreisliga auf Sie.' Brandl hatte zerknirscht genickt und sich sein Teil gedacht. Er würde sich heute auf eine Art und Weise verabschieden, die den Sportskameraden allesamt gut in Erinnerung bleiben würde. Er würde sich einen alten, sehr geheimen Wunsch erfüllen. Einen der Wünsche, die man lange mit sich herumträgt und die doch niemals realisiert werden, weil sie selbst in der Vorstellung unendlich weit entfernt scheinen.

Gaetano Brandl fühlte sich schon seit das Spiel begonnen hatte, wie ein sehr ungezogener Schulbub. Und genauso kribbelte es ihm am unteren Ende der Wirbelsäule: diese Mischung aus Vorfreude und ein ganz kleines bisschen Angst: würde er es sich wirklich trauen? Das Spiel war langweilig und ‚plätscherte' so vor sich hin. ‚Eine rätselhafte Beschreibung für ein Fußballspiel', dachte Brandl und schmunzelte in Richtung seines Linienrichters. ‚Wieder Hubert Fleischer. Wenn das keine schicksalhaften Momente sind.' Brandl winkte leutselig dem Kollegen an der Linie zu. Der die Fäuste in die Hüften gestemmt hatte wie eine erboste Hausfrau und nur noch den Kopf schütteln konnte. ‚Du kannst dich schon mal auf die Kreisliga einrichten', schien seine Miene zu sagen. Brandl nickte, als hätte Fleischer diesen Gedanken laut ausgesprochen und hätte fast noch einmal vergnügt und zustimmend gewunken. Da musste er, trotz aller Leichtigkeit seines momentanen Schiedsrichter-Daseins, einen Eckball für die Ottobeurer geben. Und im gleichen Moment spürte er, dass nun seine Zeit gekommen war. Das Spiel stand null zu null und war vierzig Minuten alt. Es war so weit.

Brandl fühlte, wie sich sein Zustand in eine Art von mildem Rausch veränderte. Er sah, wie der Spieler zur Eckfahne trabte und sich den Ball in dem kleinen Bereich vor der Fahne zurechtlegte. Dann pfiff er den Eckball, ließ die Pfeife fallen um die Hände frei zu haben und sah, wie der Ottobeurer Spieler anlief. Der Ball kam hoch und mit leichtem Linksdrall in den Strafraum gesegelt. Er würde in der Gegend des Elfmeterpunktes herunterkommen. Gaetano Brandl war sich vollkommen sicher und dann nahm er Anlauf. Rannte an den ihn erstaunt und mit offenen Mündern beobachtenden Spielern vorbei in den Strafraum. Stieg genau im richtigen Moment hoch und traf den Ball hart und präzise mit der Stirn. Brandl hörte das satte ‚Popp!' und wusste, besser hätte er den Ball nicht treffen können. Dieser Ball war eine Granate! Diesen Ball hätte kein Torwart der Welt gehalten, und noch bevor die Kugel scharf unter der Querlatte einschlug, war sich Brandl sicher, dass er soeben ein Tor erzielt hatte. Das erste und einzige Tor seines Lebens! Und als er wieder den Boden berührte, drehte er ab und rannte, begeistert mit den Armen fuchtelnd, aus dem Strafraum quer über das Feld. In seinen Ohren brauste es und für Sekunden meinte er, tausendfachen Torjubel zu vernehmen und die Stimme des Stadionansagers: ‚Gooooooool! Gaetanoooooooo!' Als er den Mittelkreis erreicht hatte, sank er auf die Knie und verharrte dort mit erhobenen Fäusten.

Im sauberen, kleinen Ottobeurer Stadion hatte sich eine Art von lähmendem Entsetzen breit gemacht. Der Beobachter Robert Mang saß erstarrt auf der Tribüne, unfähig auch nur ein Wort in sein Büchlein zu schreiben. Die Spieler standen immer noch, Salzsäulen gleich, in genau den Positionen, die sie während des Eckstoßes eingenommen hatten. Und Hubert Fleischer kauerte schlaff und kopfschüttelnd in der Nähe der Eckfahne. Die wenigen Zuschauer stießen sich unauffällig mit den Ellbogen an und wussten nicht so recht, ob sie lachen oder weinen sollten. Einen Schiedsrichter, der während des Spieles wahnsinnig geworden war, sah man schließlich nicht alle Tage. Am besten würde es sein, erst einmal abzuwarten, was der Verrückte als nächstes anstellen würde.

Das war nicht sehr viel. Gaetano Brandl erhob sich nach einer Minute des Verharrens im Mittelkreis, klopfte sich Grashalme vom Knie und schritt dann sachlich zu seinem Kollegen an der Seitenlinie. Der ihn mit großen Augen kommen sah und sichtlich alle Möglichkeiten einer raschen Flucht in Erwägung zog.

Brandl sagte schmunzelnd: „Nnnna jjjja!" und reichte ihm seine gelben und roten Karten. „Die Pfeife liegt irgendwo da drüben." Er deutete vage zum Strafraum hin, in dem er seinen größten sportlichen Auftritt gefeiert hatte. Dann reichte er dem verdutzten Fleischer die Hand: „Machen Sie weiter. Ich habe fertig."

Sein Linienrichter stammelte schwer verständliche Wortfetzen und sah Gaetano Brandl nach, der mit elastisch wippendem Schritt den Sportplatz verließ. In der Umkleidekabine griff er sich pfeifend seine Sporttasche und tänzelte zum Parkplatz, wo sein babyblauer Santana 2000 wartete.

Ein paar Meter davor stand Sissi Schalk. Gaetano Brandls Schritt stockte für eine Sekunde und er fühlte, wie ihm die Brust eng wurde. Wie damals, vor sehr langer Zeit, als die Mutter sein dunkles Zimmer betreten hatte und ihm sofort klar war, dass etwas für ihn sehr Bedeutendes bevorstand. Brandls Herz begann urplötzlich wie ein Dampfhammer zu schlagen und er musste angestrengt nach Atem ringen. Trotzdem bemühte er sich um einen heiteren, oberflächlichen Tonfall: „Das ist eine Überraschung. Was führt dich denn hierher, Frau Sissi?"

Sie sah den bangen Blick und hörte die heiter klingende Frage und sie sah ihn sehr ernst an: „Ich hab was für dich."

„Aha. Noch eine Überraschung."

„Sie ist hier drin." Sie hob die Hand mit dem Handrücken nach außen.

Er stellte die Sporttasche ab: „Sie scheint nicht sehr groß zu sein."

„Stimmt. Es ist nur ein Pickerl."

„Ein was?"

„Ein Pickerl. Das ist eine Vignette, die man für die Autobahn in Österreich braucht..."

Brandl fühlte sich wieder in den milden Rauschzustand versinken: „Österreich?"

„Ja Österreich. Das ist das Land, durch das man muss, wenn man nach Italien will."

Sie sahen sich eine Weile ernst an, dann strich sie ihm

die wenigen, noch etwas feuchten Haare aus der Stirn: „Mit der Zeitung ist alles klar. Mein Herr Fissler denkt an mich, wenn wir wieder kommen. Und die Katze kann zu meiner Schwester. Die mag Katzen sehr gern.“

Er staunte: „Du hast alles gemanagt. Sogar an die Katze hast du gedacht.“

Und fast überrascht ob der rasanten Entwicklung: „Dann kann’s ja eigentlich demnächst losgehen... kann’s losgehen?“

„Und ob. Aber vielleicht möchtest du ja noch duschen, bevor wir fahren?“

„Nur wenn du mich abtrocknest.“

Sie lächelte ihn strahlend an: „Das kann ich machen.“

Dann nahm sie seine Sporttasche auf und er legte seinen Arm um sie und sie gingen gemeinsam zu seinem hässlichen babyblauen Santana 2000.

SECHSTER TRAUM

Der Bub staunte nicht schlecht. Er sah auf seine Füße und fand sie zu groß. Ebenso wie die Schuhe. Viel zu groß für einen kleinen Jungen. Die Schuhe kamen ihm bekannt vor. Es waren die Schuhe seines Onkels, er hatte sie geerbt, zusammen mit dem Rucksack. Genau. Aber: wie war er überhaupt hier hergekommen? Diese Berge. Wie war er auf diese Berge gekommen? Der Bub spürte das Gewicht des Rucksacks und staunte wieder: wie schwer er war. Irgendetwas stimmte hier nicht. Der Bub strich sich nachdenklich über die Haare und bemerkte, dass da nicht mehr viel war. Wo waren seine Haare? Und wer war die Frau da vor ihm? Die Frau hatte Haare, viele, sehr schöne kastanienbraune Haare. „Da geht's rauf", rief sie und deutete nach oben, wo er grüne, leuchtende Sonnenschirme sah. Das Grün kam ihm bekannt vor. „Wir werden erwartet!" rief die Frau. Und als sie sich zu ihm umdrehte, sah er ihre Augen und plötzlich wusste er, dass er kein Bub mehr wahr, sondern erwachsen. Er kannte die Frau und er wusste, warum ihm dieses Grün bekannt vorkam. Es war Sissi und es waren ihre Augen, die im selben Grün strahlten, wie die Sonnenschirme oben auf dem Berg. Sie winkte ihm fröhlich: „Komm, wenn du liegen bleibst, erfrierst du. Auch im Sommer kann es hier oben im Himalaya zu Schneefall kommen". Der Bub, der keiner mehr war, musste lachen. Schneefall? Jetzt im Hochsommer? Es war doch viel zu warm. Die Luft war wie ein weicher, schützender Mantel und weit und breit keine Wolke am Himmel. Trotzdem fielen plötzlich große, weiße Flocken vom Himmel. „Da – siehst du?", rief Sissi. Er staunte über den unpassenden Schneefall und fand ihn gleichzeitig sehr erheiternd: „Wirklich! Ich hätte es nicht für möglich gehalten."

Durch das seltsame Schneetreiben im schönsten Sonnenschein sah er, wie Sissi sich rasch den Berg hoch bewegte und er mühte sich, ihr zu folgen. Es war leicht, er fühlte sich leicht und der Aufstieg zu den grünen Sonnenschirmen ging wie von selbst. Oben saß Sissi Schalk an einem blitzblank gewienerten Tisch und wartete mit strahlenden Augen auf ihn. Sie waren ganz allein auf der großen Terrasse. Gaetano eilte zu ihr: „Meine Schuhe! Sie passen wie angegossen! Es geht alles ganz leicht! Der Schnee fällt auch nicht mehr!“ Sie nickte froh und zeigte ihm die Speisekarte, auf der nur ein Gericht stand. In großen, handgemalten Buchstaben: ‚Calzone‘. „Das nehmen wir!“ rief Sissi Schalk und: „Bedienung!“ Und Gaetano fügte hinzu: „Aber presto!“ Und kaum hatten sie ausgerufen, als sich auch schon die Tür zum Gastraum öffnete und noch bevor die Bedienung heraustrat, fing Gaetanos Herz an zu schlagen wie ein Dampfhammer. Er wusste, wer da aus der Tür treten würde, noch bevor jemand zu sehen war. Die nicht sehr große, dunkle Frau schwebte auf den blitzblanken Tisch zu und hielt eine riesige Calzone auf einem riesigen Teller in den Händen. Er sagte nichts, er fühlte sein Herz schlagen und eine große Freude und eine große Traurigkeit gleichzeitig. Die Frau, die seine Mutter war, strich ihm über die wenigen Haare: „Gaetano, mi Beniamino, schau eine Glückszwiebel.“ Er sah die aufgeklappte Calzone und eine beeindruckend große, schöne Zwiebelscheibe und auf Sissi Schalk, die lächelnd darauf deutete. Er wollte fragen: „Mama, was bedeutet das?“, aber die nicht sehr große, dunkle Frau war auf einmal ganz hinten am anderen Ende der Terrasse und winkte ihnen zu: „Kommt! Andiamo!“ Gaetano Brandl rief: „Warte, wir haben noch nicht gepackt!“ Aber seine Mutter war schon verschwunden.

An dieser Stelle seines Traumes wachte Gaetano Brandl auf und drehte sich vorsichtig zu der neben ihm liegenden Sissi Schalk um. Sie schlief tief und atmete gleichmäßig. Er betrachtete sie und fragte sich, ob sie auch noch in den Traum gehörte. Aber sie verschwand nicht, so lange er sie auch ansah. Dann erhob er sich leise und ging aus dem Schlafzimmer, um Koffer und Taschen für die Reise vorzubereiten.

Hier geht es kriminell weiter

Reiner Nothelfer
Die Bluthostie
Was verschweigst du, Johannes
208 Seiten; Hardcover
ISBN 3-87164-150-2

Reiner Nothelfer sucht in diesem Krimi eine gewagte Auseinandersetzung mit dem frömmelnden Oberschwaben und seiner Prägung durch die katholische Kirche. Selbst der Kommissar wird zum Opfer.

MAXIMILIAN DIETRICH VERLAG, MEMMINGEN

Christine Leutkart

Vom Gelben Felsen

Ein Krimi aus dem Donautal

362 Seiten; Paperback

ISBN 3-87164-151-0

Vor ihnen ragte ein Felsvorsprung weit in die Landschaft hinein. Die Kalksteinwand fiel senkrecht bis ins Tal hinab. Leos entdeckte auf einem Stein eine kleinflächige, farbige Bemalung. Es handelte sich um einen Kopf, leicht abstrahiert. „Das habe ich gemalt“, beantwortete Sandra seine unausgesprochene Frage. „Ein schöner Platz für ein Bild“, bemerkte Leo, und grübelte über die Bedeutung des kleinen Kunstwerkes nach. Sandra schaute auf und sah ihm prüfend ins Gesicht. „Es ist auch ein schöner Platz, um zu sterben“, sagte sie.

MAXIMILIAN DIETRICH VERLAG, MEMMINGEN

Brigitte Mauderer

Im Wasserfall

Ein Roman aus dem Allgäu

264 Seiten; Paperback

ISBN 3-87164-140-5

Das Verhältnis zu ihrer älteren Schwester Judith war schon immer gespannt. Deshalb wollte Kristina niemals in die Stadt ihrer Kindheit in den Allgäuer Bergen zurück kehren. Doch ihr ehrgeiziger Mann will dort Bürgermeister werden. Gegen ihren eigenen Willen nähert sich Kristina der wie vom Erdboden verschwundenen Schwester und wird in einen Strudel aus Hass und Eifersucht, Liebe und Feindschaft gezogen.

MAXIMILIAN DIETRICH VERLAG, MEMMINGEN